모험가
모지 카키야
MOJIKAKIYA
toi8
ILLUSTRATION
가 되고 싶다며
도시로 떠났던 딸이 7
S랭크 가 되었다
MY DAUGHTER GREW UP TO
"RANK S" ADVENTURER.

등장인물 PERSONS

【칭호(?): 적귀】

젊은 시절에 꿈이 부서져서
고향으로 돌아온 은퇴 모험가.
과거를 청산하기 위해 여행에
나서기로 한다.

【칭호: 흑발의 여검사】

벨그리프의 딸, 최고위 S랭크
모험가. 아빠를 몹시 좋아한다.

안젤린과 파티를 짠 궁수,
AAA랭크 모험가. 3인 파티에서
중재역을 맡고 있다.

마법이 특기인 AAA랭크 모험가.
안젤린, 아넷사와 파티를 짜서
활동한다.

【칭호: 천개 파괴자】

안젤린의 인도로 지난날의 동료
벨그리프와 재회한 대마도사. S랭크
모험가.

그라함의 조카딸이자 왕가의 외동딸.
언동은 거칠지만 표리가 없는 성격.

호방하고 대범하다는 말이 딱
들어맞는 모험가. 톨네라에 정인을
남긴 채 마지막 여행에 나섰다.

줄거리

올펜을 떠나 이동하던 중 여러 문제를 해결한 뒤 고향으로 돌아온 벨그리프와 일행들.
안젤린은 동생이 된 미토와 금세 스스럼없는 사이가 되어 각자가 평온한 나날을 보냈다.

그러던 중, 마을 전체가 차츰 불온한 분위기에 휩싸이며 나무 정령의 습격을 받게 된다.
미토가 지닌 마왕의 힘, 그것을 흡수하기 위해 오래된 숲에 사로잡힌 사념이 나타났던 까닭이었다.
비록 던전화된 숲에 미토와 그라함이 붙들려 끌려갔지만, 벨그리프와 일행들은 끝내 추적하여 악한 심상에 물든 사념을 해방시킴으로써 두 사람을 구출하는 데 성공한다.

그렇게 마을이 평온을 되찾았을 무렵.

"누나……. 안녕히 다녀오세요."

미토와 여러 사람들에게 배웅을 받으면서 벨그리프의 동료『패왕검』퍼시벌이 있다고 들은『대지의 배꼽』으로 다 같이 여행길에 올랐다.

MY DAUGHTER GREW UP TO "RANK S" ADVENTURER.

MY DAUGHTER GREW UP TO "RANK S" ADVENTURER.
WORLD MAP
엘프령
로디나
오래된 숲
헤이젤
보르도
시드
엘브렌
가루다
올펜
공국 수도 에스트갈

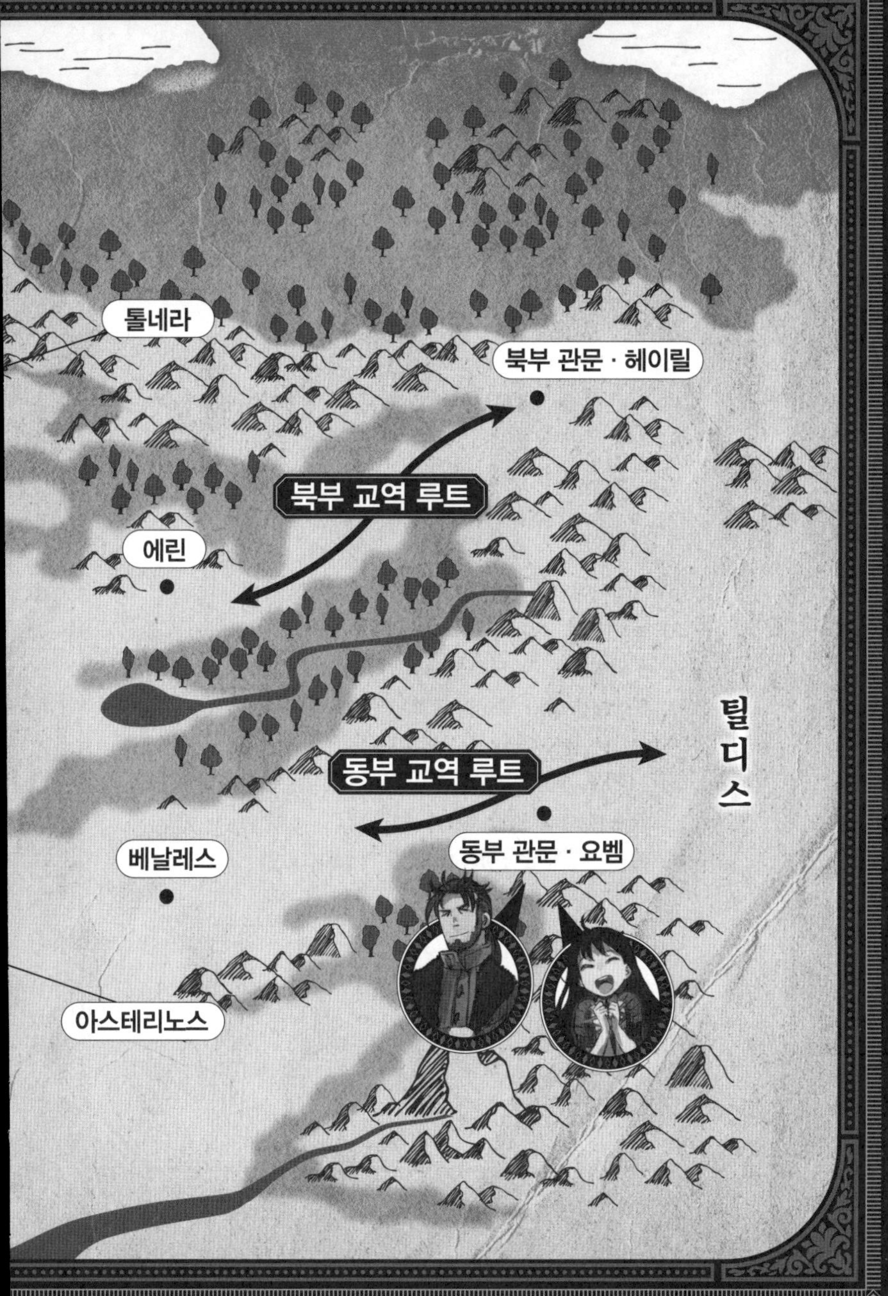

톨네라
북부 관문 · 헤이릴
북부 교역 루트
에린
동부 교역 루트
틸디스
동부 관문 · 요벰
베날레스
아스테리노스

CONTENTS

제 7 장

특별 수록 번외편

제 7 장

MY DAUGHTER
GREW UP TO
"RANK S"
ADVENTURER.

84 마치 사자와 같은 남자다. 모두가

마치 사자와 같은 남자다. 모두가 입을 모아서 말하고는 했다.

남자의 체구는 어깨의 폭이 넓어서 탄탄하고 신장도 크다. 날카로운 눈매와 눈썹에 새겨진 깊은 주름은 예민하게 다른 사람의 접근을 거부하는 것 같았다.

백발이 섞인 회녹색의 머리카락은 아무렇게나 뻗어 나왔지만, 살짝 구불거리는 머릿결 때문인지 강한 바람이 불지도 않건마는 펄럭이듯 물결치는지라 마치 사자의 갈기처럼 보였다.

남자는 구덩이의 가장자리에 앉아 있었다. 눈앞에는 깊은 구덩이가 쭉 벌어져 있고, 어디까지 이어지는지 알 수가 없었다. 구덩이 안쪽에는 엷은 안개가 끼어 있었다.

바위를 뚫고 만들었을 계단이 구덩이의 가장자리부터 벽을 따라서 아래를 향해 뻗어 내려간다. 안쪽에서 미적지근한 바람이 불어 올라와 남자의 머리카락을 흔들었다. 묘하게 뜨뜻하고 축축하며 비릿한지라 결코 좋은 기분은 들지 않는다.

구덩이의 가장자리에서는 드문드문 인영이 보였다. 너나없이 구덩이의 상태를 확인하고 있는 눈치다. 남자처럼 혼자인 인물도 있었지만, 대부분은 두 사람 이상이 함께였다.

불현듯 가슴 깊숙한 곳에 무엇인가가 걸리면서 기침이 쏟아지려고 했다. 남자는 얼굴을 찌푸리며 가슴을 부여잡았다. 눈을 꾹 감고 호흡을 가다듬는다.

"……쿨럭."

목에 걸어 놓은 향주머니를 손에 쥐고 입과 코 부근에 바짝 가져다 댔다. 몇몇 약초에서 풍겨 나오는 청량한 냄새가 조금씩 기화하는 에테르 오일에 실려서 콧속 안쪽으로, 목구멍까지 들어왔다. 막 거칠어지려던 호흡이 가라앉자 남자는 거하게 숨을 내쉬었다.

남자는 손에 든 향주머니를 봤다. 오래된 물건이다. 색 바랜 천에 군데군데 해어진 자수가 놓아져 있다.

안쪽의 약초 및 에테르 오일은 처음 만들었던 당시의 물건이 아니다. 냄새가 옅어지며 효과가 사라질 때마다 남자가 재료를 교환했다. 다만 조합법이나 주머니는 당시와 변함이 없다.

남자는 주머니를 꽉 쥐어서 집어 던지려는 기세로 제 팔을 치켜들었다. 그러나 마치 누군가에게 붙들린 것처럼 팔을 치켜든 채 부들부들 떨다가 잠시 후 포기했는지 남자는 팔을 내려뜨렸다.

"제길……."

지긋지긋하다는 듯이 중얼거리곤 주머니를 품에 넣었다. 이런 행동을 몇 번 반복했던가 생각한다.

이 주머니는 나의 과거 자체다. 남자는 혀를 찼다. 몇 번이고 버리려다가 결국 단념했었고 뜻하지 않게 떨어뜨려도 누군가가 주워준 탓에 되돌아왔다. 버리지도 못하고 도망치지도 못한다. 게다가 이 주머니에 의지하지 않으면 번번이 숨이 답답해진다.

역사를 15년 골라냈을 때 좋은 일과 나쁜 일이 있는 것은 당연하다. 누군가의 말이다.

저 말은 분명히 일리가 있을 것이다. 다만 자신이 살아왔던 시간을 어떻게 골라내도 좋은 일이 더 적다고 느껴졌기에 남자는 탄식했다. 열일곱 살, 그날 이후로 자신의 인생에서는 색채가 사라졌다는 생각이 든다.

어떻게 해야 하는지 알 수 없었다. 단지 죄책감과 풀어낼 곳 없는 분노가 남자를 괴롭혔다. 하지만 검을 휘두르는 동안에는 외면할 수 있었다. 그래서 줄곧 싸워왔다. 혼자 상념에 잠길 때마다 사고가 바닥으로 떨어지려고 한다. 그래서 계속 움직이지 않으면 자꾸 불안해졌다.

뒤쪽에서 자박자박 흙 밟는 소리가 났다.

"아저씨, 어때?"

남자는 돌아보지도 않고 살짝만 고개를 옆으로 흔들었다.

가벼운 발소리는 남자의 옆쪽에 와서 쪼그려 앉았다. 머리에 쓴 모피 모자의 옆쪽으로 귀마개처럼 강아지 귀가 늘어져 있었다. 노래하듯 중얼거린다.

"후덥지근한 계절이 왔어, 베이베……."

남자는 역시 말없이 눈을 내리깔았다. 소녀는 푸른 눈동자에 남자의 모습을 비추면서 눈을 깜빡깜빡했다.

"그 망토, 더워 보이네."

"여전히 시끄러운 녀석이군……."

일어선다. 꽤 오래 쓴 듯한 두꺼운 망토가 안쪽의 옷과 스쳐서 소리를 냈다. 소녀는 쪼그려 앉은 채 남자를 올려다봤다.

"웨얼 유 고잉?"

남자는 소녀를 무시하고 성큼성큼 걸어갔다.

소녀는 잠시 남자의 뒷모습을 바라보다가 이윽고 포기했는지 구덩이 방향으로 눈을 돌렸다. 변함없이 엷은 안개가 끼어 있었는데, 그것이 소용돌이치는 듯 보였다.

남자와 엇갈려서 앞섶을 포갠 동방의 복장을 입고 창을 휴대한 흑발의 여자가 다가왔다. 여자는 의아하다는 표정을 짓고 어깨 너머로 남자를 돌아다봤다.

"또 오늘따라 유난히 기분이 안 좋아 보이는군."

"옛날 사람들은 말했습니다. 여심은 가을의 하늘. 남심은 뭘까?"

"모른다. 어떻던가. 뭔가 낌새는 있더냐?"

소녀가 고개를 옆으로 흔들거리자 강아지 귀가 움직였다. 여자는 탄식했다.

"허, 거참……. 싫구나, 이렇듯 마냥 긴장한 채 버텨야 하는 처지는."

"그래도 저번 의뢰보다는 나아."

"그야, 뭐……. 벨 씨와 안제는 잘 지내려는가……."

여자는 창의 물미를 지면에 박아 지팡이처럼 몸을 기댔다.

○

올펜에서 동쪽의 도시 베날레스를 경유한 뒤 공국의 동쪽 관문인 요벰을 지나 틸디스로 들어선다. 이것이 공국의 동부 교역 루트이다. 엘프령과도 인접한 북부 관문 헤이릴과 달리 겨울에도 눈에 막히는 일이 없기 때문에 1년 내내 물류가 활발했다. 교역 루트로서는 제도 방면으로 향하는 남부 교역 루트와 나란히 서는 공국의 대무역로다.

물품의 유통이 활발하기 때문에 물론 사람들의 왕래도 왕성하다. 잘 정비된 넓은 가도에는 여러 대의 승합 마차가 오가고, 행상인들도 줄을 지어서 서쪽으로 동쪽으로 왔다가 갔다가 한다.

이 도시는 틸디스와 에스트갈 공국을 가로막듯이 남북으로 달려 나가는 산맥의 사이에 위치하며, 과거의 전쟁 중에는 중요한 거점으로서 견고한 요새가 지어졌다. 현재는 관문으로 사용하는 건물의 두꺼운 석조 벽면이 옛 흔적을 짐작케 한다.

관문 주변으로 사람이 다수 모여들면서 자연히 도시를 형성하게 됐다. 관문의 양측에서 여러 숙박소가 앞다투어 영업 중이고, 여행도구를 취급하는 상점도 많다. 모험가 파티도 드문드문 보였다.

국경이라는 미묘한 입지 때문에 군사 조직도 상당 숫자가 주둔 중이고, 교역의 중요 지점이라는 사정 때문에 경제적으로도 혜택을 누리고 있다. 그런 까닭에 일단 명목상은 에스트갈 공국의 지배하에 속한 곳임에도 이곳에서는 영주가 큰 힘을 보유한 데다가 도시의 큰 크기도 작용하여 흡사 독립된 도시 국가의 양상이 나타나고 있다. 이곳이 국경에 걸쳐 위치하는 관문 도시 요벰이다.

안젤린이 벨그리프의 옷소매를 잡아당겼다.

"아빠, 저거 봐. 엄청 큰 말이야……."

울타리의 옆쪽에 말이 몇 마리나 나란히 매여 있었다. 말들이 모두 커다랗고 무척 튼실하다. 발굽도 잘 손질되어 커다란 주발을 거꾸로 놓아둔 것 같다. 물론 균열 따위는 전혀 없었다. 거기에 두껍고 번뜩번뜩하는 편자를 박아 넣었기에 말의 풍채가 한층 더 대단하게 보였다.

벨그리프는 감탄하며 턱수염을 쓸어 만졌다. 천금의 값어치를 할 말들뿐이다. 가래를 달아 끌어도 아주 멋지게 활약할 테지.

"과연 틸디스의 말이군……. 어쩌면 저 녀석을 빌려서 타고 가게 될지도 모르겠구나?"

장난기 섞인 벨그리프의 말에 안젤린의 몸이 저절로 딱딱하게 굳었다. 승마는 조금 서툴다. 더군다나 저토록 큰 말의 등에 타야 한다면 상상만 해도 몸이 떨린다.

그런 안젤린의 모습을 보고 벨그리프는 쿡쿡 웃었다. 그러곤 안젤린의 머리를 쓰다듬었다.

"농담이란다. 아빠와 안제 둘만 왔다면 어쨌든 간에 인원수가 제법 많잖니."

탄다면 마차일 테지. 한마디 말에 안젤린은 한숨을 쉬고 가슴을 쓸어내렸다. 다만 문득 생각이 떠올라서 벨그리프를 쳐다본다.

“저기…… 혹시 둘이서 왔으면 말을 탔을까?”

“글쎄, 어떻게 했으려나.”

벨그리프는 장난스럽게 웃었다. 안젤린은 뺨을 볼록거렸다.

올펜에서 청발의 여상인과 헤어진 뒤 그곳에서 동쪽으로 가는 승합 마차를 타고 요벰까지 이동했다. 그렇게 마차에서 내린 벨그리프와 일행들은 관문을 넘어가는 수속을 밟기 위하여 줄 서서 한창 기다리고 있는 중이었다.

아무래도 사람이 많고 행렬이 긴 까닭에 대기 시간도 길어진다. 전원이 기다려봐야 딱히 할 일이 없는지라 카심과 다른 일행은 부녀를 남긴 채 시장으로 나갔다. 뭔가 식사가 될 만한 것을 구입해서 올 예정인 듯하다.

이곳에 오는 동안에도 다양한 상품을 진열해 둔 노점으로 시선이 쏠리곤 했다. 물품의 숫자로는 올펜의 시장에도 뒤지지 않는다.

공국산 광석으로 제련한 철제 물건은 품질이 좋아 교역의 주력품이다. 그 밖에 곡식과 건조시킨 향초, 양털 및 가축 따위를 올펜에서 들여오며, 틸디스 방면에서는 명주와 무명 등등 실이나 천, 글단 직물로 만든 의복 및 융단, 향신료, 말 따위가 들어온다.

틸디스나 글단에서 온 상인들은 일단 복장부터 이국의 정취가 감도는 터라 어쩐지 가만 바라만 봐도 두근두근하는 기분이었다.

올펜에서도 저런 상인들은 본 적은 있었기에 딱히 새삼스러울 것이 없다는 생각도 든다. 다만 여행자의 감상을 자극당한 까닭일까. 자신이 이제부터 저 이문화의 안으로 들어간다는 생각이 강하게 느껴지는지라 그 때문에 마음이 달아오르는지도 모르겠다.

국경을 넘어가는 것이 난생처음인 이유도 있어, 벨그리프는 나잇값을 못 하고 고양되는 자신을 깨닫고 머리를 긁적였다. 안젤린도 역시 처음인 듯하고 아버지가 함께라는 상황도 함께 더하여 기뻐하는 눈치다. 주변을 바삐 두리번거리다가 발견한 것을 일일이 벨그리프에게 알려주며 떠들어 댔다.

조금 관문에 가까워졌다고 생각되던 무렵, 카심과 다른 일행들이 돌아왔다.

“이야, 오래 기다렸지. 여기저기 다 북적거려서 물건 사기가 꽤 힘들더라.”

“게다가 눈이 획획 돌아가더라. 전부 다 맛있어 보이더라니까~.”

“미리가 자꾸 단것만 찾아다닌 탓이지.”

“뭐 어때서. 피곤할 땐 단게 제일이거든~.”

“별로 막 피곤한 건 아니지 않냐?”

“마리, 시끄럽거든~.”

밀리엄에게 쿡쿡 찔리며 마르그리트는 깔깔 웃었다. 벨그리프는 뺨을 긁적였다.

“마리, 정말 따라오려고? 지금은 아직 돌아갈 수 있는데?”

“시끄럽다, 벨. 이렇게 재미있어 보이는 여행에 날 놔두고 가면 용서하지 않을 거야.”

“아이고, 이런…….”

그라함에게 뭐라고 말해줘야 할까 생각하면서 벨그리프는 눈앞의 한껏 들뜬 엘프 소녀를 바라봤다.

올펜에 도착했을 때 벨그리프와 일행들은 물론 길드와 교회 고아원을 방문하여 친구들에게 인사했다. 라이오넬을 비롯하여 길드 관계자들은 기뻐했고, 안젤린 파티가 아직 복귀를 안 한다는 사실에는 낙담하면서도 벨그리프 및 다른 인원들의 여행이 안전하기를 기원해줬다.

그런 와중에 D랭크로 승격을 마쳤던 마르그리트가 본인도 함께 가겠다고 고집부리며 따라왔다. 본래 바깥 세계를 동경해서 엘프령을 뛰쳐나왔던 소녀인 만큼 먼 남쪽의 땅을 찾아간다는 말에 도저히 가만있을 수 없었던 것이 분명하겠다.

처음에는 물론 벨그리프도 난색을 표시했었다만, 결국 말리지 못해 동행을 허락했다. 고작해야 마흔에 몇 년을 더한 시간의 연륜으로 젊은이의 정열을 달래기는 애당초 어림없었다.

둥글고 얇게 구운 빵에 향신료가 밴 고기와 채소를 끼운 음식을 먹고, 병에 든 포도주를 마셨다. 밀리엄이 사 온 달콤한 과자는 유지방에 튀긴 한입 크기의 밀가루 반죽을 향신료와 함께 바짝 조려서 걸쭉하게 된 우유를 묻힌 것이었다. 기름기와 단맛이 강해서 벨그리프는 한입만 먹고 말았지만, 여자아이들은 맛있게 먹고 있다. 그 광경을 바라보며 벨그리프는 가슴을 문지른 뒤 얼굴을 찌푸렸다.

"꽤 독특한 맛이구나……. 가슴이 쓰린 기분이야."

"헤헤, 어쨌든 적응해 두는 게 좋다고, 벨. 여기는 어쨌든 간에 남부 방면으로 내려가면 이런 양념을 많이 쓰거든."

오호라, 이게 남부의 양념인가. 벨그리프는 혀를 내둘렀다.

이렇듯 다른 문화의 풍미야말로 여행의 묘미일 수도 있겠다만, 여행에 익숙하지 않은 자신의 처지에서는 조금 위축되는 부분도 있다 싶었기에 머리를 긁적거린다. 어쨌든 혼자 우는소리를 늘어놓은들 아무 소용없다.

포도주를 마시고 가득 찬 배를 문지르며 주위를 둘러본다.

공국인이라 짐작되는 용모의 인물도 곧잘 보인다만, 얼굴 조형이 밋밋한 동부 계통의 용모를 지닌 인물도 많다. 저들은 복장 역시 독특한 특색이 있는지라 무의식중에 호기심 어린 시선을 보내다가 되레 눈총을 돌려받는 경우도 몇 번인가 있었다. 예전 올펜의 마왕 소동 때는 이 관문의 주변이 무척 삼엄했고, 올펜에서도 이쪽에 병력을 배치했었다고 들었다.

틸디스는 단일 민족의 나라가 아니라 많은 민족이 밀치락달치락하는 다민족 국가이다. 사실 정확하게는 국가의 체계를 갖춘 부분이 거의 없었다. 각 민족과 부족의 대표가 평의회라는 형식으로 각각의 의견을 주고받는 자리는 비록 있다지만, 틸디스 전체를 다스리는 왕은 애당초 존재하지 않았다. 지금도 각 민족이며 부족에 왕이 있을뿐더러 더욱이 민족 내부에서도 유력 호족들이 각각 힘을 보유했기에 종종 분쟁이 벌어지는 상황이었다. 이런 까닭에 틸디스는 연방이라고 불린다.

예전에는 저런 부족 중 하나가 관문 방면에 기마대를 주둔시켰기에 진정 일촉즉발의 긴장감이 감돌았었다. 현재는 물론 긴장감은 딱히 안 느껴진다.

이렇듯 많은 인종이 모인 틸디스에서는 주민 다수가 유목민이라 염소, 양 떼를 데리고 광대한 평원을 줄곧 방랑하고 있다. 말을 다루는 기술에서는 눈이 휘둥그레지는 실력이 있고, 어느 부족에도 소문날 만큼 유명한 전사가 있다. 과거에 몇 번인가 발생했었던 전쟁 때는 틸디스의 기마대에 로데시아의 군대가 지독하게 곤경을 겪었다고 한다.

용맹한 틸디스의 말을 보니 충분히 납득되는군. 벨그리프가 고개를 끄덕이는 중에 줄이 움직여서 또 조금 관문에 가까워졌다.

마르그리트가 벨그리프의 등에 매인 대검을 콕콕 찌른다.

“그나저나, 큰숙부가 설마 이 녀석을 빌려주다니…….”

“하하, 나도 좀처럼 믿기질 않더구나……. 마리, 넌 이걸 다룰 수 있니?”

“어림없어. 난 세검이 특기이고 애당초 이 녀석이랑 사이가 안 좋거든.”

마르그리트는 그렇게 말한 뒤 톡 검을 두드렸다. 검은 반응이 없다. 마르그리트는 쿡쿡 웃었다.

“평소엔 벌컥 화내면서 내숭 떨기는.”

“역시 내숭이지? 할배랑 아빠 앞에선 조용하더라…….”

“맞지? 아주 얄미운 검이라니까. 성검인지 뭔지 괜히 잘난 척이야.”

마르그리트도 안젤린도 이 검의 목소리가 들리는 것 같다. 그러나 자신은 들은 적이 없었다. 검은 감응이 이루어질 뿐 언제나 말이 없었다. 무슨 차이가 있는 걸까, 벨그리프는 고개를 갸웃거리다가 고민한들 알 수가 없기에 관둬버렸다.

이후의 일정을 떠올린다. 남쪽에 갈 예정이라고 무작정 마구 남하했다가는 낭패를 본다. 틸디스의 광대한 초원에도 왕래가 있고 길이 있으니까, 그 길을 벗어나면 헤맬 뿐이다. 더군다나 익숙지 않은 지역인 만큼 경계를 필요로 한다.

같이 행렬에 줄 서고 있었던 아마 행상인일 남자와 가볍게 대화를 나눠 정보를 얻는다. 관문을 지난 다음에 곧장 산맥을 따라 남하할 수 있겠는가 물어봤더니 행상인은 어림없다는 표정을 지었다.

"거 황당한 말씀이오, 형씨. 산맥 부근은 도적이나 마수도 많아서 위험한 데다 도로가 정비되지도 않아서 난리도 아니거든. 그야 길이 아주 없지는 않지만, 굳이 위험한 길을 가는 건 목숨 아까운 줄을 모르는 사람이지. 안전하게 칼리파까지 간 다음, 거기에서 남쪽으로 가는 상단과 합류하는 게 아마 무난할 게요."

칼리파는 동서의 길과 남북의 길이 교차하는 지점에 있는 대도시이다. 교통과 무역의 요소이며, 그곳을 거점으로 일을 보는 상인도 많기에 틸디스의 영내에서는 최대라고 말할 수 있는 규모를 자랑한다고 한다.

역시 무난한 길을 선택하는 것이 좋을까. 벨그리프는 수염을 비비 꼬았다.

위험이나 목숨 아까운 줄 모르는 사람이라는 단어에 반응해서 재미있겠다는 표정을 짓는 동행자 모험가들의 얼굴은 못 보는 척 외면하는데 안젤린이 옷소매를 잡아당겼다.

"……모험하자, 아빠."

"아니, 안 되잖니. 굳이 위험한 길을 갈 이유가 전혀 없는데."

"끙……."

"으음, 지금 멤버라면 아무 위험도 없다냥~."

"모험가에게 절대는 없단다, 미리."

"여전히 자넨 철저하군."

카심이 껄껄 웃었다. 아넷사가 어깨를 으쓱거린다.

"뭐, 이번에는 벨 아저씨의 여행에 따라가는 입장이니까 벨 아저시의 방침에 따르는 게 가장 좋겠지."

"착한 애인 척하긴……."

"이게!"

"모험가가 모험을 안 하면 어떡해요, 벨 아저씨~."

밀리엄의 말에 벨그리프는 난처해하며 머리를 긁적였다.

"애당초 나는 모험가가 아닌데 말이다……."

"……어라?"

그랬던가? 벨그리프를 제외한 다섯 명은 얼굴을 마주 바라봤다. 당연하다는 듯이 선도를 맡아주었고, 당연하다는 듯이 어깨를 나란히 하여 싸웠던 덕에 벨그리프가 모험가로 복귀했다는 식의 생각을 가졌었나 보다. 그러나 벨그리프는 모험가의 표식도 가지고 있지 않다. 신분상 단순한 농민에 불과하다.

카심이 웃음 지으면서 벨그리프의 어깨를 두드렸다.

"성검을 들고 다니고 S랭크 모험가와 어깨를 나란히 하는 농민은 대체 뭐야?"

"그런 건 나도 모른다네……."

벨그리프는 쓴웃음 짓고 등 쪽 대검에 손을 가져갔다. 검은 반응이 없다. 커다랗기에 묵직한 질감이 있는데도 검집의 무게밖에 안 느껴질 만큼 가볍다. 그럼에도 자루를 붙들면 휘두르는 데 부족함이 없는 무게가 느껴지니 신기하다.

마르그리트가 불만스럽게 검을 째려봤다.

"이 녀석을 데리고 가면 위험할 게 전혀 없는데 말야……."

"……나는 아직 이걸 제대로 사용할 자신이 없구나."

성검을 빌려 가져가기로 결정이 난 날부터 출발일까지 그라함과 거듭 단련은 했다지만, 대검은 사용하는 데 익숙하지 않은 무기다. 가볍게 휘두를 수는 있어도 오랜 세월을 함께한 단짝과 같이 자신의 팔처럼 휘두르기는 아직 어려웠다.

"흥, 벨은 겁쟁이야!"

마르그리트가 입을 삐죽거렸다.

또 줄이 조금 움직이며 앞으로 나아간다.

안젤린이 검 위쪽의 등에 뛰어서 달라붙었다. 급히 손을 둘러서 받쳐준다.

"……아빠랑 모험하고 싶어!"

"아빠한테는 이번 여행도 충분히 모험이다만……."

“아니야! 같이 던전을 공략하거나 위험한 곳을 헤쳐 나가고 싶어!”
“그런 건 얼마 전 톨네라에서 이미 하지 않았니?”
“그런 게 아니라! 뭔가 더 신나게…….”
“……벨 아저씨, 다 알면서 하는 말씀이죠?”

기막히다는 듯이 아넷사가 꺼내는 말에 벨그리프는 난처해하며 머리를 긁적였다.

분명 안젤린의 말도 얼마간 이해는 된다. 그러나 줄곧 가져온 줄 알았던 모험가에 대한 동경은 스스로도 놀랄 만큼 엷어졌다. 이제 와서 모험가로 복귀하고 싶은 생각은 전혀 들지 않는다.

그럼 어째서 자신은 톨네라에 칩거한 이후에도 신체와 검의 단련을 쭉 계속했었을까. 그 이유는 모험가로 대성하고 싶은 마음이 있어서가 아니다. 줄곧 재능을 선보였던 안젤린에게 촉발이 된 까닭도 있었지만, 옛 시절의 동료들에게 뒤지고 싶지 않은 마음도 컸다. 자신도 아직 어딘가에서 저들과 어깨를 나란히 하고 싶다는 바람이 있었을 테지.

그러나 지금 와서는 이렇듯 카심과 재회도 했고, 곧 퍼시벌과 만날 수 있다. 그것은 자신이 모험가로 활동하든 안 하든 아무런 관계가 없다. 아마 자신은 저들과 같은 장소에 서 있을 기반이 닦여졌다는 느낌을 받게 되면서 모험가라는 신분에 딱히 미련을 가지지 않게 되어버린 듯싶다. 자신이 마음속 깊은 바닥에서 바랐던 것은 모험가로서의 뛰어난 실력이 아닌 동료들과의 유대감이었으리라는 생각이 든다.

"……조금 치사한가."

중얼거렸다.

그렇게 책임이 있는 입장에서 스스로를 멀리 떼어 놓으려는 것은 아닌가. 딸에게 모험가의 자세를 가르쳤던 주제에 이래서는 본보기가 되지 않는다는 마음도 있어 벨그리프는 시선이 이리저리 흔들렸다. 무슨 면목으로 딸에게 잔소리를 늘어놓았던가.

등에 달라붙은 안젤린이 벨그리프의 머리카락을 덥석덥석 주물렀다.

"치사해, 아빠!"

"음."

물론 마음을 읽어서 한 말은 아니겠지만 무심코 흠칫 놀랐다. 안젤린은 뺨을 볼록거리며 벨그리프의 귓불을 잡아당겼다.

"아빠가 퍼시 아저씨를 만나러 가는 여행이란 건 알지만 말야……. 이왕에 같이 바깥에 나왔는데 나도 아빠랑 모험을 하고 싶은걸!"

"……얘야, 안제. 딱히 모험만이 여행의 즐거움은 아니잖니? 잘 몰랐던 지역을 직접 둘러보고 처음 만나는 사람과 대화 나누고, 그럼 충분히 즐겁지 않을까? 산맥을 따라 남하하면 아슬아슬한 재미는 물론 있겠지만, 칼리파에 가볼 기회를 잃어버릴 수도 있는데?"

"……끙."

안젤린은 불만스럽게 벨그리프의 등에 얼굴을 파묻었다. 아넷사와 밀리엄이 포기했는지 얼굴을 마주 바라보다가 한숨을 쉰다. 마르그리트도 삐쳐서 입을 다물었다. 다만 카심만큼은 의미심장하게 웃음 짓더니 턱수염을 쓰다듬었다.

“그런데 벨, 진짜 괜찮겠어?”

“이보게, 카심. 난 딱히 모험을 하고 싶은 게.”

“그게 아니라 말야. 우리가 분명 퍼시를 만나러 가는 게 목적이지만 그곳은『대지의 배꼽』이잖아? 고위 랭크 마수의 소굴이라니까. 위험도 없이 안전한 여행길을 골라 움직이면 감이 돌아오려나? 게다가 그 검, 사용이 익숙하지 않다면 몇 번은 실전을 치러 적응하는 게 좋지 않겠어?”

“음…….”

카심은 쿡쿡 웃더니 모자를 고쳐서 썼다.

“게다가 그라함 영감한테 받은 부탁도 있잖아. 싸우지 않고 완료하려면 많이 힘들지 않으려나.”

“……맞는 말이군.”

그라함에게 부탁받은 소재를 확보하기 위해서는 고위 랭크의 마수와 전투를 피할 수 없다. 그 상황이 닥칠 때까지 전투를 피해 이동한다면 적당히 위험도를 줄일 순 있겠지만, 실전에서 감을 되찾는다는 의미에서는 너무 과하게 평온한 것도 오히려 더 불안이 있다.

카심은 머리 뒤쪽으로 깍지를 끼고 히죽히죽 웃었다.

“뭐, 그냥 우리가 싸우는 중 뒤에서 봐주기만 해도 괜찮아. 네 특기는 그런 부분이잖아. 다만 최저한으로 자신의 몸은 자신이 지켜줘야 하니까…….”

“알았어, 알았어. 내가 잘못했으니까 그만 좀 괴롭히게나.”

벨그리프가 항복이라는 듯이 말하자 안젤린이 기뻐하며 등에서 뛰어내렸다. 앞쪽에 돌아가서 벨그리프의 얼굴을 들여다본다.

“그럼?!”

“산맥 부근의 길도 고려해보자꾸나. 다만 무작정 움직여서 될 일은 아니겠지. 위험을 무릅쓰는 게 죽으러 가자는 말은 아니잖니. 가능한 한 안전하게 이동할 방법을 찾아보자. 그게 조건이야.”

“알았어! 에헤헤……. 만세! 아빠랑 모험이다!”

안젤린은 가볍게 스텝을 밟아 가면서 아넷사와 밀리엄, 마르그리트의 어깨를 두드렸다. 셋 모두 기뻐하며 쿡쿡 웃는다.

“후후, 카심 아저씬 역시 대단하다냥~.”

“벨 아저씨도 꼼짝 못하는 때가 있었네요.”

“나는 딱히 대단한 사람이 아니라니까…….”

마르그리트가 벨그리프를 콕콕 찔렀다.

“검을 연습하기에 딱 좋잖냐! 포기해라!”

“……난처하군.”

벨그리프는 반쯤 체념한 표정으로 웃었다.

또 행렬이 조금 움직인다. 관문의 출입구까지 얼마 안 남았다.

85 방 문을 밀어서 열자 뒤쪽에서

방 문을 밀어서 열자 뒤쪽에서 불어온 여름 바람이 마치 추월을 하듯 내부로 불어 들어갔다. 오후의 살짝 기울어진 햇살이 활짝 열어 둔 창문으로 비쳐 들어 바닥에서 날아오른 먼지가 눈에 보였다.

벽면 쪽 침대에 누워서, 다만 상체만 일으켜서 멍하니 시간을 보내고 있던 회녹색 머리카락의 소년이 어라, 표정을 바꾸며 고개 돌렸다.

“왔냐.”

“어때? 상태는.”

“나쁘지는 않은데…… 쿨럭, 쿨러억!”

소년은 등을 둥글게 굽힌 채 거하게 기침을 했다. 그러다가 괴로워하며 가슴을 부여잡곤 눈살을 찌푸린다.

“젠장……. 목은 낫지를 않네…….”

“무턱대고 잔뜩 들이마셨잖아…….”

적발 소년은 차라리 기가 막히다는 표정으로 들고 온 바구니에서 사과를 꺼내 익숙한 손놀림으로 껍질을 깎기 시작했다.

얼마 전 던전 탐색에서 회녹색 머리카락의 소년은 함정을 밟아 독 연기를 잔뜩 들이마셔버렸다. 다행히 생명에 별지장은 없었으나 며칠은 몸져눕는 처지가 됐다. 그동안은 다른 세 사람끼리, 혹은 각자가 다른 자질구레한 작은 의뢰를 받아 처리했었다.

오늘은 적발 소년이 혼자서 약초 채집 의뢰를 받아 나갔다가 돌아온 참이다.

조각조각 자른 사과를 베어 먹으면서 회녹색 머리카락의 소년은 투덜투덜 중얼거렸다.

"제길, 침대에 드러누워서 시간이나 죽일 때가 아닌데……."

"조바심 내도 달라지는 건 없어. 목숨을 건진 것만도 횡재였잖아."

"그야 그렇긴 한데 말이다……. 오늘도 오전에는 약초 채집이었어?"

"그렇지 뭐."

"다른 두 사람은?"

"글쎄? 둘이서 뭔가 사러 갈 물건이 있다길래 오늘은 따로 행동했는데."

적발 소년은 시치미 떼는 표정을 짓고 사과를 베어 먹었다. 회녹색 머리카락의 소년은 뚱한 얼굴로 침상의 옆쪽 벽면에 몸을 기댔다.

"……미안하다. 내일부터는 어떻게든…… 쿨럭, 쿨럭!"

"괜히 무리하지 말래도……. 제대로 회복이 끝난 다음이 아니면 앞을 맡겨도 불안하잖아."

"회복되면 좋기는 할 텐데……. 왠지 이대로 쭉 달고 살아야 할 것 같거든……."

그때 방 문이 열리며 엘프 소녀와 갈색 머리카락의 소년이 들어왔다.

“어, 우리 왔어. 상태는 좀 어때?”

“왔냐, 나쁘진 않다. 다만 기침이…….”

“역시나. 그 연기, 우리도 눈이나 목이 꽤 따끔따끔했거든. 제대로 잔뜩 들이마셨는데 어디든 안 좋아지는 게 당연하지.”

갈색 머리카락의 소년이 낄낄 웃었다.

“시끄러워. 너희들, 오늘은 뭘 하고 다녔냐?”

“널 위해서 이것저것 찾다가 온 거야.”

엘프 소녀는 그렇게 말하면서 가방 안 내용물을 탁자에 척척 늘어놓았다. 몇 종류의 향초 및 나무 열매, 아울러 에테르 오일의 병이 있다. 갈색 머리카락의 소년이 히죽히죽하며 말했다.

“여기저기 돌아다녀서 겨우 다 구했어. 감사하라고.”

갈색 머리카락의 소년과 엘프 소녀는 향초 및 나무 열매를 잘게 썰어서 큼직한 용기에 넣고, 거기에 에테르 오일을 부었다. 적발 소년이 재미있다는 표정을 짓고 가만히 지켜봤다.

“어떻게 쓰는 거야?”

“이렇게 쓴답니다. 자, 얼굴 가까이 대고 들이마셔봐.”

엘프 소녀가 용기를 들어서 침대 쪽으로 내밀었다. 회녹색 머리카락의 소년은 의아하다는 표정을 지으면서도 용기의 위로 얼굴을 가까이 대서 숨을 들이마셨다.

“……뻥 뚫리는 기분인데.”

“괜찮지? 목에 따끔따끔한 게 조금 가라앉지 않았어?”

"확실히. 아, 혹시 이러면 회복이 되나?"

"아니~ 잘 몰라. 일시적인 대증 요법밖에 안 될지도? 목이 아예 상한 것 같기도 해서."

"진짜냐……."

회녹색 머리카락의 소년은 낙담하여 어깨를 축 늘어뜨렸다. 갈색 머리카락의 소년과 엘프 소녀가 얼굴을 마주 바라본다.

"기운 내. 들이마시면 잠깐은 괜찮아지니까 갖고 다니면……."

"액체를 갖고 다니라고? 안 그래도 약 종류가 한둘이 아닌데 급할 때 분간이 될까?"

"음."

적발 소녀는 잠시 생각에 잠긴 듯 팔짱을 끼고 있다가 이윽고 입을 열었다.

"그거, 요컨대 에테르 오일로 성분을 추출하는 방식이 맞지?"

"응, 맞아. 그러니까 추출이 다 끝나면 향초나 다른 건 꺼내도 괜찮아."

"에테르 오일은 분명……. 응고제가 있지 않았어? 그걸로 굳혀서 갖고 다니면 어떨까? 향주머니처럼 목에 걸어서 갖고 다니면 다른 물약이랑 섞이지도 않을 테니까."

갈색 머리카락 소년이 손뼉을 쳤다.

"맞네! 좋은 생각이야! 어때? 되겠지?"

엘프 소녀는 고개를 끄덕였다.

"그러게……. 응고제 양을 조절하면 기화가 되게 만들 수 있을

걸. 후후, 넌 역시 발상이 괜찮다니까."

"아니, 뭐……."

적발 소년은 머리를 긁적였다. 회녹색 머리카락의 소년은 사과를 베어 먹었다.

"그게 있으면 내일부턴 나가도 된단 말이지? 좋아! 논 시간을 메워주겠어!"

"분발하는 건 좋은데 또 혼자 달려 나가진 말자?"

"다른 약이 더 필요해지면 귀찮을 테니까, 헤헷."

"아, 알지, 당연히!"

회녹색 머리카락의 소년은 입을 우물우물하다가 휙 고개 돌렸다. 엘프 소녀가 쿡쿡 웃음 짓는다.

○

관문의 돌벽을 하나 사이에 뒀을 뿐인데 벌써 이국에 온 기분이었다.

실제 관문의 너머와 이쪽은 나라가 아예 달라진다. 도시의 양상이 대폭 달라지지는 않아도 오가는 사람들은 틸디스 계통의 용모가 많은 듯 여겨질뿐더러 더욱 강하게 향신료 냄새가 나는 기분이었다. 거리의 풍경은 비슷해도 건물의 장식 따위는 제국식과 또 다른 특색을 나타낸다.

설령 단순한 착각이더라도 어쨌든 들썩들썩 끓어오르는 마음은 어쩔 도리가 없다.

안젤린은 이쪽저쪽 둘러보다가 심호흡했다.

"뭔가⋯⋯ 공기가 달라진 것 같아."

"에이, 아니지. 관문을 몇 발작이나 나왔다고? 얼마나 달라졌겠어."

"⋯⋯진짜 그렇게 생각하는 거야? 아네."

"어? 음⋯⋯. 으음⋯⋯."

아넷사 역시 내심은 외국에 온 기분이 들던 참인지 우물거리며 팔짱을 꼈다. 밀리엄도 즐거워하는 기색이고, 마르그리트는 숫제 온몸으로 기쁨을 발산하고 있다.

어쨌든 간에 마냥 들떠서 가만있을 순 없다. 이래서는 아빠가 어이없어 할 거야. 안젤린은 가슴을 쭉 폈다.

그런데 정작 벨그리프를 돌아봤더니, 그 역시 척 보이는 느낌은 침착했지만, 스리슬쩍 조바심을 달래며 바삐 시선이 왔다가 갔다가 하는 모습이다. 정말 태연하게 서 있는 사람은 카심뿐이었다.

뭐야, 아빠도 똑같구나. 안젤린은 문득 기뻐져서 벨그리프의 팔을 꼭 껴안았다.

"어떻게 할래? 상단 찾을까?"

"그렇군⋯⋯. 길드를 통하면 이야기가 더 빨라지겠지?"

"아무렴. 아예 호위 의뢰라도 받으면 돈도 벌어서 일석이조겠네."

카심은 그렇게 말한 뒤 웃었다.

확실히 자신과 카심까지 S랭크 모험가가 둘이나 있는 일행이었다. 그에 더하여 아넷사와 밀리엄은 AAA. 마르그리트는 비록 랭크는 낮아도 고위 랭크에 해당하는 실력자이고, 벨그리프는 말할 필요도 없다. 이런 파티라면 누구든 돈을 지불하며 고용을 원할 것이다.

안젤린은 헤죽 웃고는 꼭 껴안는 팔에 힘을 넣었다.

"그럼 길드에 가보자, 아빠."

"그래. 다만 익숙하지 않은 도시니까, 음, 헤매지 않게 조심하자꾸나……."

벨그리프는 살며시 웃곤 주위를 둘러보다가 안내판을 발견해서 천천히 걸어 다가갔다.

짐마차가 오가는 까닭인지 도로는 넓었고, 그 양측에 크고 작은 가게가 늘어서서 활기가 가득 흘러넘친다. 관문을 나와 곧바로 장사를 시작한 듯한 행상인들의 모습도 볼 수 있었다.

흙먼지 날리는 대로를 따라 내려가서 골목길을 조금 들어간 곳에 길드가 있었다.

돌과 나무로 만든 2층 구조의 큰 건물로, 끊임없이 사람이 드나들고 있었다. 혼잡해서 안에 머무르기가 불편한 까닭일까, 모험가로 보이는 차림을 한 소수 일행들 여럿이 드문드문 건물 주위에 모여 있었다.

내부는 무척 북적북적했다. 올펜의 길드와 비교해도 뒤지지 않을 만큼 활기차다. 그럼에도 왠지 모르게 틸디스풍의 차림을 한 인물이 많단 느낌을 받는다. 혹은 외국에 와 있다는 마음이 저런 차림새에 유독 눈길을 붙잡아 두는 것인지도 모르겠다만.

벨그리프가 턱수염을 쓸어 만졌다.

“자, 어떻게 할까……. 우선 접수처에 가서 얘기를 나눠보는 게 좋을 텐데…….”

“아마 안제랑 카심 아저씨가 가면 빠르게 처리해줄 거예요.”

아넷사가 말했다. 벨그리프가 고개를 끄덕였다.

“그렇겠구나. S랭크 모험가라면 분명 이야기가 빠르게 진행될 테지. 너희 둘에게 부탁해도 될까?”

“응! 맡겨줘!”

벨그리프에게 받는 부탁은 기쁘다. 안젤린은 헤죽헤죽 웃으며 카심을 끌고 접수처로 향했다. 카심은 재미있겠다는 표정을 짓고 있었다.

일단 올펜과 마찬가지로 고위 랭크 모험가 전용의 접수처를 마련해 놓은 듯싶다. 그쪽은 가까운 곳에 있는 접수처와 비교해서 한산했다. 작은 길드라면 하위든 고위든 한곳에서 업무를 처리하지만, 모험가의 숫자가 늘어나면 랭크에 따라 접수처를 따로 마련하는 경우가 많다. 요벰 정도의 큰 도시라면 당연하겠다.

곧 카운터 앞에 도착했다. 여성 접수원이 미소 지었다.

“안녕하세요, 오늘은 어떤 용무로 오셨습니까?”

“산맥을 따라 남하하는 사람을 찾는 중이야…….”

안젤린은 짧게 말한 뒤 금색의 표식을 카운터에 올려놓았다. 여성 접수원이 눈을 깜빡깜빡했다.

“와아, S랭크……. 호위 의뢰를 찾고 계시는 게 맞으실까요?”

"맞아, 맞아. 우리도 여행 겸사겸사니까 의뢰비는 싸게 쳐줘도 돼."

카심이 꺼내 놓은 두 번째 표식을 보고 여성 접수원은 입을 빠끔빠끔했다.

"S랭크 모험가가 두 분이나……. 아, 알겠습니다. 찾아볼 테니 우선은 서류 작성을 부탁드릴게요."

여성 접수원이 내민 양피지에 이런저런 항목을 기입한다. 내용을 보고 여성 접수원이 또 놀랐다.

"안젤린이면…… 에스트갈 대공 각하께 훈장을 받은 『흑발의 여검사』신가요?"

"응, 뭐."

이런 곳까지 이름이 알려졌나, 안젤린은 머리를 긁적거렸다. 여성 접수원은 양피지와 안젤린을 번갈아 바라보다가 살짝 흥분해서 뺨을 발갛게 물들였다.

"우왓, 마왕을 토벌한 용사님이시잖아요! 어쩐담, 좋은 의뢰가 있으려나……."

몹시 랭크가 높은 모험가가 특별히 싼 비용으로 의뢰를 받아준다면 물론 경쟁률이 엄청나다. 그럼 길드가 직접 중재를 맡아 혼란이 발생하지 않도록 조절해야 한다. 상황에 따라서는 길드 측에서 의뢰인에게 직접 의향을 물어 제안하는 경우도 있다. 어쨌든 간에 모험가 측의 사정을 배려하여 의뢰를 주선해주는 것이 상례이다.

물론 이러한 일 처리는 고위 랭크 모험가의 특권이었다. 하위 랭크의 모험가라면 의뢰를 골라서 받을 형편이 안 될뿐더러 수익이 좋은 임무는 경쟁률이 높다. 귀중한 실력자이기에 길드에서도 직접 임무까지 만들어서 신경 써주는 셈이었다.

여성 접수원은 주름이 지어지도록 미간에 힘을 주고는 끈으로 묶은 서류철을 넘겼다.

"으음, 요벰에는 언제까지 머무를 예정이신가요?"

"딱히 정하진 않았어. 남쪽으로 가는 사람을 찾으면 그 사람이랑 같이 갈 계획이거든……. 틸디스는 익숙하지 않은 지역이니까."

"아하……. 그러면 왕복이 아니라……. 으음…… 산맥을 따라…… 게다가 편도."

"막 급하게 움직이는 건 아니라서 말야, 천천히 찾아봐줘. 내일 다시 올 테니까. 괜찮겠어?"

"어, 앗, 네엣! 감사합니다, 잘 찾아볼게요."

여성 접수원은 안심하며 수줍게 웃었다. 카심은 표식을 챙긴 뒤 중절모자를 고쳐서 썼다.

"좋아, 돌아가자, 안제. 이왕에 요벰까지 왔는데 오늘 하루는 느긋하게 빈둥거려도 벌 받지는 않을 거다."

"그러게……."

안젤린은 고개를 끄덕거렸다. 아직은 해도 높이 떠 있겠다, 숙소를 잡은 다음은 이국의 도시를 산책하면 즐거울 테지. 무거워서 짐이 될 물건은 못 사겠지만, 군것질은 별문제 없다.

카심과 나란히 로비로 돌아왔는데 뭔가 소란스러웠다.

사람들 틈을 누비고 들여다봤더니 마구 버둥대는 마르그리트를 벨그리프가 뒤에서 어깨에 팔을 꽉 둘러다가 아슬아슬하게 붙들어 놓고 있었다. 바닥에는 모험가의 장비를 갖춘 남자들이 몇 명이나 나가떨어져서 신음을 흘리고 있다.

"이놈들아! 다음은 누구냐!"

"마리, 적당히 해라! 그만 좀 날뛰어라!"

"시끄러워! 놔, 벨! 엘프라고 우습게 봤음 맞아야지!"

격분해서 팔다리를 버둥거리던 마르그리트가 불현듯 꽁꽁 묶인 것처럼 움직임을 멈췄다. 마르그리트는 당황한 기색으로 몸을 움직거린다.

"뭐, 뭐야?"

"이게 웬~ 난리냐, 요 말괄량이 녀석."

카심이 어이없어하며 말했다. 아무래도 마법을 써서 마르그리트의 움직임을 봉한 듯싶다. 벨그리프는 숨을 돌리곤 마르그리트를 바닥에 내려줬다. 마르그리트는 「카심, 나중에 두고 보자!」 버럭 소리를 친다. 안젤린은 눈살을 찌푸리며 다가갔다.

"무슨 일 있었어?"

뒤쪽에서 잠자코 보고 있었던 아넷사가 대답했다.

"싸움 걸어서 받아준 거야."

"그래그래. 별로 드문 일은 아니잖아~."

밀리엄이 쿡쿡 웃었다.

엘프의 수려한 용모는 눈길을 끈다. 처음에는 추파질 비슷하게 마르그리트에게 말을 붙였던 남자들이 전혀 상대해주지 않음을 깨닫자마자 욕설과 함께 조롱을 퍼부었다고 한다. 그러자 격노한 마르그리트가 눈 깜짝할 새에 남자들을 때려눕혔다는 사연이다.

아넷사도 밀리엄도 신출내기 시절에 경험했던 일인지라 마르그리트의 마음은 충분히 이해할 수 있었다. 따라서 둘은 잠자코 구경만 하며 방관했다만, 벨그리프는 화들짝 놀라 뜯어말렸다. 그래서 혼자만 잔뜩 지쳐서 탄식을 한다.

"화내지 말란 소리는 안 하겠다만, 조금 더 원만하게……."

"시끄러워, 벨! 모험가는 얕보이면 끝장이잖냐!"

못 움직이는 만큼 마르그리트는 더 거세게 소리를 질러 댔다. 바닥에 나가떨어진 남자들을 동료로 짐작되는 일행이 와서 허둥지둥 데리고 갔다. 주위 사람들은 재미있다는 표정을 짓고 구경하는 모습이다.

카심이 몸을 구부려서 마르그리트의 머리를 톡 때렸다.

"혈기 왕성한 건 괜찮은데 말야, 의뢰를 찾을 때까지는 요벰에 머물러야 할 텐데 도대체 웬 난리 법석이야. 모처럼 느긋하게 빈둥댈 생각이었는데 안 좋게 주목을 받아버렸잖아. 자꾸 제멋대로 굴면 그라함 영감한테 일러바친다?"

"뭐어?! 그건 반칙이잖아!"

마르그리트는 애벌레처럼 몸을 꿈틀댔다. 안젤린이 쿡쿡 웃는다.

"기운차서 좋네……. 숙소, 찾아볼까?"

"아이고, 거참……. 그래, 의뢰는 괜찮은 게 있었고?"

“그야, S랭크 둘이 싼값에 호위를 맡아준다는데 대뜸 모집부터 내걸면 난장판이 벌어질 테지. 내일 다시 오기로 했어.”

웃음 짓는 카심을 보고 벨그리프는 어깨를 으쓱였다.

“생각해보니 맞는 말이군……. 알겠네. 조금 살 물건도 있고, 우선은 숙소를 찾아볼까.”

○

일동은 나란히 길드에서 나와 거리를 따라 걸었다.

돌아다니는 사람이 많고 숙소도 잔뜩 있었다. 그래서 오히려 어디가 괜찮을까 망설이게 된다. 몇몇 숙소를 둘러보다가 물어봐도 전부 만실이었다.

길드에서 거리가 좀 떨어졌을 때 겨우 풀려난 마르그리트는 조금 저릿하게 굳은 손목과 발목을 돌려주며 꿍얼꿍얼 투덜거렸다.

“칫……. 그딴 녀석들, 한 놈도 남김없이 흠씬 두들겨 패면 그만인데.”

“때와 장소를 분간하란 말이다. 길드에서 소란 일으키면 인상이 안 좋아지잖냐. 한판 붙으려면 뒷골목으로 살살 데려가서 붙어야지.”

“아니, 잠깐만, 카심. 그런 문제가 아니잖나…….”

벨그리프는 난처해하며 어깨를 축 늘어뜨렸다. 안젤린과 소녀들은 웃음 짓는다.

모험가는 늘 실력 발휘를 우선하여 살아가기 때문에 금세 싸움이 벌어지는 성향은 어쩔 수 없다지만, 가는 곳곳마다 여기저기에서 말썽을 일으킨다면 제대로 활동할 수가 없다.

자신도 과거에는 모험가였기에 저런 마음이 아주 이해되지 않는 것은 아니지만, 천성의 온화한 성격과 긴 농촌 생활이 벨그리프의 심중에서 과도한 투쟁심을 빼앗아 간 것은 분명하다. 자신보다 실력이 뛰어난 일행의 제지 역할을 맡아야 한다는 것은 꽤 고생이었다.

주위를 두리번거리며 적당한 숙소를 찾아봤다만, 대로와 접한 큰 숙소는 사람이 잔뜩 있어서 도저히 빈방이 있을 것 같아 보이지는 않는다. 계절이 좋기 때문에 교역도 활발한 까닭이리라. 짐을 고쳐서 메자 묶어서 달아 둔 작은 냄비가 부딪치며 달그락달그락 소리를 냈다.

아넷사가 후유, 숨을 내쉬었다.

"너무 길드랑 거리가 멀면 불편할 텐데……. 가까운 곳은 역시 꽉 찼네요."

"그러게나 말이다……. 대로 뒤편에 들어가면 빈 곳이 좀 있겠지만, 익숙지 않은 지방이라서 이래저래 헷갈릴 것 같단 말이지……."

큰 도시에는 물론 가난한 사람들도 많이 모여든다. 올펜과 마찬가지로 밝은 대로와 달리 빈민가 같은 장소도 형성되어 있다. 뒷골목은 질 나쁜 부류도 많을 듯싶다. 호기심이나, 허를 찔러서 잘 구슬려다가 잇속을 챙기려는 시선이 끊임없이 느껴졌다.

마르그리트의 엘프다운 용모는 사람들 눈을 끄는 데다가 짐도 많고 들뜬 분위기는 옆에서 척 봐도 외지인임을 알 수 있을 것이다. 외지인은 온갖 수작을 부리기에도 좋다. 본인의 영역 안에서는 누구든 배짱이 두둑해지기 마련이다. 다만 특별히 신변의 위험을 느끼지는 않았다. 오히려 수작을 부릴 녀석들의 안전이 걱정된다.

길가 부근에 짐을 내려놓고 어깨를 돌려줬다. 상쾌하게 소리를 내면서 몸이 풀린다.

"어떻게 할까."

"길드에 소개를 부탁하는 게 좋았을까……?"

"으음, 가서 물어볼까."

"내가 얼른 갔다가 올게. 여기 근처에서 기다려."

어라. 생각을 할 틈도 없이 카심이 휙 인파 너머로 사라졌다.

"……뭐, 가장 여행에 익숙한 사람은 저 녀석이니까 맡기도록 할까."

벨그리프는 바닥에 앉아서 숨을 돌렸다. 자신이 꽤 지쳤음을 알아차리고 배려를 해주었나 싶어 머리를 긁적거린다. 몇몇 물건을 구입하고 싶기는 한데 아무래도 주의가 자꾸 산만해져서 힘들 듯 싶다.

눈앞으로 수많은 사람들이 이리저리 오간다.

짐차를 끄는 상인이며 무장한 모험가 집단, 날일 노동자로 보이는 사람들, 거리를 떠도는 듯 몸차림이 지저분한 아이들이며 야채를 팔러 나온 듯한 농민의 모습도 보인다. 이토록 많은 사람들이 각각 살아가다가 죽는 것이 어쩐지 신비롭다는 생각이 들었다.

"아빠, 피곤해?"

옆쪽에 앉은 안젤린이 걱정해주며 얼굴을 들여다본다. 벨그리프는 미소 지었다.

"익숙하지 않은 탓이구나. 거참, 이 나이를 먹고 다른 나라까지 발길을 들여놓게 될 줄은 몰랐으니 말이다."

그렇게 말한 뒤 가방에서 수통을 꺼내고는 웃었다.

농민답게 나날이 일을 하느라 체력은 제법 괜찮다지만, 여행에서 쌓인 피로는 밭일의 피로와 성질이 다르다. 이제껏 승합 마차, 또한 도시마다 숙소가 있는 여행이었는데도 이러한 꼴이다. 만약 때마침 산맥을 따라가는 길을 찾는다 치고, 그렇게 되면 야숙도 감당해야 한다. 더욱더 피로가 쌓일 것은 명백하다.

우는소리를 하자는 것이 아니라 기합만 갖고 어떻게든 될 만큼 젊지가 않다. 벨그리프는 무엇이라 말할 수 없는 기분으로 수통의 물을 머금었다.

안젤린이 살짝 불만스럽게 옷자락을 잡아당겼다.

"약한 소리는 하지 마, 아빠……."

"그래, 맞다, 벨. 벌써부터 엄살 부리면 앞날이 걱정되잖냐."

반대편에서 마르그리트가 어깨를 콕콕 찌른다. 벨그리프는 난처해하며 웃었다.

"미안, 미안하다……. 그래도 너희들처럼 젊질 않으니까 살짝 여유를 두며 다니자꾸나."

"카심 아저씨는 아무렇지도 않은데……."

"저 녀석은 여행이 많이 익숙하잖니. 아빠는 오래도록 땅에 뿌리를 내려 생활했으니까……."

"그래도 벨 아저씨, 저번에 소동 땐 저희한테 안 뒤질 만큼 빈틈없이 던전 탐색을 지휘해주셨잖아요~? 그치? 아네."

"그러게. 아무튼, 생각해보면 벨 아저씨, 현역 시절은 2년 남짓이었다고 말씀하셨죠? 음, 경험을 아주 많이 쌓지는 않았겠구나 싶었는데 말예요, 근데 실전에서는 대담한 데다 또 능숙하기까지……. 여러모로 상당한 수준이셨거든요."

"뭐, 그게 말이다……."

벨그리프는 팔짱을 꼈다.

현역 시절의 기억을 떠올린다. 퍼시벌과 카심, 사티와 함께 파티를 짠 이후의 기억이 추억의 많은 부분을 차지한다지만, 옛 동료들과 함께 다니기 이전에도 많은 일들을 겪었다. 큰 전환기를 불러왔던 사건도 있다.

"……사실은 진짜 신출내기 시절에 던전에서 죽을 위기에 처한 경험이 있었거든."

"나도 모르는 얘기인데?"

안젤린이 눈을 동그랗게 뜨고 벨그리프의 팔을 껴안았다.

"으음, 단편적인 얘기는 한 적이 있었지. 기억나지? 아빠가 혼자 던전에 고립됐던 이야기."

"아! 근데, 드문드문?"

"음, 전체를 차근차근 이야기한 적은 없었던 것 같구나……."

"듣고 싶어!"

"나도!"

마르그리트도 눈을 반짝이며 벨그리프의 어깨를 붙잡았다. 뭐, 시간 때우기로 괜찮겠군. 가만히 머릿속에서 이야기를 정리하던 때에 카심이 돌아왔다.

"나 왔어."

"뭔가, 빨리 왔군. 숙소는 소개해주던가?"

"그야, 뭐. 처음부터 이렇게 할걸, 하고 아쉬울 만큼 곧바로 알려주던데. 여기, 소개장."

카심은 손에 든 종이를 팔랑팔랑 흔들었다. 아마 S랭크 모험가라서 편의를 봐줬을 테지, 벨그리프는 쓴웃음을 지었다. 어쩐지 친구와 딸아이 덕에 자신까지 대단한 인물이 된 듯한 착각이 든다.

벨그리프는 일어서서 짐을 다시 둘러멨다.

"일단 숙소에 가보도록 하자. 이야기는 이따가 밤에 천천히 들려주마."

"응!"

안젤린과 다른 소녀들도 두근두근하는 모습으로 일어섰다.

자신에게는 썩 즐거웠던 기억이 아니다. 톨네라에서 막 떠나온 시절에 아직껏 왼쪽, 오른쪽도 분간하지 못했던 애송이가 이렇다 할 저항도 못할 처지에서 모험가의 현실과 부딪히고 온갖 혹독함을 몸서리쳐지도록 실감한 사건이었다.

다만 어쨌든 간에 그 사건을 겪은 덕분에 지금의 자신이 있다는 생각도 든다.

카심의 선도를 따라 일행은 거리를 걸어갔다.

걸음을 옮기면서 옛 기억을 머릿속에 떠올린다. 그러자 마음속 깊은 바닥에 있는 젊은 모험가였던 자신이 일어서는지라 불현듯 지금 이 순간도 모험가가 된 듯한 생각이 들었다.

86 자신의 호흡 소리가 몹시 커다랗게

자신의 호흡 소리가 몹시 커다랗게 들렸다.

적발 소년은 잎사귀가 무성한 나무를 등진 채 주변을 살피면서 이마에 흐른 땀을 힘겹게 닦았다.

몹시 후덥지근한 바람이 불어오고 있다. 심장이 경종처럼 두근거린다. 딱, 작은 나뭇가지 부러지는 소리가 들릴 때마다 소년은 숨을 멈추고 허리의 검에 손을 가져갔다.

이 너머에 무엇인가가 있다. 얼마 전부터 찌릿찌릿 피부를 찌르는 듯한 마력이 느껴졌다.

입속에 침이 고인다. 되삼키는 소리마저도 상대에게 혹시 들릴까 불안해진다.

이윽고 기척이 옮어졌다. 피부를 찌르는 마력이 멀어져 간다.

소년은 살짝 몸에서 힘을 빼내고, 다만 긴장감을 유지한 채 천천히 뒷걸음쳤다. 마른 가지를 밟지 않도록 살금살금, 소리가 나지 않도록.

조금 떨어진 곳까지 와서 소년은 겨우 숨을 돌렸다. 가슴에 가득 들어찼던 불쾌한 긴장감도 같이 뱉어 낸 기분이었다. 조금씩 심장 소리의 감각이 길어지며 아주 약간이나마 기분이 편안해졌다.

"……어떻게 해야 하나."

몇 번이나 정신력의 한계를 느꼈다. 그러나 이런 곳에서 포기할 순 없는 노릇이다.

이미 도합 닷새는 지났으려나. 분명 태양은 움직이는데도 너무나 과한 긴장감을 쭉 유지한 까닭일까, 시간의 감각마저 희박해지는 기분이 든다.

그럼에도 배는 고팠다. 소년은 가방에서 볶은 콩을 꺼내다가 몇 알쯤 입안에 넣고 시간을 들여 잘근잘근 씹었다. 그다음은 마른고기를 한 조각, 역시 천천히 씹는다. 소금을 한 꼬집 핥은 뒤 수통의 물을 입에 머금어서 입속을 헹구듯 천천히 삼킨다.

수통을 흔들어봤다. 어제 발견한 샘터에서 분명히 안을 가득 채웠는데도 벌써 절반이 안 남았다. 그러나 물을 안 마시면 죽는다. 어쩔 수 없다.

불에 익힌 음식을 먹고 싶어졌다. 그러다 급히 머리를 흔들어서 욕구를 날려 보냈다. 괜한 생각을 떠올리면 배가 고프다.

분명 E랭크의 던전이었다. 다만 내부에 하필이면 전이 함정이 있었다.

던전은 마력이 한곳에 쭉 정체됨으로써 지형 및 공간에 왜곡이 발생하여 구축된다. 바깥에서는 별로 큰 크기가 아닌 듯 보이더라도 막상 진입하면 도시 하나쯤 되는 규모인 경우도 드물지 않다. 내부에서 공간이 왜곡되기 때문이었다.

던전 내부에서는 상식이 통용되지 않는다. 마력의 작용에 따라 어떠한 불상사가 일어날지 알 수가 없다. 하위 랭크의 던전은 마력이 엷어서 아주 심각하지는 않지만, 마력이 짙은 고위 랭크의 던전쯤 되면 마수의 랭크가 올라가는 것은 물론이거니와 내부 구조의 복잡함이나 함정의 악랄함 따위도 현격하게 차이가 난다. 그리고 하위 랭크의 던전일지라도 사소한 마력 흐름의 변화로 돌발사태가 발생한다. 적발 소년이 걸린 함정도 저러한 부류였다.

배회하는 마수를 봐서 짐작하건대 아무리 낮게 가정해도 AA랭크는 될 던전으로 날아온 것 같았다. E랭크, 게다가 한창 신출내기 취급을 받는 소년은 까딱 방심하면 즉각 죽음이 찾아들 난이도였다.

물론 혼자서 던전 탐색을 오진 않았다. 다섯 명으로 된 파티였다. 다만 젊은 신출내기 모험가 중 곧잘 보이는 저돌적이고 사려가 부족한 녀석들뿐이었다. 그 때문에 소년의 신중함을 동료들은 딱히 이해해주지 않았고, 밀어붙이는 데 약한 성격도 맞물려서 이미 파티원들 사이에서는 귀찮은 일거리를 은근슬쩍 도맡게 되는 입장에 놓여 있었다.

"……지나간 일을 아쉬워해도 어쩔 순 없다지만."

막다른 길의 저편에 묘하게도 보물 상자가 놓여 있었다. 던전 안에는 가끔 저렇듯 부자연스러운 물건이 나타나곤 한다. 인간의 욕망에 마력이 반응하여 물질화된 것이라 설명하는 인물도 있고, 던전 안에서 힘이 다한 과거의 모험가가 소지했던 물품이 마력에 의해 본래의 온전한 형태를 되찾는 것이라 설명하는 인물도 있다.

다만 진실은 아직껏 밝혀지지 않았다.

파티 멤버들이 희희낙락하며 상자를 열자마자 주변에 마법진이 전개되더니 정신을 차렸을 때는 전이가 끝난 상황이었다. 분명 동굴계 던전에 있었는데 주위가 온통 녹색으로 뒤덮여 있었던 터라 다른 장소로 왔음은 금방 깨달았다. 각각 다른 장소로 날아간 듯 동료들은 보이지 않았다.

부자연스러우니 조심하라고 말했는데. 소년은 다시 분노가 끓어오르는 것을 느꼈다. 그러나 지금 냉정함을 잃으면 위험하다.

죽는다. 억지로 자기 자신을 타이른 뒤 뺨을 두 손으로 때리고 한껏 숨을 내뱉는다.

어쨌든 간에 던전을 나가는 것이 최우선이다. 그러나 너무 서두르다가 고위 랭크의 마수와 조우하거나 도리어 길을 헤매서 물과 식량이 떨어지면 더욱 위험하다.

얄궂게도 물품 담당을 떠맡아야 했던 처지가 운 좋게 작용하여 이제껏 식량 때문에 고생을 겪진 않았다. 다만 이제는 슬슬 바닥이 보이기 시작했다. 애당초 긴 탐색을 예정한 것이 아니었던 만큼 당연하다. 가능한 한 식량을 절약해서 허기만 달랜들 결국 한계는 온다. 숲이라서 식자재 채집도 가능하다면 가능하다지만, 너무 과하게 기대해도 안 좋다. 벼랑 끝 상황에 정신적으로 버겁다.

여러 물품이 있는 자신이 이런 처지라면 다른 녀석들은 이미……. 소년은 탄식했다. 더구나 다짜고짜 달려 나가는 녀석들이다. 격이 훨씬 높은 마수와 냅다 전투를 벌이든 공포 때문에 못 움직이든 둘 중 하나일 테지. 그다지 호감이 가는 상대는 아니었다지만, 그럼에도 짧은 기간이나마 안면을 익힌 인물들이 죽는다고 생각하니 썩 기분이 좋지는 않았다.

적발 소년은 짐을 다시 짊어지고는 느릿한 발걸음으로 걷기 시작했다.

숲은 익숙한 곳이었다. 고향 마을은 숲이 가까웠기에 너무 깊숙한 곳까지는 가지 않았더라도, 약초 종류 및 버섯을 채집하거나 때로는 사냥을 위해 들어갔던 경험도 있다. 몸을 숨기는 방법이며 걸을 때 주의할 사항 따위도 머릿속에 들어 있다.

소년은 천성의 세심함으로 마수와의 조우를 회피하며 안전을 중시해서 나아갔다.

지면을 잘 봐서 발자국을 찾고 나무줄기의 흠집 따위에도 주의를 기울였다. 너무 최근에 난 발자국이나 흠집이 있는 방향은 피했고 때에 따라서는 빙 둘러서 우회했다.

중간중간에 나무를 타고 올라서 이동 방향을 조정했다. 분명 전진은 계속하고 있지만, 공간의 왜곡 때문인지 확인할 때마다 목적지인 평원은 위치가 바뀌곤 했다.

키잇, 킷, 무엇인가의 울음소리가 들렸다.

소년은 몸을 경직시키며 칼자루에 손을 가져갔다.

바스락바스락 소리를 내며 가까운 곳에서 날아오르더니 멀어져 간다. 새였을까.

점점 날이 저물면서 주위가 어둑어둑해진다.

소년은 더 이상 전진하기를 포하고 적당한 나무를 찾아서 타고 올라갔다. 방향을 확인할 때 이외에도 밤에는 나무 위에서 잠을 청한다. 이렇게만 해도 상당한 수의 마수를 피할 수 있다.

나무 위에서 볶은 콩과 마른고기를 먹고 물을 마셨다. 수통에는 이제 한 모금 분량의 물밖에 남지 않았다. 어딘가에서 보급을 할 수 있다면 좋을 텐데, 소년은 눈살을 찌푸렸다. 여차하면 큰물통이 풀의 줄기라도 씹어서 갈증을 달랠 수밖에 없겠다.

이윽고 해가 다 떨어졌고 숲속을 온통 답답한 칠흑의 어둠이 뒤덮었다.

하늘에는 별도 달도 없었고 가끔 인광과 같은 불가사의한 빛이 반딧불이처럼 명멸할 뿐이었다. 이곳저곳에서 마수인지 야수인지 정체를 알 수 없는 생물의 울음소리가 들린다.

소년은 가끔 얼굴의 옆쪽에서 소리를 내는 날벌레를 쫓으면서도 꾸벅꾸벅 졸았다.

딱히 경계심이 풀어지지는 않았지만, 그럼에도 피로에서 오는 탈력감 때문에 졸음이 찾아온다. 그렇게 되면 주위의 어둠마저도 따뜻하게 자신을 감싸주는 것 같다는 기분마저 들기에 신기할 따름이다.

졸음과 각성의 틈새에 있는 흐릿한 의식 속에서 무엇인가 바삭바삭하는 소리를 들은 것 같았다.

갑작스럽게 몸을 밀고 들어오는 소름 끼치는 기척에 깜빡깜빡하며 잠들 뻔했던 소년은 온 신경이 곤두서서 벌떡 일어났다.

정말이지 운이 좋았다고 말할 수 있겠다. 무엇인가 끈적끈적한 것이 방금 전까지 소년이 있던 위치에 들러붙었다.

졸음이 싹 날아가면서 소년은 허리의 검에 손을 가져갔다. 붉게 빛나는 여덟 개의 눈이 뒤룩뒤룩 움직이면서 소년을 보고 있었다.

○

잠깐 숨을 돌리면서 벨그리프는 차가 든 잔을 입으로 가져갔다. 흥분한 모습으로 뺨을 발갛게 물들인 안젤린이 몸을 쑥 내민다.

"그래서? 그래서?!"

"거미냐?! 해치운 거야?!"

마르그리트가 두 손을 꽉 주먹 쥐어서 테이블을 두들기며 재촉한다. 벨그리프는 잠시 생각에 잠긴 듯 시선이 허공을 훑었다.

"해치웠다…… 그런 건 아니었군. 무작정 도망쳐야겠다는 생각에 간신히 도망쳤지."

"엑, 뭐냐, 시시하네. 별거 없잖아."

"그런데 용케 도망치셨네요. 나무 위에서 하필 거미계 마수를 상대하려면 무척 불리하잖아요."

아넷사의 말에 벨그리프는 고개를 끄덕였다.

"나도 다 끝나는 줄 알았단다. 일단 짐을 아래로 던져 떨어뜨리고 어떻게 해야 내려갈 수 있을까 죽기 살기로 생각했지. 다행히 줄곧 어두운 곳에 머물렀던 덕에 눈이 적응돼서 나뭇가지의 윤곽은 볼 수 있었으니까 실을 피하면서 조금씩 아래쪽 가지로 옮겨 다니다가……. 마지막에는 몇 개 안 남았던 발광탄으로 거미의 움직임을 막고 말이다, 정신없이 뛰어내렸더랬지. 다리가 저렸지만 짐을 낚아채서 달렸고……. 허겁지겁이라는 게 저런 때 쓰는 말이겠지, 분명히."

"격상의 상대와 만났을 때는 도망치는 걸 염두에 두고 퇴로를 확보한다. 그리고 상대의 허를 찔러서 움직임을 막은 뒤……."

"하하하, 잘 기억하는구나, 안제."

어릴 때 배웠던 가르침을 또박또박 암기하는 안젤린에게 벨그리프는 기뻐하며 웃어 보였다. 안젤린도 의기양양해선 헤죽 웃음을 띤다.

밀리엄이 찻주전자에 온수를 따랐다.

"그러면 그때 경험이 벨 아저씨의 몸에 남아 있는 거네요~."

"그러게나 말이다……. 그때는 정말 죽음과 바짝 붙어 있었지. 감각이 예민해졌다고 할까. 나중에 저런 경험을 잘 활용했던가 알 수는 없다만, 과거보다 더욱더 겁이 많아졌던 건 분명하구나."

벨그리프는 그렇게 말한 뒤 웃었다. 카심이 살짝 불만스럽게 머리 뒤쪽으로 손깍지를 꼈다.

"무슨 소리야, 너의 세심함 덕에 우리가 얼마나 도움을 받았는데? 굳이 비하해서 말할 게 아니라고."

"맞아요. 게다가 발광탄으로 움직임을 막은 다음에 곧장 거미를 공격하지 않은 게 대단하다고 생각해요. 상대의 움직임이 멈추면 어떻게든 해치우자는 생각이 앞서는걸요, 저는……. 도망치는 판단을 내릴 수 있다는 게 대단한 이유를 고위 랭크가 된 다음에야 알았거든요."

아넷사가 말을 거들어주며 차를 홀짝였다. 까딱 방심한 채 격상의 적에게 덤벼들었다가 목숨을 잃는 젊은 모험가는 끊이질 않는다. 벨그리프는 쑥스러워하며 미소 짓고는 턱수염을 쓸어 만졌다.

"하하, 좋게 말해주니까 어쩐지 기쁘구나……."

지직지직. 초가 소리를 냈다. 심지가 꽤 짧아졌다. 늦은 밤의 이야기도 괜찮긴 하나 피로가 적지 않아서 슬슬 졸리다. 벨그리프는 기지개를 켰다.

"자, 오늘은 여기까지 할까. 이만 자도록 하자."

"응……. 흐아, 앙~."

문득 졸음이 쏟아졌는지 안젤린도 거하게 하품을 했다. 마르그리트는 아직 부족하다는 기색이었지만, 아직 갈 길이 멀다는 생각을 떠올려서 납득한 듯 불평도 늘어놓지 않고 일어섰다.

"안녕히 주무세요, 아빠."

"그래, 잘 자렴."

"헤헤헷, 안젤린 양. 아빠랑 꼭 붙어서 잠들고 싶진 않으신가?"

"으으, 카심 아저씬 심술쟁이야."

안젤린은 뺨을 볼록거리다가 홱 방에서 나갔다. 소녀들은 쿡쿡 웃으면서 저마다 잘 자라는 인사말을 한 다음 뒤를 따랐다.

벨그리프는 탄식하고 빈 잔에 차를 따랐다. 카심이 재미있다는 표정을 짓고 묻는다.

"딸이 아빠한테 독립을 하면 섭섭한가? 벨."

"갑자기 무슨 소린가……. 애당초 붙어서 자려고 하지 않을 뿐 달라붙은 버릇은 변함없잖나."

"그것도 그렇군."

요즘 들어서 안젤린은 예전처럼 벨그리프와 같은 이불을 덮은 채 잠자고 싶단 소리를 안 꺼내게 됐다. 카심이 자꾸 놀리는지라 살짝은 신경 쓰이는 듯싶다.

딱히 벨그리프와 사이좋은 모습은 누가 아무리 놀려도 신경 쓰이지 않지만, 존경하는 아버지가 보는 앞에서 작은 어린아이 취급을 받는 것이 조금은 부끄럽다는 자각이 드는 것 같다.

성장일까, 다른 무엇일까. 찰싹 붙어서 어리광을 부리던 때는 혼자서 독립할 수 있겠는가 불안한 마음이었는데 막상 이렇게 되니 은근살짝 섭섭하다는 것이 참 제멋대로이지 싶어서 벨그리프는 차를 한 모금 머금고는 의자의 등받이에 몸을 기댔다. 익숙해져야 하는 것은 아이뿐 아니라 부모 역시도 마찬가지인가 보다. 오히려 부모가 더욱 어렵지는 않을까.

카심이 하품을 했다.

"……퍼시는 뭘 어떻게 지내려나."

"글쎄. 야쿠모 씨의 이야기로는 줄곧 마수를 해치운다던데……."

"정말인가……."

카심은 눈자위에 떠오른 눈물을 손가락으로 훔친 뒤 머리 뒤쪽으로 깍지를 꼈다.

“그래도 분명히 너랑 만나면 기뻐할 거야. 여태껏 얼마나 많이 걱정했겠어.”

“그러면 좋으련만…….”

그럼에도 불안은 거둘 수 없었다.

시간이란 상처를 치유해주기도 하고 악화시키기도 한다. 카심은 낙관적이지만 벨그리프는 조금 두려웠다. 그럼에도 만나지 않는 선택지는 어불성설이다만.

“퍼시와 만나면 다음은 사티구나.”

“하하, 그렇게 쉽게 풀리려나…….”

“의외로 척척 풀릴 것 같은데? 벌써 이 짧은 동안에 난 너랑 만났고, 이번에는 곧 퍼시와 만나게 될 거야. 뭔가 말이야, 사티하고도 금방 만날 수 있다는 기분이 들어.”

“그렇게 되면 좋겠지만 말이야. 물론 만나고 싶은 마음은 간절하지만…….”

“그럼 괜찮지, 뭐. 사람의 의사나 소망이란 게 마냥 무시할 수는 없거든. 마법을 다루다 보면 더더욱 그런 생각이 들더라.”

“그런가……. 그렇군.”

카심이 말하기를 마법은 마력을 이용해서 자신의 외부에 간섭하는 기술이라고 한다. 요컨대 자신의 바람을 이루어 내는 것과 같은 뜻이라던가. 인간이 지닌 의식의 흐름에 따라 마력이 흘러가고, 또한 현상을 발생시킨다. 어쩌면 사건마저도 발생시킬 수 있지 않을까.

재회라는 흐름에 따라 우리는 나아가고 있는 것인가. 벨그리프는 눈을 내리깔았다.

"계속 바란다면……. 언젠가 만날 수 있다는 뜻인가."

"그런 뜻이지! 나는 좌절할 뻔했지만……. 믿음을 갖는 게 중요한 거야."

카심은 웃음 지으면서 잠자리에 들기 위해서일 테지, 머리카락을 묶었다.

"그나저나, 되게 기대되네. 나 말야, 퍼시랑 만나는 것도 그렇고 이제부터 할 여행도 무척 기대돼. 헤헤헤, 나중에 들으면 퍼시가 부러워하면서 화를 낼지도 모르겠네."

"음, 글쎄……."

만나기가 두렵지 않다는 말은 못 한다. 다만 그 이상으로 만나고 싶다.

그 녀석은 어떤 표정을 지으려나. 벨그리프는 미소 짓고는 차를 쭉 들이켰다. 초의 불빛이 흔들리자 두 사람의 얼굴에 드리워지는 그림자가 흔들흔들 움직였다.

○

온다앗!

구덩이의 가장자리에서 누군가가 소리 질렀다. 주위에서 자리를 잡고 앉아 있었던 모험가들이 일제히 일어나 무기를 거머쥔다.

먼저 구덩이 안쪽에서 바람이 불어 올랐고, 거의 곧바로 길고 가느다란 것이 휙 날아올랐다.

은룡(銀龍)이었다. 뱀처럼 긴 몸을 은색의 비늘이 뒤덮어서 빛나고 있다. 머리부터 등에 걸쳐서 말의 갈기와 비슷한 털이 나부끼고, 커다랗게 찢어진 입에서는 예리한 어금니가 들여다보인다.

용은 몸을 구불거리며 땅거미 지는 저녁 하늘을 날아오르더니 으르렁 소리를 내며 눈 아래의 모험가들을 노려봤다.

사수와 마법사들이 일제히 화살이며 마법을 날린다. 모두가 고위 랭크에 해당하는 강력한 공격이었다. 그러나 용은 갑자기 몸을 구불거리더니 모든 공격을 후려쳐서 떨궜다. 모험가들이 술렁거렸다.

용이 포효했다. 소리가 마치 충격파처럼 모험가들의 피부를 찌릿찌릿 찔러 들어왔다.

채찍과 같은 낭창낭창함으로 몸을 흔드는가 싶더니 용은 쏜살처럼 단박에 하강을 개시했다. 모험가들이 무기를 들어 겨눈다.

과연 모두들 고위 랭크의 실력자뿐이라 용의 돌격에도 전혀 기죽지 않는다. 오히려 상대의 접근은 딱 좋은 기회라는 듯 검사들을 비롯해 전위직에 속한 인물들이 앞에 나선다. 하지만 용의 마력을 머금은 견고한 비늘은 어중간한 공격으로는 흠집조차 나지 않았다.

"간다앗! 싹 비켜들 나라!"

거대한 전투 망치를 휘둘러 올린 남자가 도약하여 용의 몸체를 냅다 갈겼다.

용이 화난 듯 소리 지르더니 꼬리를 채찍처럼 휘두른다. 대부분의 모험가는 무기로 방어하거나 회피했지만, 몇 명은 제대로 얻어맞아서 휙 날아갔다. 다만 치명상은 한 사람도 없다. 즉각 태세를 정비한 뒤 다시 무기를 들었다.

"제길, 과연 만만한 녀석이 아니군……."

"언젠 만만했었냐! 착실하게 타격을 준다!"

그러나 일제 공격의 낌새를 알아차린 용은 상공으로 쭉 날아 올라갔다.

하늘을 날아다니는 만큼 거인이나 지룡 부류보다도 살짝 더 까다롭다. 다만 이곳에 모인 인원은 고위 랭크의 실력자뿐이다. 패배는 염두에 두지 않았지만 모두가 장기전을 예상했다.

그때 뒤쪽에서 누군가가 격한 기침을 했다. 회녹색 머리카락을 흔들거리면서 사자와 같은 남자가 나타났다. 언짢아하며 눈살을 찌푸리곤 향주머니를 품에 넣은 뒤 허리에 찬 칼자루에 손을 가져다 댄다.

모험가들이 술렁거렸다.

"저, 저 녀석이다……."

남자는 힐끗 주위를 둘러보더니 곧 상공의 은룡에게 시선을 줬다. 용 또한 남자를 봤다. 명백하게 다른 모험가와는 다른 상대로 인식하는 듯 눈동자가 가늘어진다.

"……너 정도론 나를 못 죽이겠군."

남자는 시시하다는 듯이 검을 뽑았다. 마치 물결과 같은 문양이 거듭거듭 칼날에 달려 나가는 외날의 장검이다.

얕보이고 있음을 깨달았는지 용이 화내며 포효했다. 무시무시한 위압감이 찌릿찌릿 피부를 뒤흔든다. 몸을 움츠렸다가 불현듯 놀랄 만한 속도로 화살처럼 남자를 향해 날아든다.

남자가 한 발짝 걸음을 내디뎠다. 지면을 부서뜨릴 만큼 깊숙이 밟아 디뎠다가 용을 목표로 뛰어올랐다. 두꺼운 망토가 펄럭거린다.

남자는 용에게서 일절 눈을 돌리지 않고 노려봤다. 서로의 눈동자에 서로의 모습이 가득 비친다.

용이 부르짖었다. 남자도 부르짖었다. 하단 자세로 들고 있었던 검을 휘둘러 올린다.

일순간, 소리가 사라진 것 같았다. 용의 목부터 아래 일부가 날아가서 없어진 듯 보였다.

용의 몸체는 성인의 신체로도 네 아름 이상은 될 만큼 두꺼웠다. 분명 남자가 든 칼의 날보다 훨씬 더 두꺼운데도 목과 몸통이 절단되어서 곧장 세차게 지면으로 처박혔다.

망토를 펄럭거리면서 남자가 착지한다.

추락한 용의 시체에 다가가더니 검을 휘둘러서 용의 살점 일부를 잘라 낸 다음 그것을 짊어지고 성큼성큼 걷기 시작했다. 지켜보던 모험가 중 하나가 주뼛주뼛 앞에 나섰다.

"이, 이봐. 다른 부위는 평소처럼……?"

남자는 귀찮아하며 고개를 끄덕였다. 즉각 모험가들이 용의 시체로 싹 몰려들었다.

"비늘! 비늘을 다오, 비늘! 머리와 가까운 부위가 좋다!"

"간이 필요한 녀석은 있나?! 없으면 내가 갖는다!"

"어금니다, 어금니! 가장 긴 놈을 양보해주게!"

"허둥대지 마라! 누구, 해체용 나이프는 없나?"

야단법석을 쓱 보고 남자는 구덩이를 뒤로했다. 많은 모험가는 고위 랭크 마수의 소재에 정신없었다만, 몇 사람은 떠나가는 남자의 뒷모습을 불쾌함이 담긴 시선으로 노려보고 있었다.

걸어서 떠나가는 남자에게 강아지 귀 소녀가 따라붙어서 옷자락을 잡아당겼다.

"아저씨, 아저씨."

남자는 소녀를 노려봤다. 놀랄 만한 위압감이다. 다만 소녀는 전혀 위축되는 기색이 없다. 똥글똥글한 눈으로 남자를 빤히 쳐다본다.

"드래곤 스테이크, 만들어줄게, 베이베."

"……쓸데없는 참견이다."

"에이, 아저씬 맨날 태워 먹잖아. 뭐닝, 꺼뭇꺼뭇."

"칫……."

남자는 혀를 차고는 불퉁스럽게 고기를 소녀에게 던졌다. 소녀는 받아 들었다만, 고기가 무거워서 비틀거렸다. 방울방울 떨어지는 피가 소녀의 옷을 적신다.

"헤뷔이!"

떠들어 대는 소녀를 무시한 채 남자는 걸음을 뗐다. 마수를 처치할 뿐, 다만 소재에는 전혀 관심을 나타내지 않은 채 기껏해야 먹을 분량의 고기만 약간 잘라서 가져간다. 그 고기도 대충 구워다가 소금만 뿌려서 먹는 밍밍한 요리가 될 뿐이다. 강아지 귀 소녀와 다른 동료인 창술사 여인이 알은척을 시작한 이후부터는 가끔 제대로 된 식사를 먹게 되기도 했다만.

문득 옛 기억을 떠올린다. 한창 젊은 모험가였던 시절에 의지할 수 있는 동료들과 어깨를 나란히 하여 싸웠던 때의 기억을. 의뢰를 마칠 때마다 시답잖은 이야기를 즐겼고, 적발 소년이 만든 맛있는 식사에 입맛을 다시는 때도 많았다. 매일매일이 눈부셨고 설레는 마음이었다.

남자는 주먹을 꽉 부르쥐었다. 분명 따뜻한 추억이어야 할 텐데도 남자의 표정은 씁쓰름하다. 마치 벌레라도 깨물어 씹은 것 같다.

가슴 깊숙한 곳이 들썩거리더니 갑자기 기침이 쏟아지려고 한다. 급히 품에서 향주머니를 꺼내 들었다.

"……지긋지긋하군."

남자는 중얼거렸다. 짜증이 묻어나는 난폭한 걸음걸이로 떠나간다.

고기를 품에 들어서 비틀거리던 소녀를 뒤쪽에서 흑발의 여인이 받쳐줬다.

"뭔 짓을 하려는 게냐, 요 녀석아."

"오늘 밤은 진수성찬이라네, 베이베."

"거참, 네 녀석도 비늘 한 장이든 뭐든 자기 몫 소재는 가서 챙겨라."

"괜찮아. 분명 아저씨는 쓸쓸한 거야."

흑발의 여인은 탄식했다.

"우리더러 뭘 어쩌라는 게야. 벨 씨 이야기를 가르쳐줄 순 없지 않느냐."

"그러니까 옆에 있어주는 거야. 스탠바이."

"우리가 어찌 대신해줄 수 있겠나. 대놓고 귀찮아하잖느냐, 요 녀석아."

"진짜 싫었음 콱 날려버렸을걸."

"으음……. 뭐, 일리가 있는 말이긴 한데……."

강아지 귀 소녀는 옷 바깥으로 튀어나온 꼬리를 휙휙 흔들었다.

"벨 씨는 올 거야……. 분명히 올 거야. 그때까지 아저씨가 괜히 이상한 생각 안 하게 옆에서 귀찮게 해줄 거야."

"……뭐, 마음대로 하거라. 나는 무서워서 엄두가 안 나는구나."

흑발의 여인은 기막히다는 듯이 숨을 내쉬곤 담뱃대를 꺼내서 입에 물었다. 강아지 귀 소녀는 비틀비틀하면서도 고기를 품에 안은 채 남자의 뒤를 쫓아갔다.

87 숙소 뒤뜰에 오래도록 방치된

숙소 뒤뜰에 오래도록 방치된 듯 보이는 짐수레가 있다. 거기에 쌓인 낡은 나무통에는 거미줄이 쳐져 있었고, 그곳에 아침 이슬이 구슬처럼 여럿 맺혀 있었다. 이른 아침의 해가 비치자 마치 보석처럼 반짝반짝 빛났다.

아지랑이 피어오르는 지면을 밟고 벨그리프는 검을 들어 올렸다. 그라함에게 빌린 대검이다.

꽉 힘줘서 쥐면 묵직하게 팔에 무게가 전해진다. 그런데도 한 차례 휘두르면 마치 새의 깃털과 같은 가벼움으로 자유롭게 움직일 수 있었다.

제자리 휘두르기를 몇 번쯤 한 다음 곧이어 다리도 움직여서 연무처럼 검을 다뤘다.

대검은 별로 쓴 경험이 없는 만큼 자칫하면 자기 자신을 다치게 만들 수 있다. 어떻게든 사용하는 데 미리 익숙해져야 한다.

지면을 베지 않도록 거듭거듭 휘둘러 댔다.

양손, 한쪽 손, 이따금 역수로 바꿔 쥐어서, 또한 멈추고 싶은 위치에서 딱 멈춘다. 검은 마음을 헤아리는 것처럼 종횡으로 움직이다가 또한 멈춰줬다. 더 이상 의족은 아무 리스크도 되지 않는다. 오히려 이제 와서 다리가 돌아온다면 되레 움직임이 어색해질 것 같다는 생각마저 들었다.

이 검을 쥐면 몸까지 가벼워지는 듯 느껴진다. 실제 그라함이 오래도록 정련을 계속하여 검의 내부에서 고밀도로 소용돌이치는 엘프의 마력이 벨그리프의 몸에 모종의 힘을 전해주는 것은 틀림없었다.

다만 안젤린과 마르그리트가 말했던 검의 목소리는 아직껏 들리지 않는다. 벨그리프는 움직임을 멈춘 뒤 숨을 내쉬고 아침 햇살을 반사하는 칼날을 찬찬히 바라봤다. 안젤린과 마르그리트의 말에 따르면 도도한 새침데기 같다던데 전혀 알 수가 없다.

"……네가 무언가 말을 하는 거니?"

검은 아무 반응이 없다.

벨그리프는 탄식한 뒤 대검을 검집에 넣었다. 그러고 나서 오랜 파트너였던 허리춤의 검을 뽑는다. 검은 기다리다 지쳤다는 듯이 칼날에 햇살을 받아 비쳐줬다. 착각일까, 살짝 불만을 표시하는 듯 보였다.

"안심해라, 제대로 써줄 테니까."

옆쪽에서 잡동사니 위에 걸터앉아 지켜보던 카심이 껄껄 웃었다.

"이야, 제법이네. 그래도 지금 든 녀석이랑 비교하면 아직은 살짝 어색하구나."

"그래. 이 녀석하곤 크기가 전혀 다르잖은가. 스스로를 베지 않도록 주의가 필요하지."

벨그리프는 뽑아 든 검을 바깥쪽으로 안쪽으로 살펴봤다. 그러다가 한쪽 손으로 휭 휘둘러 눈앞에서 능숙하게 돌리더니 몸의 앞쪽으로 뒤쪽으로 내둘렀고 곧이어 검집에 집어넣었다. 그라함의 대검을 쓸 때처럼 몸이 가벼워지는 느낌은 없지만, 그럼에도 20년 이상 함께 싸워왔던 검이라 이리저리 휘두르는 데 아무 불편함도 없다.

다만 이러한 이유 때문에라도 대검을 들었을 때의 힘은 빌린 물건이라고 생각한다. 너무 과신해도 무서울 것 같다는 생각이 든다. 어떻게든 적절한 합의점을 찾아서 자기 자신을 견지해야 하겠다.

"안제와 아이들은?"

"글쎄? 아직 자는 것 같더라. 방에 돌아간 다음 또 수다라도 떨지 않았으려나?"

설득력이 있군. 벨그리프는 웃음 지었다. 젊은이는 기운이 넘쳐서 좋다.

요벰을 떠난 지 대략 하루 반, 벨그리프와 일행은 만사라는 도시까지 다다랐다. 요벰의 동편에 위치하는 곳이며 칼리파까지 가는 여정의 중계 지점 역할을 하는 도시 중 하나다.

요벰의 길드에서 산맥 너머 경로의 호위 의뢰를 찾아봐달라고 부탁했다만, 요벰에서 남쪽으로 가는 인물이나 저러한 방면의 호위 의뢰는 전무했다. 혹시 있더라도 산맥에 진입해서 안쪽에 있는 던전의 소재를 구해달라는 채집, 탐색 계열의 내용인지라 저런 의뢰를 받았다가는 결국 요벰으로 다시 돌아가야 하는 만큼 두 번

수고가 든다.

만사에 가면 시간을 단축하기 위해 남하하는 상단이나 행상인이 혹시 있으리라는 설명을 듣고 요벰의 길드에서 소개장을 받아 어젯밤 만사에 막 도착했던 참이다. 도착했을 무렵에는 해가 이미 저물었기에 오늘 잠시 후 만사의 길드에 가볼 예정이다.

한 번 더 검을 휘둘러볼까 싶어서 등에 멘 대검을 뽑아 들었을 때 안젤린과 소녀들이 바깥에 나왔다. 지금 이때까지 푹 잠들었었는지 머리카락이 뒤죽박죽 헝클어져 있다.

"늘어지게 자버렸어……. 좋은 아침, 아빠."

"그래, 좋은 아침이구나. 잘 잤니?"

"꿀잠, 꿀잠. 이 숙소, 이불이 폭신하더라고. 으으, 나오려니까 되게 아쉽더라."

마르그리트가 두 손을 들어 올리며 기지개를 켰다. 확실히 싼 숙소치고는 이불이 속이 꽉 차서 폭신했었다. 무척 편안했던지라 침상에서 나오기 싫어지는 마음도 이해가 간다.

밀리엄이 흐아앙 커다랗게 하품을 하고 눈자위에 묻은 눈물을 닦았다.

"벨 아저씨랑 카심 아저씨는 여전히 빨리 일어나신다냥~."

"내 경우는 버릇이구나. 새벽에는 눈이 저절로 떠지거든. 아니면 나이를 먹은 탓이려나, 하하하."

"어, 자네 설명이면 나도 나이를 먹었다는 뜻이 되는데."

"마흔에 발을 들여놓은 녀석이 젊은이 행세 말게나. 나잇값은

해야지.”

“넌 달관하는 게 너무 빨라. 이래선 쉰쯤 되었을 땐 할아부지가 되어버리겠군?”

“벨 아저씨는 이미 신선 같은 구석이 있는걸요.”

아넷사가 그렇게 말한 뒤 웃었다. 벨그리프는 머리를 긁적였다.

“속세를 떠난 사람 말이니? 그런 생각은 없는데 말이다…….”

“탈속의 검호, 변경의『적귀』…… 엄청 멋있어…….”

안젤린이 황홀한 표정으로 중얼거렸다. 마르그리트가 깔깔 웃는다.

“좋아, 멋지네! 틸디스에서도 퍼뜨려서 유명하게 만들어주자고!”

“과, 관둬라! 그건 진짜로 관둬라!”

몹시 당황하는 벨그리프를 보고 일동은 유쾌하게 웃었다.

○

아침 식사를 마친 뒤 길드가 혼잡할 시간을 피해 적당한 때에 바깥으로 나왔다. 점심때 약간 이전의 시간대이다.

만사는 요벰만큼 번화한 곳은 아니지만, 그럼에도 여정의 중계 지점 역할을 하는 숙박 도시답게 사람들의 왕래는 많은 듯싶다. 가까운 곳에 던전이 위치하고 있어 모험가들의 모습도 제법 많았다. 관련 소재를 취급하는 상인들도 길을 오가고 있다.

석제 토대에 흙벽을 쌓아서 만든 길드에 들어서자 창문으로 비치는 빛에 흩날리는 흙먼지가 눈에 들어왔다. 사람 숫자가 썩 많지는 않다. 이미 아침 의뢰는 수주가 끝났을 무렵이다.

안젤린은 두리번두리번 주위를 둘러보다가 안쪽에 있는 고위 랭크 전용의 접수처를 발견했다. 비어 있다. 카심과 함께 다가가자 초원의 주민인 듯 살짝 불그스름한 피부의 여성 접수원이 생긋 웃어줬다.

"어서 오세요, 어떤 용건으로 오셨습니까?"

"여기 소개장……. 남쪽으로 내려갈 예정인데 같이 갈 만한 상단이나 행상인이 있나 싶어서."

소개장, S랭크 모험가의 표식, 안젤린과 카심의 얼굴을 차례차례 쳐다보면서 여성 접수원은 눈을 깜빡깜빡했다.

"그, 그러시군요……. 알겠습니다, 잠깐 살펴볼 테니 잠시만 기다려주시겠어요?"

"응. 급한 일 아니니까 천천히 찾아봐줘요……."

그렇게 돌아 나와서 다른 일행과 합류한 뒤 로비의 빈 구석의 자리에 앉아 숨을 내쉬었다. 공기가 메마른 데다 은근히 먼지가 많다. 흙먼지뿐 아니라 누군가가 피는 연초의 연기도 떠다니고 있다.

건물은 벽도 바닥도 흙이었다. 그러나 곳곳이 다양한 색깔의 타일로 모자이크 문양을 장식되어 있다. 당연하다만 돌바닥에 석회로 벽을 세운 올펜의 길드와는 분위기가 많이 달랐다.

마르그리트에게는 후드를 쓰고 다니도록 부탁한지라 쓸데없이 수작을 거는 작자도 없다. 평온하게 자리에 앉았는데도 마르그리트는 불만스럽게 입을 삐죽이고 있다.

"쳇, 이렇게 조심조심 안 해도 덤비는 녀석 싹 날려버리면 그만인데."

"무작정 힘을 써서 해결하려고 들면 안 되잖니……."

벨그리프는 기막히다는 듯이 눈을 내리뜨고는 수염을 비비 꼬았다.

안젤린은 쿡쿡 웃었다. 자신도 신출내기 때는 거들먹거리며 시비나 거는 모험가를 때려눕혔던 적이 있었지, 생각을 한다.

모험가는 실력 제일주의의 경향이 있기 때문에 한 차례 힘의 차이를 보여주면 창피를 당할까 봐 무서워져서 다른 사람도 괜한 수작은 자제하게 되는 경우가 많다. 물론 원한을 품고 오히려 더 시비를 걸어오는 작자도 아주 없지는 않아서 저런 부분은 정도의 조절이 중요하다. 무슨 일이든 지나치면 좋지 않다.

밀리엄이 턱받침을 했다.

"나랑 아네도 초보 때는 시비에 자주 휘말렸었지~."

"그러게 말야. 아무래도 어리다고 얕보는 사람이 많았던 데다 여자니까……."

"너희는 어떻게 했어? 싸움 받아줬어?"

"그렇지, 뭐. 다만 맨손으로 싸우는 건 특기가 아니니까 옷소매를 활로 쏘아서 벽에 붙박아준다거나 손에 든 컵을 꿰뚫어서 겁주곤 했어."

"나는 약하게 벼락 주문을 써서 찌릿찌릿 만들어줬지~."

두 사람은 그렇게 말한 뒤 웃었다. 마르그리트가 기뻐하며 팔을 흔든다.

"맞지? 맞지? 역시 말이야, 일단 힘을 보여주는 게 가장 좋다니까!"

"우리는 싸움을 하러 온 게 아니잖니……. 타지에 와서 무작정 길드의 체면을 손상시키면 좋을 게 전혀 없겠지? 게다가 가는 도시며 마을에서 전부 다 싸움을 벌일 셈이니?"

"끄응……. 뭐, 그거야 맞는 말이긴 한데……."

문득 벨그리프는 어땠을까 궁금해졌다. 안젤린은 아버지의 얼굴을 빤히 들여다봤다.

"아빤? 싸운 적 있어?"

"음? 뭐, 그야 시비에 휘말렸던 적은 있지만, 아빠는 딱히 싸움을 한 적은 없구나."

"엥~ 벨 아저씨의 무용담을 듣고 싶었는데~."

"칫, 시시하기는. 큰숙부도 벨도 너무 점잖다니까."

"아니, 난 어쨌든 간에 그라함은 젊은 시절에 아마……."

"응? 할배가 왜?"

"아니, 뭐, 으음…… 아마 그라함도 젊은 시절에는 마리와 꽤 비슷했을 듯한데."

"마리랑 할배가……?"

뜻밖의 말을 들었기에 안젤린은 눈이 똥그래져서 마르그리트를 돌아봤다.

만약에 저 말이 진짜라면 이 왈가닥 엘프 공주도 훗날 나이를 먹었을 때 그라함처럼 차분하고 조용한 성격으로 바뀌는 걸까? 문득 상상해봐도 도무지 저런 모습이 떠오르질 않는다. 마르그리트는 아무리 시간이 지나도 마르그리트이다. 그리고 마르그리트처럼 혈기 왕성하고 과격한 그라함도 역시 상상이 되질 않았다.

"……전혀 상상이 안 되는걸. 차분한 마리랑 만나는 날은 절대로 안 와."

"내가 큰숙부처럼 말라붙을 리 없잖아! 바보 같은 소리는 하지 마라!"

"그런가?"

벨그리프는 웃음 지었다.

그때 여성 접수원은 종종걸음으로 다가왔다.

"오래 기다리셨습니다. 저기, 길드 마스터가 직접 만나자 말씀하시는데 잠시 걸음을 옮겨주셔도 괜찮으실까요?"

"응, 괜찮아. 다 같이 가면 될까……?"

"저기, 아뇨, 그게요, 방이 좀 좁아서 S랭크인 두 분만……."

여성 접수원은 안젤린을 비롯하여 일행을 빙글 보고는 민망해하며 고개를 꾸벅였다. 딱히 이의도 없을뿐더러 불쾌하게 받아들이는 사람은 없다. 자, 가자. 안젤린과 카심 두 사람은 안내를 받아 길드의 안쪽으로 들어갔다.

복도의 창문 너머로 보이는 뒤뜰에서는 모험가들이 수집했을 갖가지 소재가 분류되어 있었고, 도매상인인 듯한 인물이 매입을 위해 와 있기에 작은 시장과 같은 분위기였다. 이곳저곳에서 다양한 목소리가 들려오는데 제각각 말을 떠드는 터라 활기차기는 해도 어떠한 말이 오가는지 전혀 알아들을 수 없다.

무기고 비슷한 장소 앞쪽을 지나, 서류를 보관하는 방 앞을 지나 구석진 곳에 길드 마스터의 방이 있었다. 벽에는 타일을 붙여놓았고, 세월의 흔적이 꽤 보이는 나무 문에는 철제 장식이 있었다. 그 문을 열어서 안에 들어갔는데 과연 좁다란 방이었다. 게다가 서류용 선반을 들여놓은 탓에 더욱더 좁게 느껴진다. 응접용 탁자는 없다. 의자를 가져와서 안쪽에 있는 집무용 책상을 사이에 두고 마주 바라보는 모양새로 앉아야 하는 듯싶다.

그 집무용 책상 너머에 길드 마스터로 짐작되는 인물이 앉아 있었다. 늘씬한 체구의 중년 여성이다. 검은색에 가까운 보라색의 장발을 땋아 올렸고, 머리에는 천 모자를 썼다. 피부 색깔은 그을렸는지 다른 이유인지 갈색에 가깝다. 뺨에는 신비로운 문양의 문신이 있었다. 아울러 왼쪽 눈에 안대를 착용하고 있다.

자세에서 역전의 강자다운 분위기와 위엄이 흘러나왔기에 안젤린은 무심코 감탄했다. 길드 마스터는 이래야 된단 생각이 든다.

여성은 안젤린과 카심을 들어오는 것을 보고는 미소 지으면서 일어났다.

"잘 와주셨습니다, 만사의 모험가 길드입니다. 환영해요, 『흑발의 여검사』님. 나는 만사의 길드 마스터, 시에라라고 해요. 모쪼록 기억해주시길."

"초대 고마워요……. 안젤린이에요."

"후후, 소문으로 듣긴 했는데 정말 젊구나. 참 부러운 재능이야."

시에라는 쿡쿡 웃었다. 안젤린은 어쩐지 간질간질한 기분이 들었다.

"으음, 이쪽은 카심 아저씨."

소개한 뒤 카심을 돌아봤는데 무슨 이유인지 바짝 굳어선 어색하게 웃음을 짓고 있었다.

"시, 시에라……? 왜 네가 이런 데 있다니?"

"그건 오히려 내가 할 말이잖아? 카심."

시에라는 매섭게 웃음 짓고는 카심을 쳐다봤다. 분명히 웃는 얼굴인데도 시선은 날카롭다. 화난 모습처럼 보이기도 한다. 안젤린은 카심과 시에라를 번갈아 바라보다가 고개를 갸웃거렸다.

"……아는 사이야?"

"뭐, 응."

카심이 말을 머뭇거리며 이리저리 시선을 피하던 때에 시에라는 집무용 책상을 휙 뛰어넘어서 카심의 눈앞에 착지했다. 곧바로 멱살을 틀어잡더니 생글생글 웃는다. 다만 이마에는 불끈 핏대가 서 있었다.

"네가 독불장군이라는 건 아주 잘 알았다지만, 의뢰를 내팽개치고 자취를 감추면 대체 어쩌자는 거야? 게다가 모험가를 은퇴한다? 우리가 얼마나 고생했는지 알기는 아냐, 이 자식아. 수염이나 기르고 말야, 변장이라도 할 셈이었어?"

"자, 자잠, 잠깐, 잠깐만. 미안, 잘못했어. 그땐 내가 자포자기를 한 바람에.”

“웃기는 변명이군, 얼간이 녀석. 게다가 딱 시치미 떼고 복귀까지……. 일단 한 대 맞아라. 얘기는 그다음에 하고.”

“잠깐, 잠깐! 너한테 얻어맞으면 난 죽어버린다고!”

“어쩌라고? 뭐 문제라도 있나?”

“잠깐! 안제, 살려줘!”

멍하니 둘의 실랑이를 지켜보고 있었던 안젤린이 퍼뜩 정신을 차린 뒤 시에라의 팔을 붙들었다.

“시에라 씨, 일단 카심 아저씨는 내 동료라서…….”

“……목숨을 건졌구나, 카심.”

“제발 좀 봐줘라……. 몇 년 전 얘기인데 이제 와서, 아이고.”

카심은 옷자락을 털고 난처해하며 웃었다. 안젤린은 카심을 콕콕 찔렀다.

“……둘이 어떻게 아는 사이야?”

카심이 겸연쩍어하며 머리를 긁적거렸다.

“음, 뭐냐……. 옛날에 같이 다녔던 파티 멤버야. 제도에 있던 시절이었나?”

“그래. 벌써 10년은 지난 일이군. 『허공의 주인』을 토벌해서…….”

『허공의 주인』 토벌이라면 카심이 S랭크로 승격했던 계기가 된 전투다. 그때 함께했던 전우였구나. 안젤린은 새삼 시에라를 말똥말똥 바라봤다.

나이가 든 얼굴에는 주름이 눈에 띄기 시작했지만, 반소매 옷 안쪽으로 들여다보이는 문신을 새긴 팔은 근육질이며 탄력이 있다. 온몸에서 가득 흘러넘치는 굳건함은 젊은이와 다를 바 없다. 중년이 아닌 청년이라는 말이 더욱 정확한 표현으로 여겨졌다.

“네가 느닷없이 사라진 탓에 빈 구멍을 메운다고 얼마나 바쁘게 달려 다녔는데……. 미리 받아 둔 의뢰도 취소해야 됐고, 카터가 활개 치면서 파티가 삐걱삐걱했었고.”

“그래 미안해. 내가 잘못했어. 그런데 원래부터 카터 패거리가 나를 싫어했던 건 너도 잘 알았잖아. 늦든 빠르든 떠날 생각이었다고. 난.”

“시끄럽다. 그거랑 이건 이야기가 달라. 내가 너 대문에 봉변을 당한 건 변함없잖아. 애당초 그때 넌 태도가 도대체. 멤버와 협조성도 뭣도 없는 데다가 제대로 대화 나누는 상대는 기껏해야 나밖에 없었지. 네게도 원인이 있단 말이다. 떠날 때도 떠나는 예절이라는 게 있었을 텐데, 얼간이 녀석. 아, 제길, 떠올렸더니 또 화가 치미는군.”

시에라는 주먹을 꽉 쥐어 카심의 옆구리를 살짝 때렸다. 카심은 비명 질렀다.

“넌 힘이 엄청 세니까 때리지 맛!”

“시끄럽다.”

“아파! 관두라니까!”

언제나 유유자적하던 카심이 마냥 민망해하는 꼴이 우스워서 안젤린은 뜻하지 않게 웃음을 터져 나왔다.

실컷 카심을 이리저리 괴롭히다가 일단 만족한 듯한 시에라는 흥, 코웃음을 치고는 방의 구석에 놓아 둔 의자를 꺼내다가 두 사람에게 어서 앉으라며 재촉했다. 안젤린은 웃음 지으면서 응접용 의자에 걸터앉았다. 여성 접수원이 차를 가져와서 꾸벅 인사한 뒤 물러났다.

올펜의 꽃차와는 또 다른 향내가 있어 상당히 맛있는 차다.

카심은 차에 손을 대지도 않고 초췌한 모습으로 의자 등받이에 푹 몸을 기댔다.

"이럴 줄 알았으면 로비에서 가만 기다릴걸……."

"자업자득이다, 멍청한 녀석."

"후후……. 둘이 사이가 좋구나."

"딱히 사이가 좋진, 않다만."

시에라는 살짝 의아하다는 표정을 짓고 카심을 봤다.

"카심, 너 뭔가 변했는데. 비장감이 싹 사라졌어."

"엉? 그런가?"

"그래. 예전에는 똑같이 능청 부려도 기분 나쁘게 빈정거리던 녀석이……. 지금은 진심으로 즐거워하는 것 같아."

카심은 중절모자를 고쳐서 쓰고 찻잔에 손을 뻗었다.

"친구랑 말야, 드디어 다시 만났거든."

"……올펜에서 같이 다녔다는?"

"응. 헤헤헤, 분명히 죽었을 거라 생각했는데 말이야, 아주 건강하더라고. 얘가 그 친구의 딸이야."

카심은 그렇게 말한 뒤 안젤린의 어깨를 토닥였다.

"흠, 그런 인연이……."

시에라는 왠지 모르게 씁쓸하다는 듯이 미소를 지었다가 차를 입으로 가져갔다. 그러곤 자세를 바로잡고 집무용 책상에 손을 짚는다.

"아무튼, 친구 딸을 데리고 남쪽으로 가고 싶다고? 뭘 하려는 거야, 네 녀석."

"그래그래, 맞아. 응, 내가 옛날에 같이 다녔던 동료는 세 명이 었다고 얘기한 적 있지? 한 명은 다시 만났고, 다른 한 명도 지금 위치를 알아냈거든. 그래서 만나러 가는 도중이야."

"……대충 알겠다."

시에라는 묘하게 시큰둥한 반응이라는 것이 안젤린은 신경 쓰였으나 굳이 캐묻기에는 실례라는 생각이 들어 잠자코 입을 다물었다.

어쨌든 간에 이러한 사정으로 닌디아 산맥 방면으로 가는 중이며 목적지까지 가는 도중에 몸풀기로 산맥을 따라 이동할 계획임을 설명했다. 시에라는 잠시 팔짱을 끼고 생각에 잠겨 있었다만, 이윽고 얼굴을 들어 올렸다.

"지금 상단의 호위 의뢰는 딱히 없군. 일단 만사에서 남쪽으로 갈 사람이 없고 말이야. 위험에 비해 이득이 적은 데다가 상인이면 다들 칼리파 방면의 길을 선택하니까."

대강 예상했던 대답이구나. 안젤린은 눈살을 찌푸렸다. 만사보다 큰 요벰에서도 남쪽으로 가는 상인은 없지 않았던가.

게다가 지도를 확인한 바, 산맥 부근의 큰 도시는 상당히 남쪽으로 내려간 다음에야 나온다. 그곳은 산맥을 따라 이동하기보다도 칼리파를 들러서 돌아가는 편이 안전하고 무역을 하는 입장에서도 큰 도시를 들러야 이득이 된다.

모험은 힘들겠네. 살짝 낙담한 마음으로 안젤린이 의자에 몸을 기대던 때 시에라가 히죽 웃었다.

"괜찮아, 다른 의뢰가 있어."

"다른 의뢰?"

"그래."

시에라는 책상에 팔꿈치를 짚어서 살짝 몸을 내밀었다.

"호위가 아닌 운송이다."

듣자 하니까 남쪽 대도시의 길드로 서간과 짐을 가져다주는 일이 있다고 한다.

칼리파 경유로 돌아가도 괜찮지만, 역시 빙 둘러서 가게 된다. 똑바로 남하할 수 있다면 상당히 시간 단축이 된다는 설명이었다. 급한 안건은 아니어도 빨리 도착하면 더할 나위가 없는 물건인 듯했다.

"본래는 길드 관계자에게 맡길 참이었는데……. 만사도 작은 길드라서 사람이 많이 없거든. 내가 나서야 하나 생각했었는데 카심이라면 나도 신뢰할 수 있지. 물론 안젤린 양도 마찬가지야."

"……괜찮아? 들고 도망치면 어쩌게?"

"후후, 에스트갈 대공에게 훈장을 받은 대단한 모험가가 좀도둑질을 할 리 없잖아. 명성이 있는 인물은 섣불리 못된 행각을 저지르면 오히려 더 위험해진다는 것은 나도 잘 알아."

안젤린은 차를 머금은 채 잠시 말이 없다가 곧 시에라를 돌아보면서 고개를 끄덕였다.

"알았어. 그런 거라면 쉽지……. 맡겨줘."

"하하, 믿음직하군. 뭐, S랭크가 둘이나 나서는데 말썽이 생길 리 없지."

"아, 잘됐다. 안심했어. 고마워, 시에라."

"흥, 너를 위해서가 아니야. 안젤린 양을 위해서지."

"헤헤헷, 쑥스러워하지 마. 너는 옛날부터 다정한 녀석이었잖아."

은근슬쩍 평소 기세를 되찾은 카심이 웃자 시에라는 절레절레 머리를 흔들었다.

"거참, 사람 마음도 모르고……."

"응? 뭐라고?"

"아무것도 아니야. 그래, 파티 편성은 어떻게 되지? 설마 단둘이 다니는 건 아닐 텐데?"

"그야 물론이지. 안제의 파티 멤버와 얘 아빠, 요컨대 내 친구하고, 또 엘프 아가씨가 하나 있어."

시에라의 눈썹이 꿈틀 움직거렸다.

"그런가……. 같이 왔구나."

"그야 또 다른 친구 한 명을 만나러 가는 길이잖아. 맞아, 너한테도 소개해줄게."

"흠……."

시에라는 눈을 내리깔고 손가락으로 턱을 문질렀다.

○

우유로 끓인 향신료를 쓴 차는 달아서 어쩐지 차가 아닌 듯 여겨졌다.

로비와 인접한 곳에 소소하게 음식을 파는 가게가 있어서 안젤린과 카심을 기다리는 동안 그곳에서 과자며 차 종류를 샀다.

"……으음, 역시나 이런 맛이로군."

벨그리프는 달콤한 과자와 달콤한 차의 협공에 무심코 눈살을 찌푸렸다. 여자아이들은 전혀 괴로워하지 않으면서 맛있게만 먹는다.

손이 멈춰 있는 벨그리프를 보고 마르그리트가 눈을 끔뻑거렸다.

"뭐야, 벨. 안 먹으려면 나나 주든가."

"그래, 가져가렴. 그나저나 다들 용케도 잘 먹는구나……."

"잔뜩 먹어야 기운도 팍팍 솟아나는 거다. 그치? 미리."

"그럼, 그럼. 벨 아저씨도 잔뜩 안 먹으면 키가 안 자란답니다~?"

여자아이들은 그렇게 말한 뒤 쿡쿡 웃었다. 벨그리프는 머리를 긁적였다.

그때 안젤린과 카심이 돌아왔다.

"아빠……."

"아, 안제. 어땠니? 뭔가 진전이 있었어?"

"응……. 이쪽은 길드 마스터 시에라 씨. 이분이 울 아빠, 벨그리프……."

안젤린에게 소개를 받아 갈색 피부의 여자가 미소 지으며 꾸벅 인사했다.

"처음 만나 뵙습니다, 시에라입니다."

"이런, 반갑습니다. 감사하게도 길드 마스터께서 직접 와주셨습니까. 벨그리프라는 사람입니다."

벨그리프는 일어나서 머리 숙였다. 시에라는 오른쪽 눈으로 벨그리프를 위에서 아래까지 천천히 훑어보다가 무엇인가 생각하듯이 턱에 손을 가져갔다.

"……흠, 과연. 당신이 카심의 옛 친구이군."

"으음?"

시에라가 카심과 아는 사이처럼 발언했기에 벨그리프는 고개를 갸웃했다. 카심이 실실 웃는다.

"나랑 옛날에 같은 파티였던 녀석이야. 제도에 있던 시절이었던가, 5년쯤 같이 싸웠어."

"이런 우연이……. 참 신기한 인연이 다 있군그래."

벨그리프는 웃으며 턱수염을 쓸어 만졌다. 시에라는 머리를 긁적이다가 눈을 내리깔았다.

아넷사, 밀리엄, 마르그리트도 각자 인사를 나눈 뒤 사태의 전

말을 설명하는 단계에 들어갔다.

길드의 서간 및 물품의 운송. 그런 중요한 임무를 오랜 지인인 카심이라면 또 모를까, 자신들 같은 외부인에게 맡겨도 되는 것인가. 벨그리프의 눈매가 가늘어졌다.

"사정은 잘 알겠습니다만……. 저희에게 맡겨도 괜찮은 겁니까?"

"그게 살짝 곤란한 부분이야, 벨그리프 씨. 카심은 잘 아는 녀석이지. 안젤린 양도 S랭크, 신상은 명확하고. 같은 파티의 멤버들도 신용하기 충분하지. 다만, 실례지만 D랭크라는 저쪽 엘프 아가씨와 애당초 모험가도 아닌 귀하의 대우 문제는 신중하게 접근할 수밖에 없어."

"흐음……. 뭐, 당연하지요."

벨그리프는 납득해서 고개를 끄덕이는데도 되레 카심이 화내며 앞에 나섰다.

"무슨 소리를 하는 거야? 내 친구라니까. 신용을 못 하겠다고?"

"신용 문제가 아니야, 형식의 문제이지. 길드가 신상을 파악하지 못한 초보자에게 의뢰를 맡겼다는 말이 나돌면 반발은 필연적이니까."

"꽉 막힌 소리는 하지 말자. 길드 마스터의 권한으로 처리할 수 있잖아, 별문제도 아닌데."

"처리가 안 되지는 않지. 하지만……. 산맥을 따라가는 길을 솔직히 위험하잖아. 도중의 협곡에는 고위 랭크 마수의 출몰도 확인됐어. 랭크라는 지표로 가늠할 수 없는 상황에서 실력이 파악되지 않은 인원을 섣불리 파견하려니까 너무 무책임하단 생각이 들어서 말이야."

시에라는 다소 언짢아하는 표정으로 카심을 노려보다가 곧이어 벨그리프에게 시선을 줬다.

"썩 좋은 기분은 아니겠지만……. 모쪼록 이해해주길 바라."

"아뇨, 당연합니다. 저희가 무리한 요청을 드린 것은 잘 알고 있었습니다, 신경 쓰지 마십시오."

"……다만 우리 쪽에서도 빨리 화물을 남쪽으로 보낼 수 있다면 고맙거든. 그러니까 의뢰를 받아주면 좋겠다는 건 진심인데 말이야."

시선을 받은 안젤린은 얼굴을 찌푸렸다.

"……아빠랑 마리를 두고 가라고?"

"뭐, 대충 비슷한 말이다만……."

"웃기지 마. 절대 못 받아들여."

"글쎄, 방침을 결정하는 게 그쪽인가? 아니면……."

시에라는 떠보는 듯한 눈빛으로 벨그리프를 봤다. 딱히 미안해하는 분위기도 아니다. 왠지 몰라도 도발을 하는 기색마저 있었다.

이렇듯 길드 마스터의 태도는 조금 전부터 묘하게 뾰족뾰족했다. 자신들에게 마음에 들지 않는 부분이 있지 싶었다.

다만 주장하는 말은 어쨌든 합리적이었다. 위험한 길에 하위 랭크의 인물이며 모험가가 아닌 인물을 보내려니까 내키지 않는다는 것은 당연한 감정일 테지. 더구나 시에라는 벨그리프와 처음으로 막 만난 사이이다. 아무 근거도 없이 신용해달라는 말은 오히려 억지가 된다.

물론 의뢰를 일단 수주한 다음이라면 받은 파티가 재량껏 처리해서 모험가가 아닌 인물을 안내인으로 고용한다거나 운반 역할을 맡기는 경우는 있다. 따라서 안젤린과 카심이 이미 의뢰를 수락한 입장이라면 본인들의 판단하에 벨그리프와 마르그리트를 데려가는 것도 분명히 가능하다만, 의뢰를 받기 전에 모험가가 아닌 인원이나 하위 랭크의 인물을 데려가려고 한다는 말이 나왔다면 길드 측에서도 눈살을 찌푸릴 수밖에 없는 상황이다.

자, 어떻게 해야 하려나. 벨그리프가 고민하던 때 마르그리트가 앞으로 치고 나왔다.

"요컨대 이 아줌마야, 댁은 내가 약하다고 말하고 싶은 거지?"

"이, 이 녀석, 마리."

"벨은 물러나 있어. 이봐, 내가 D랭크인 건 일부러 천천히 올라가려고 했기 때문이야. 벨도 모험가가 아닌 건 실력이 없어서가 아니라 일부러다."

"……무슨 소리를 하려고 이럴까?"

시에라는 미소 지었다. 다만 눈은 웃지를 않는다. 마르그리트는 흥, 코웃음 쳤다.

"한판 싸워주겠다는 뜻이다. 댁보다 강하면 불만 없겠지?"

"나도 꽤 얕보였군……. 그래도 이런 게 싫지는 않아. 게다가 확실히 내가 실제로 실력을 가늠할 수 있다면 특례로 편의를 봐줘도 주위에서 납득할 테고."

"헤헤, 말이 잘 통해서 마음에 들어. 좋아, 붙어보자고. 준비해라, 벨."

"……음?"

"멍 때리지 마, 바보야. 이대로 가만있음 뒤로 동떨어지거나 빙 둘러서 재미없는 길을 가야 되잖아. 이 아줌마를 때려눕히고 후닥닥 남쪽으로 가자."

벨그리프는 얼굴을 찌푸리며 주먹을 꽉 쥐고 마르그리트의 머리를 쿵 때렸다. 마르그리트는 비명 질렀다. 머리를 감싸 쥐면서 울상을 짓고 벨그리프를 째려본다.

"무슨 짓이야아……."

"……이 녀석아, 실례잖니. 혈기 왕성한 건 괜찮지만 예의를 잃지 말거라."

벨그리프는 다시 시에라를 돌아봤다.

"그나저나, 정말 괜찮겠습니까?"

"흠? 굳이 걱정까지 해주시려는 건가? 귀하도 나 따위한테는 지지 않을 테니까?"

"설마요. 다만 이렇게 급한 방법이면 나중에 문제가 될까 싶어서 말입니다."

"……그 부분은 귀하가 신경 쓸 문제는 아니지."

"시에라, 저기 말이야."

무엇인가 말을 꺼내려 하는 카심을 무시한 채 시에라는 몸을 휙 돌려서 걸어 나아갔다. 왠지 몰라도 화가 났다는 느낌이 든다.

마르그리트가 잔뜩 벼르는 분위기로 쫓아가자 안젤린, 아넷사, 밀리엄도 얼굴을 마주 바라보면서 뒤를 따랐다.

카심이 살짝 서글픈 표정을 짓고 벨그리프를 돌아봤다.

"괜히 미안하네……. 저 녀석, 사실은 좋은 녀석인데 말이야."

"하하, 알아, 안다네. 직무에 성실할 뿐이 아닌가. 분명 뭔가 이유가 있는 행동일 테지. 이렇게 겨루기를 허락해준 것만도 고마운 마음이야."

"응……. 어휴, 어쩐담, 시에라 녀석……."

카심은 거하게 숨을 내쉬고는 모자를 고쳐 쓰더니 성큼성큼 걷기 시작했다.

시에라는 분위기로 짐작하건대 강적이리라. 카심의 전우였다면 지닌 바 실력은 미루어 짐작을 하고 남는다. 과연 인정을 받아 낼 만한 대결을 선보일 수는 있을 것인가.

"……이미 대모험이군."

벨그리프는 쓴웃음을 지으며 등에 멘 검의 위치를 고쳤다.

88 길드 건물의 뒤편에 작고 아담한

길드 건물의 뒤편에 작고 아담한 수련장 같은 공간이 있었다. 화살의 과녁이며 짚단 따위가 늘어서 있어 빈터라는 느낌이 든다.

살짝 흥분한 마르그리트를 제지한 뒤 벨그리프가 먼저 대결에 나서기로 했다. 고양된 것은 상관없으나 머리는 냉정해야 하지 않겠느냐고 꾸중을 해서 마지못하게 양보를 받은 형태이다. 다만 벨그리프와 시에라의 대결을 잘 관찰해서 상대의 실력을 올바르게 가늠할 줄 아는가 시험하겠다고 당부한 터라 지금은 진지한 표정으로 장내를 지켜보고 있다.

어쨌든 간에 시에라가 싸우고 싶은 대상은 자신이리라 짐작한 벨그리프는 다소 억지를 부려 마르그리트를 뒤로 물리친 형태가 됐다. 그러나 어쩔 수 없다. 이번 대결의 본질은 실력 운운의 문제가 아니기 때문이다.

안젤린이 살짝 불만에 찬 표정을 짓고 벨그리프의 소매를 잡아 당겼다.

"있잖아, 아빠."

"왜 부르니? 안제."

"내가 말하기는 좀 이상하지만……. 의뢰를 안 받으면 그만 아니야? 딱히 확실하게 약속을 한 것도 아니고 시에라 씨의 말도 이해되지만……. 조금 무리가 있는 구실이잖아."

방금 전 설명을 따르자면 의뢰를 위해 안내인을 고용할 수도 없는걸. 안젤린은 말을 보탰다.

벨그리프는 쿡쿡 웃고는 안젤린의 머리를 쓰다듬었다.

"잘 아는구나. 맞는 말이다."

"그럼 어째서……? 아, 아빠도 모험을 하고 싶어졌어?"

"그런 게 아니란다. 카심을 위해서야."

"카심 아저씨……?"

안젤린은 의아하다는 표정을 짓고 뒤쪽으로 살짝 떨어진 곳에서 있는 카심을 돌아봤다. 어떻게 해야 되는가 갈피를 못 잡는 분위기로, 살짝 시무룩한 표정으로 이리저리 시선을 옮기고 있다.

벨그리프는 허리에 찬 검, 등에 멘 검의 위치를 고친 뒤 다른 도구 주머니 따위를 풀어냈다.

"……카심 녀석이야 뻔하지. 시에라 님이며 다른 사람들과 파티를 짜서 다녔을 때도 상대의 마음은 전혀 배려하지 못한 채 나와 퍼시, 사티의 생각에 사로잡혀 있었을 거다."

"그게, 그랬을까……?"

안젤린은 도구 주머니를 받아 들면서 고개를 갸웃거렸다.

"그런 녀석이란다. 한 가지 생각에 붙들리면 다른 것들을 못 보게 되지……. 그래도, 저 녀석 역시 나와 퍼시, 사티와 함께했던 과거만 있었던 것이 아니야. 이미 40년이나 살아왔잖니. 저 친구에게는 본인 나름의 청산해야 할 관계가 있지. 지금 아무것도 모르는 척 지나가버릴 수는 없구나."

"끄응……. 잘 모르겠어."

"하하, 그러니. 뭐, 카심도 자포자기했던 시절이니 어쩔 수 없었다지만……. 다른 이유보다 시에라 님이 좀 가엾구나. 대뜸 의뢰를 거절한 뒤 작별을 선언하는 인정머리 없는 행동은 아빠가 도저히 못 하겠구나."

"그거랑 싸우는 게 무슨 상관이 있어……? 아빠라면 일단 대화를 나누자고 할 것 같았는데."

"차분해지려면 잠시 날뛰어야 오히려 더 빠른 때도 있단다. 걱정하지 말렴. 딱히 서로가 죽기 살기로 싸우자는 것도 아니니까."

벨그리프는 그렇게 말한 뒤 어깨를 으쓱였다. 안젤린은 전부는 이해하지 못한 눈치였지만, 어쨌거나 벨그리프가 딱히 싫은데도 하는 대결은 아님을 알아차린 듯 안심하면서 표정을 누그러뜨렸다.

시에라 또한 길드 마스터의 지위를 맡을 만한 인물이니까 바보는 아닐 것이다. 본인의 말이 억지에 불과함도 잘 이해할 테지.

다만 느닷없이 나타난 카심이라는 과거에 당황했기 때문이리라. 벨그리프는 그리 짐작했다. 주체할 수 없는 감정이 어떤 의미로 부조리한 분노가 되어 이쪽으로 향한 행동임은 어렴풋이 이해할 수 있었다. 분명 시에라에게 카심이란 녀석은 조금 특별한 존재였을 것이다.

인간미가 있어서 좋군. 벨그리프는 슬쩍 웃었다.

머리론 잘 아는데도 감정이 멈춰주질 않는다. 그런 상황은 살면서 거듭 겪기 마련이다. 애써 감정을 내리눌러야 하면 몹시도 괴로울 테지. 자신이 다리를 잃었을 때 괴로움을 숨긴 채 웃었듯이 억지 인내는 언젠가 돌이킬 수 없는 불상사를 불러일으키는 경우마저 있다.

그때도 이상하게 겉꾸미지 않고 진실된 자신을 드러냈다면 무엇인가가 달라졌을까. 분노와 먹먹함을 동료들과 공유할 수 있었다면…….

벨그리프는 머리를 흔들었다. 거하게 숨을 내쉰다.

도움을 베풀겠다는 자만심은 절대 없다만, 자신 및 카심에게 청산해야 할 과거가 있듯 시에라도 마찬가지다. 마음을 이해할 수 있는 만큼 도저히 딱 잘라 외면할 수 없었다. 지금 부조리한 처사라며 화내고, 자기 사정을 우선하여 무시한 채 지나가버린다면 시에라는 분명 고통받을 것이다. 한바탕 날뛰어서 머리가 차분해지면 약간의 협력쯤이야 전혀 어려울 것도 없을 것이다.

게다가 단순하게 실력자와 맞붙어서 지금 자신의 힘이 얼마나 통용되려나 하는 호기심 또한 있었다.

모험가로 복귀하려는 생각은 안 할지라도 검의 길에서 멈춰 설 생각은 털끝만큼도 없다. 이래저래 이유를 갖다 붙여도 강자와의 대련에 기뻐하는 마음이 있음은 분명하다.

결국 본인을 위해서인가. 벨그리프는 자조하듯 웃었다.

시에라는 어디까지나 침착한 모습으로 서 있었지만, 꽉 다물린 입가가 미세하게 떨리고 있었다. 화난 듯 보이는 한편으로 그 분노가 자기 자신에게도 향하는 터라 어찌할 줄을 모르고 답답해하는 표정이다.

"……여심이라는 녀석인가."

카심에게 나중에 잔소리 좀 해야겠군. 벨그리프는 눈살을 찌푸린 채 턱수염을 쓸어 만졌다.

시에라가 톡톡 발부리로 지면을 찼다.

"……준비는 되셨나?"

"언제든지."

대검을 검집에 넣은 채 겨눈다. 자루를 꽉 쥐자 곧바로 몸이 가볍게 느껴졌다. 시야가 명료해지고 상대의 움직임이 더욱 확실하게 보이는 기분이다.

반면에 시에라는 도수공권이었다. 허리에 단검을 달아 놓았는데 손에 쥘 낌새는 없다. 마술식으로 짐작되는 팔의 문신도 그렇고 체보르그와 비슷한 부류의 전법을 구사할지도 모르겠다.

벨그리프도 시에라도 한동안은 움직임 없이 상대의 태세를 관찰했다.

상대의 일거수일투족을 빠짐없이 포착하는 예리한 시선으로 서로를 꿰뚫는다. 여름의 따뜻한 바람이 불어와서 땀이 배어나기 시작한 피부를 어루만졌다. 이마에 구슬같이 떠오른 땀이 쭉 흘러내린다.

눈자위.

한순간의 깜빡임.

시에라가 땅을 박찼다.

"이얏!!"

깊숙이 내디디는 동시에 정권 지르기다.

그러나 벨그리프도 즉각 반응하여 대검의 복판으로 공격을 막아 냈다. 다만 방어에 성공했을 뿐 무시무시한 충격이다. 검을 쥔 손이 저릿저릿 떨리면서 그 진동이 발부리까지 전달됐다.

그럼에도 힘을 꽉 넣어서 검을 끝까지 휘둘렀다. 주먹을 끝내 밀치자 시에라는 뒤로 뛰어서 물러났다.

상대가 자세를 가다듬기 전에 몰아붙이고자 벨그리프는 땅을 박찼다. 낮은 자세에서 대검을 휘두른다. 시에라는 재차 지면을 박차며 공중으로 날아올랐다. 곡예사 같은 몸놀림이다.

다만 뛰어오른 것은 악수다. 벨그리프는 가볍게 지면을 박찬 뒤 공중에 있는 시에라를 겨눠서 검격을 날렸다.

적중했다. 잠시 확신했다.

그러나 놀랍게도 시에라는 날아드는 대검에 발을 짚더니 오히려 발판 삼아서 곧장 벨그리프의 뒤편으로 뛰었다. 벨그리프가 검을 다 휘두르기보다 빠르게 착지해서 주먹을 꽉 부르쥐었다. 쿵, 발을 디딘다. 시에라의 팔에 있는 술식이 빛나며 마치 벼락같은 기세로 주먹이 날아들었다.

들어맞았다. 잠시 확신했을 시에라의 오른쪽 눈이 경악하며 휘둥그레졌다.

벨그리프는 즉각 허리에 찬 검을 뽑아서 등을 지켰다. 그러고는 주먹의 충격을 흘려 넘기듯이 기세를 이용하여 의족을 축으로 삼아 돌아서고는 다시 시에라와 마주 본다.

대검과 장검을 각각의 손에 쥔 벨그리프를 보고 시에라는 어처구니없고도 감탄스럽다는 표정을 지은 채 살짝 거리를 벌렸다.

“그 대검을 한 손으로 다룰 수 있나…….”

“……아직 익숙하지는 않지만 말입니다.”

오른손에는 그라함의 대검, 왼손에는 애용하는 장검을 쥐고 벨그리프는 시에라를 똑바로 바라봤다. 대검을 쥐고 있는 까닭인지 애용하는 검도 평소보다 더욱 가볍게 느껴졌다. 한편 시에라도 거하게 숨을 들이마시더니 재차 주먹을 쥔다.

거의 동시에 땅을 박찼다.

검과 주먹이 부딪친다. 충격으로 흙먼지가 흩날렸다.

시에라는 놀랍도록 가볍게 몸을 날려서 이리저리 종횡무진 공격을 날렸지만, 벨그리프는 묵직하게 버티며 전부 다 막아 내거나 가끔은 회피하거나 또한 반격했다.

체보르그만큼 강력한 힘은 아니나 속도는 더한 수준이다. 그러나 안젤린과 비교하면 썩 대단한 위협이 아니었다. 어쨌든 숙련된 모험가인지라 과연 전투에 익숙했기에 좀처럼 결정타를 가하지 못하고 있다.

시에라는 왼쪽 눈에 안대를 착용하고 있기 때문에 그 사각을 노리고자 벨그리프는 몇 번이고 빈틈을 찔러봤지만, 본인의 약점을 알아차리지 못할 리 없었기에 오히려 유인을 당해 하마터면 주먹에 맞을 뻔했다.

다만 시에라 역시 감정이 흔들리는 탓인지 움직임이 살짝 거칠어서 좀처럼 벨그리프를 쓰러뜨리지 못하는 상황이었고, 검과 주먹은 거듭거듭 맞부딪쳤다. 상대의 공격 속도가 더 빨랐기에 벨그리프는 검 두 자루로 수비에 중점을 뒀다.

그러나 문득 깨달았을 때는 부지불식간에 쭉 애용했던 검만 휘두르고 있었다.

습관인가. 벨그리프는 얼굴을 찌푸렸다. 이래서는 안 된다.

그러나 막상 의식을 시작한 탓에 이상하게 움직임이 어색해진다는 느낌을 받았다.

대검 한 자루만 휘두른다면 또 모를까, 손에 익숙한 검을 동시에 사용하면 무의식중에 그쪽 하나만 사용하게 된다. 이래서는 두 자루 검을 쓸 의미가 없다. 장검은 포기한 뒤 대검 하나라도 제대로 써야 할까?

다만 딴생각을 떠올리면서 상대해도 될 만큼 시에라는 만만한 실력자가 아니었다. 일순간의 빈틈을 찔러서 날카로운 주먹이 닥쳐들었다.

벨그리프는 급히 대검의 복판으로 막아 냈다. 시에라는 주먹을 비틀어서 아래쪽으로 내리쳤다. 주먹에 딸려 가듯이 자세가 허물어진다. 하마터면 손에서 놓쳐버릴 뻔한 대검의 자루를 즉각 꽉 쥐어서 붙들자 검집만 벗겨져서 바닥으로 나동그라졌다.

벨그리프가 자세를 가다듬기 이전에 다음 주먹이 오른쪽 어깨를 가격했다. 즉각 마력에 충격을 실어 흘렸지만, 그럼에도 무시무시한 위력이었던지라 얼결에 왼손에 든 검을 떨어뜨렸다.

다만 무의식중의 행동이었을까. 주먹에 가격당하는 거의 동시에 카운터 공격 비슷하게 오른쪽 대검이 가로 베기로 휘둘러졌다. 예리한 칼날이 막 주먹을 내뻗은 탓에 잠시나마 무방비하게 노출된 시에라를 향해 날아간다.

아니, 위험하다. 이래서는 베어버린다.

벨그리프는 즉각 검의 기세를 늦추고자 팔에 힘을 주었다. 대검은 사용자의 의사를 따라 시에라의 코앞에서 우뚝 멈췄다.

그와 동시에 턱에 미세하게 충격이 느껴졌다. 시에라의 주먹이 벨그리프의 턱을 스쳤다. 그럼에도 충격이 턱에서 뇌로 전달되어 기우뚱, 시야가 흔들린다.

먼저 당황하는 표정의 시에라가 보였고, 곧장 의식이 암전되면서 아무것도 생각할 수 없게 되었다.

○

눈을 떴더니 목조 천장이 보였다. 매달아 놓은 램프에 불을 밝혀서 주변을 엷은 빛이 비추고 있었다.

잠시간 눈을 깜빡거리다가 곧 상체를 일으켰다. 저쪽에 활짝 열어 둔 창문이 보인다. 저녁의 땅거미가 점점 내려오면서 저편으로 보이는 골목길은 연보랏빛의 베일이 드리워진 것 같다.

턱을 쓰다듬었다. 살짝 스치기만 해서 통증은 없다. 제대로 가격당했던 왼쪽 어깨를 움직여봤는데 이쪽도 별반 통증은 없다. 반사적으로 충격을 마력에 실어 흘려보내기를 잘했다. 다만 오히려 그 때문에 손끝으로 필요 이상의 충격이 전해지면서 검을 떨어뜨리는 신세가 되어버렸다만.

아직껏 한참 단련이 부족하다는 생각을 하던 때 불현듯 부드러운 감촉이 안겨 들었다. 안젤린이 품에 안긴 채 눈을 귀엽게 치뜨며 벨그리프를 올려다봤다.

"괜찮아? 아빠, 어깨 아프진 않고……?"

"그래, 안제……. 괜찮단다."

벨그리프는 미소 짓고는 안젤린의 머리를 쓰다듬어준 뒤 새삼 주위를 돌아봤다. 아마도 잡아 둔 숙소의 방인 듯싶다. 아넷사, 밀리엄이 나란히 앉아 있었고 마르그리트와 카심은 안 보인다.

문득 안젤린의 옆쪽에서 시에라와 눈이 마주쳤다. 곧장 일어서더니 깊숙이 머리 숙인다.

"면목 없습니다. 전부 내 잘못입니다……. 다친 곳은……."

"아뇨, 전혀 별일이 아닙니다. 하하, 그나저나 과연 대단한 실력이셨습니다. 저도 한참 멀었나 봅니다."

벨그리프가 웃자 시에라는 울먹이는 표정으로 고개 숙였다.

"무슨 말씀을……. 완전히 나의 패배입니다. 억지 심사를 감행했던 내게 도리어 자비를 베풀어주셨죠. 당신이 그때 검을 멈춰주지 않으셨다면 지금쯤……. 길드 마스터라는 사람이 일시적인 감정 때문에 이렇게……. 어떻게 사죄를 드려야 할지."

시에라는 본인의 언행을 몹시 부끄러워하는 기색이었다. 어깨를 축 늘어뜨려서 몸을 움츠리고 있다. 대결을 하기 이전까지는 다분히 느껴졌던 분노의 감정이 싹 가라앉아서 완전히 머리가 식은 듯싶다. 그런 까닭도 있어서 다음 차례를 기다리던 마르그리트와는 대결하지 않았다고 한다. 기절한 벨그리프가 걱정되어서 줄곧 곁을 지키고 있었다던가.

"그랬나……. 허허, 참. 꽤 오래 잠들었나 보군. 한심하긴."

그건 그렇고 누가 숙소까지 옮겨주었나 신경 쓰인다. 벨그리프는 장신이고 체격도 탄탄해서 옮기려 해도 무거웠을 텐데. 슬쩍 물어보자 아넷사가 시에라를 돌아봤다.

"시에라 씨가 숙소까지 옮겨다줬어요."

"벨 아저씨 엄청 큰데 말예요, 시에라 씨는 힘이 장사더라고요."

밀리엄이 천연덕스럽게 말한 뒤 웃었다.

"그랬었나……. 이거 폐를 끼치고 말았군요."

"아니요, 아무런 폐도 아닙니다. 짧은 생각으로 싸움을 벌인 건 다른 누구도 아닌 나였습니다. 모쪼록 신경 쓰지 말아주십시오……으으."

시에라는 두 손으로 얼굴을 덮었다. 벨그리프는 쓴웃음 짓고 어깨를 돌렸다. 소리를 내며 몸이 풀어지는 느낌이 든다. 대련은 점심때 전에 진행했었는데 꽤 오래 잠들었나 보다. 여행의 피로도

적지 않았던 터라 오히려 좋은 휴식이 되었다는 생각마저 들었다.

"카심과 마리는?"

"아빠가 금방 안 일어나니까 뭔가 사러 나갔어."

벨그리프는 머리를 긁적이고 시에라를 돌아봤다.

"그 친구와 이야기는 나눠보셨습니까?"

시에라는 고개를 옆으로 흔들었다. 분노가 사라져서 차분한 사고가 돌아온 만큼 경솔했던 행동을 부끄러워하는 마음이 더욱 강해진 탓에 도저히 카심과 이야기나 나눌 상태가 아니었겠지. 한편 카심도 시에라와 무엇인가 이야기를 나누지는 않은 듯싶다.

벨그리프는 탄식했다.

"대책이 없는 녀석이군……."

"저기, 저기요. 시에라 씨는 혹시? 카심 아저씨한테 홀딱 반했다거나?"

밀리엄이 히죽히죽하며 시에라를 콕콕 찔렀다. 시에라는 겸연쩍어하며 입을 우물우물했다.

"그게…… 맞을 겁니다. 스스로는 인정하고 싶지 않았지만요."

"오오……. 사랑에 빠진 소녀…… 아항."

안젤린이 재미있다는 표정을 짓고 고개를 끄덕거렸다. 아넷사가 손을 뻗어서 딱 머리를 때렸다.

"하하, 별로 대단한 일은 없었어, 안젤린 양……. 그저 혼자서, 미련을 못 놓았을 뿐이겠지."

시에라는 민망해하며 머리를 긁적였다.

"벨그리프 씨의 이야기, 그리고 퍼시벌 씨, 사티 씨의 이야기는 곧잘 들었습니다. 평소에는 괜히 빈정거리면서 염세적인 녀석이 저 이야기를 할 때만큼은 묘하게 기뻐 보였었죠……. 지금 동료는 우리인데, 짜증이 날 때도 자주 있었습니다."

"……아이고, 못난 녀석."

"아뇨, 카심의 마음도 이해됩니다. 저렇게 강한 녀석이 항상 울적한 모습이라서, 어떻게든 힘이 되어주고 싶은 생각에……. 그런데 소용없더군요. 나는 당신들을 대신할 수 없었습니다. 저 녀석이 제멋대로 파티를 떠나간 뒤 모험가도 그만뒀다는 소식을 듣고……. 그때는 끝난 줄 알았습니다. 그런데 이렇게 뜻밖에도 재회를 해서, 게다가 당신들과 함께 다니는 저 녀석은 무척 즐거워 보여서……."

시에라는 서글프게 미소 지었다.

"다 매듭을 지은 일이라고 생각했었는데 말이죠. 그런데 벨그리프 씨, 당신을 눈앞에 둔 상황이 되자 어째서 나는 안 되었던 건가 갑자기 추한 감정이 마구마구 불어나고, 카심이 기뻐하는 꼴이 이상하게 자꾸 불쾌해져서……. 깨달았을 때는 스스로도 놀랄 만큼 거친 증오가 말에 묻어나버리더군요……. 정말 면목이 없습니다. 내 잘못입니다."

시에라는 울먹이는 얼굴을 숨기려는 듯이 깊숙하게 머리 숙였다. 벨그리프는 미소 짓고는 시에라의 어깨에 손을 얹었다.

"아무것도 신경 쓰실 것 없습니다. 시에라 님. 솔직하게 말씀해주셔서 감사합니다. 게다가 분명 카심도 당신에게 감사하는 마음이 있을 테지요."

"그럴…… 까요. 하지만…… 그 녀석은 저에게는 딱히 관심도……."

시에라는 무엇인가 말을 꺼내려다가 또 솟아 나오는 눈물을 닦아 내고는 고개 숙인 채 오열했다.

카심은 분명 충분히 고통받았다. 그러나 그 고통에서 온 자포자기의 마음 때문에 이렇듯 고통을 받는 사람이 또 있었다. 어쩐지 먹먹해지는 마음이다.

벨그리프는 탄식한 뒤 창문 너머로 눈을 돌렸다. 바깥에 가득 차올라서 방 안까지 들여오려고 하는 밤의 어둠을 천장에 매달아 둔 램프의 불빛이 가까스로 막아주고 있다.

그때 방 문이 열리며 마르그리트가 들어왔다. 두 손 한가득 식료품을 안아 들었다.

"훗, 오래 기다렸지. 어라, 벨, 일어났네. 마침 잘됐어. 술 사 왔다고!"

"어휴, 해가 푹 떨어졌더라. 벨, 몸은 좀 괜찮아? 시에라 주먹이 꽤 강렬하지?"

마르그리트를 따라 들어온 카심에게 안젤린, 아넷사, 밀리엄까지 세 사람이 슬쩍 비난의 뜻을 담아서 가자미눈으로 쳐다봤다.

"둔탱이."

"무능력자."

"바보."

"엥, 뭐야, 뭔데."

카심은 당황하면서 방 안을 둘러봤다. 벨그리프는 어이없어하며 눈을 내리떴다.

"이번만큼은 나도 자네를 편들어줄 수 없군, 카심."

"잠깐, 뭔데? 나 없는 동안에 무슨 이야기를 한 거야?"

"거 분위기 되게 우중충하네. 아줌마, 왜 훌쩍거려."

"마리, 시에라 씨는 아줌마가 아니라 소녀야……."

"엉? 무슨 소리래? 뭐, 됐고. 배고프다, 이것저것 사 왔으니까 밥이나 먹자."

마르그리트는 평소처럼 털털한 모습으로 탁자에다가 사 온 음식들을 늘어놓았다. 노점에서 구입한 듯한 다양한 음식이 있다. 개중에는 김이 피어오르는 것도 있었다.

어쩐지 말허리가 뚝 끊긴 기분이었다만, 그럼에도 배는 고프다. 벨그리프는 탄식한 뒤 일단 침대에서 다리를 빼내 바닥을 짚고 앉았다.

마르그리트와 마찬가지로 안아 들었던 먹거리를 탁자에 올려놓던 카심이 꾸러미 중 하나를 잡아 들었다.

"옜다."

"……어? 나?"

시에라가 멍한 표정으로 카심을 올려다본다. 카심은 살짝 겸연쩍어하며 시에라의 손에 꾸러미를 떠안겨줬다. 종이 꾸러미의 빈틈으로 구운 과자 비슷한 것이 보였다. 달콤한 냄새가 난다.

"이거, 좋아하잖냐, 너."

"아……. 피니셰 케이크……."

다양한 건조 과일과 향신료를 양젖을 쓴 부드러운 반죽에 섞은 뒤 모양을 만들어 구워 낸 과자다. 마르그리트가 쓱 들여다보더니 손가락으로 가리켰다.

"아, 저거야, 저거. 카심이 말야, 안 보이네, 안 보이네, 중얼거리면서 시장을 막 왔다가 갔다가 하느라 이렇게 시간이 늦어버렸거든."

카심은 수염을 비비 꼬면서 쓴웃음을 지었다.

"네가 좋아하는 말린 무화과는 많이 안 들어갔지만……."

안젤린이 눈을 깜빡깜빡했다.

"뭐야……. 카심 아저씨, 시에라 씨를 관심을 갖고 봐줬던 거네……."

"카심……."

"아……. 뭐, 그게, 뭐냐."

카심은 벅벅 머리를 긁다가 시에라를 다시 쳐다봤다.

"내가 말이야, 일단 한 가지 생각에 열중하면 주위가 안 보이는 성격이라서……. 그게, 미안하다. 내 마음속에선 전부 해결된 문제 같았는데……."

"아, 아니야. 그냥 내가 혼자서 매듭을 못 짓고, 그러니까……."

서로서로 뭐라 말을 못 건네는 모습을 보고 벨그리프는 쓴웃음을 지었다.

"……사과주를 마시고 싶군."

"아, 여기에 있어."

"음? 있다고? ……아니, 그게 아니라, 양이 좀 부족하잖나. 여기, 마리가 같이 있는데."

"엑, 오늘은 잔뜩 마셔도 되는 거야?!"

"그래, 뭐……. 카심, 잠깐 나가서 사 오게."

"내가 가라고?"

"시에라 님, 잠시 거들어주시지요. 길 안내도 필요할 테고요."

"괘, 괜찮긴 합니다만……."

"그래도 말야, 벨."

"아, 거참, 시끄럽군! 군소리 말고 빨리 다녀오래도!"

웬일로 야단을 맞은 카심은 눈동자가 마구 흔들렸다. 그러다가 비슷하게 당황하던 시에라와 함께 바깥으로 나갔다.

벨그리프는 축 어깨를 늘어뜨리고는 거하게 숨을 내쉬었다.

"거참, 돌봐주기가 참 힘들어……."

웃음을 꾹 참고 조용히 있던 여자아이들이 거침없이 깔깔 웃었다.

"후후후후, 아빠. 방법이 살짝 서툴러……. 암튼 잘했어."

"냐하하, 벨 아저씨는 이상한 데서 재주가 모자라다냥~."

"무리한 말은 말거라, 이런 역할은 익숙하질 않단 말이다……."

"그래도 결과적으로는 잘됐네요. 진지하게 얘기 나누고 오면 좋겠어요."

아직껏 상황을 파악하지 못한 마르그리트가 입술을 삐죽거렸다.

"뭐야, 무슨 일 있었던 거야. 나만 따돌리고 웃지들 마."

"어른의 사랑 이야기……. 마리는 꼬마라서 안 돼."

"뭐라, 이 자식이! 아니, 연애 얘기였냐?! 내가 그런 거 진짜 좋아하는데! 끼워줘!"

마르그리트까지 끼어들어서 결국 수다가 시작됐다. 벨그리프는 쓴웃음 짓고 술병에 손을 뻗은 뒤 종이에 싸인 빵이며 고기 따위를 집어 먹었다.

카심은 놓아두고 왔던 과거를 되찾고 싶다 말했다. 자신은 물론 퍼시벌과 사티 역시도 어디까지나 과거의 인물이다. 청산해야 할 갈등이기는 하나 과거는 과거에 불과하다.

그것을 전부 마쳤을 때 카심을 앞으로 나아가게 하는 역할은 어쩌면 시에라가 맡아줄지도 모르겠다. 문득 생각이 들었다.

그럼, 자신은?

"……뭐, 나한테는 안제와 아이들이 있으니까."

딸아이를 포함하여 친근하게 잘 따라주는 젊은이들이 있다는 것이 썩 나쁜 기분은 아니었다. 친구도 있다. 고독에 신음해왔던 카심과는 상황이 다르다. 과거의 청산을 마친다면 다시 처음처럼 하루하루의 생활로 돌아갈 뿐이다. 톨네라에 귀환하면 샤를로테와 벡, 그라함과 미토도 있다.

"미래인가……."

과거를 향해 제자리걸음하는 자신들과 달리 눈앞의 소녀들은 가능성으로 가득 차 있다.

카심과 시에라의 이야기로 잔뜩 흥이 오른 여자아이들을 보고 벨그리프는 눈살을 찌푸렸다.

"……다른 사람들 이야기만 하지 말고 너희도 자기 상대를 슬슬 찾아봐야 하는 게 아닐까."

가만히 중얼거렸던 한마디 말은 아무도 듣지 못한 채 사라졌다.

○

황혼의 시간이 지난 뒤 만사의 거리는 밤의 어둠에 감싸였다. 거리의 여러 가게들이 처마 끝에 불빛을 밝혀 놓아서 길을 오가는 사람들의 표정이 짙은 음영을 띠고 도드라진다. 하늘에는 별이 반짝거리며 서늘한 공기가 내려왔다.

카심과 시에라는 나란히 걷고 있었다. 카심은 사과주병을 손에 들었다. 이미 목적한 술을 구입했는데도 바로 돌아갈 생각은 없는 듯싶다.

거리의 인파를 피하며 시에라는 손가락으로 뺨을 긁적였다.

"……신경을 써서 같이 보내준 걸까."

"아마도. 벨 녀석, 이상한 데서 재주가 없다니까."

카심은 슬쩍 투덜거리곤 웃었다. 시에라도 덩달아 표정이 누그러졌다.

"인품이 참 훌륭하더라, 벨그리프 씨. 네가 홀딱 반했던 것도 이해가 가."

"그렇지?"

카심은 기뻐하면서 대답한 뒤 사과주의 병을 어깨에 얹었다.

“옛날부터 저런 녀석이었어. 나를 포함해서 벨 말고 세 사람은 말이야, 너나없이 다들 고집쟁이라 자기 맘대로 막 행동했는데, 벨이 함께해준 덕분에 같이 뭉칠 수 있었던 거야. 나이 먹으면 확 달라지는 녀석도 있다지만, 벨은 변함없이 그대로더라. 역시 좋은 녀석이야.”

기분 좋게 말을 늘어놓는 카심을 보고 시에라는 살짝 서글픈 미소를 지어 보였다.

“……역시 그 세 사람의 이야기를 할 때 너는 즐거워 보이는구나.”

“으응? 아……. 아하, 뭐, 그렇지.”

카심은 겸연쩍어하며 머리를 긁적였다. 시에라는 퍼뜩 놀라며 카심을 돌아봤다.

“앗, 아니야. 미안. 딱히 비꼬려고 한 말이 아니라…….”

“에이, 아니야. 나야말로 미안. 타고나기를 좀 무신경한 놈이라.”

“그런 건 이제 와서 말 안 해도 알아.”

“이 녀석.”

시에라는 킥 웃었다. 그리곤 후유, 숨을 내쉬더니 하늘을 올려다봤다.

“……자기 자신의 옹졸함이 참 싫어지네. 길드 마스터를 맡았을 때 너와 어깨를 나란히 할 수 있는 정도는 된 줄 생각했는데……. 이 나이에 질투로 이성을 잃었다는 게 이토록 한심할 수가 없어. 나는 내 생각밖에 안 했던 거야. 벨그리프 씨는 처음부터 끝까지

나를 배려해줬는데 말이지.”

“…….”

카심은 뺨을 긁적이더니 시선을 이리저리 던졌다. 시에라는 한숨 쉬고는 계속 말했다.

“……어떻게 욕을 쏟아부어도 어쩔 수 없다는 생각이었어. 얻어맞든 욕을 들어 먹든 달갑게 받아들일 각오였는데……. 맞아, 나 같은 게 벨그리프 씨를 대신할 순 없었던 거야. 그런 무례한 처사를 너그럽게 받아주는 사람은 많지 않아. 솔직히 네가 뒤늦게 부러워지더라.”

“그 말은 좀 아니다, 시에라.”

카심은 드물게도 진지한 표정을 짓고 걸음을 멈췄다.

“난 너를 벨의 대신이라고 생각했던 적 절대로 없어. 시에라는 시에라잖아. 달리 대신할 녀석은 없다고.”

“으…….”

시에라는 뺨을 붉힌 채 시선을 피했다.

“……너, 너답지 않아, 카심.”

“……그러게. 어쩐지 말을 한 다음에 슬슬 부끄러워지네.”

거리 한복판에서 가만히 멈춰 서 있기도 민망하다. 두 사람은 살짝 어색한 기분으로 다시 걸음을 뗐다. 어쩐지 걸음걸이가 조금 빨라졌다.

잠시 후 숙소 앞까지 돌아왔다. 두 사람은 다리를 멈춘 뒤 무심코 서로의 얼굴을 바라봤다. 시에라는 어떻게 해야 하나 모르겠다는 분위기로 시선이 흔들거리다가 입을 열었다.

“어, 저기……. 그러면, 나는 돌아갈게, 가야지.”

“으음…….”

카심은 잠깐 고민하다가 이윽고 쓱 시에라의 손을 쥐었다. 시에라의 놀란 눈빛이 흔들렸다.

“뭐, 뭐하는 거야…….”

“아니, 음, 이대로 들어가면 왠지 혼날 것 같아서 말야. 벨도 그렇고 특히 아가씨들한테.”

“그, 그런가……? 그럼, 어떻게 할래?”

“……좀만 더 걸어 다니자고. 그리고 말야, 벨이 아니라 다른 이야기를 하자. 나랑 네가 겪었던 이야기라든가. 할 얘기도 있고 궁금한 것도 있거든, 내가 말이야.”

“으, 응……. 알았어.”

시에라는 부끄러워서 입을 우물우물하다가 고개를 끄덕였다. 카심은 수염 난 얼굴로 씨익 웃고는 시에라의 손을 붙잡아서 다시 거리를 따라 걸어갔다.

89 올펜의 바깥 주변은 초여름의

올펜의 바깥 주변은 초여름의 햇살이 눈부시게 내리쏟아지며 파릇파릇 무성하게 자란 키 작은 풀에 하얗게 반사되고 있었다.

통굽 부츠가 풀을 밟아서 꾹 비틀리는 통에 아래쪽 흙이 파헤쳐졌다.

첫 번째 공격이나마 회피한 적발 소년은 아쉽게도 두 번째 공격을 곧장 어깨에 얻어맞아야 했다.

"너 말야, 방금 왜 앞으로 튀어나왔던 거냐."

회녹색 머리카락의 소년이 어이없어하며 목검으로 어깨를 두드렸다. 적발 소년은 쓴웃음 지었다.

"아니, 아무래도 난 뒤로 빠지는 버릇이 있는 것 같아서……."

"앞으로 막 나선다고 전부 좋은 게 아니잖냐. 넌 상황 판단이 특기인데 장점까지 버려 가면서 덤벼들면 아무 소용이 없다고. 날 따라 해서 어떻게 날 이기겠어."

"끙……."

"안 익숙한 방식은 그만두는 게 좋지 않을까?"

옆쪽에서 바위에 앉아 지켜보고 있었던 엘프 소녀가 가만히 말한 뒤 웃었다. 적발 소년은 난처해하며 머리를 긁적였다.

"음……. 근데 말이야."

"그 전법 때문에 이제까지 파티에서 자꾸 삐걱거렸단 말이지?"

흠칫 놀랐다. 시선이 흔들리는 적발 소년을 보고 회녹색 머리카락의 소년이 히쭉 웃었다.

"잘 들어, 이 녀석아. 말해 두겠는데 네가 나라든가 저 녀석보다 검 실력이 더 나아질 거란 기대는 안 한다. 내가 너한테 기대하는 건 딱히 전투력이 아니야. 다른 중요한 부분이지."

"……그렇게 딱 잘라 말하면 역시 마음이 좀 갑갑한데 말이야."

"약하다는 말은 안 했잖아, 너무 조바심 내도 못쓴다고. 잘 말은 못하겠는데 너한텐 네 역할이 있어. 공격은 우리한테 맡기란 뜻이다. 응?"

"맞아. 재는 잘 모르겠는데 나는 천재니까 안심하고 맡겨주시게나, 후후."

쿡쿡 웃는 엘프 소녀를 보고 회녹색 머리카락의 소년은 눈썹을 치켜올렸다.

"엉? 뭐라? 한판 붙자는 소리냐?"

"흐흥, 연속 무승부의 기록을 끝장낼 때가 왔구나!"

엘프 소녀는 목검을 빙글빙글 휘두르면서 일어섰다.

"오, 좋다고. 몇 판이든 상대해주마. 드디어 패배를 겪을 각오가 됐단 말이지?"

"그 대사를 똑같이 돌려주겠어!"

티격태격하는 소년과 엘프 소녀를 외면한 채 적발 소년은 뒤로 물러나서 한숨 쉬었다.

역할 분담. 지금도 전황 파악 및 색적, 그 밖의 모험 준비나 여러 잡무 따위는 대체로 적발 소년이 도맡아 담당하고 있다. 본인의 특기 분야이기도 하고 회녹색 머리카락의 소년은 물론 엘프 소녀도 갈색 머리카락의 소년도 저런 쪽은 묘하게 서툴렀다. 따라서 자신의 역할임은 이해할 수 있다.

분명 검이라는 분야에서는 회녹색 머리카락의 소년에게도 엘프 소녀에게도 기량의 측면이든 재능의 측면이든 따라붙을 자신이 없다. 회녹색 머리카락 소년의 용맹 과감한 공격 일변도 검은 동경심을 자극하고, 엘프 소녀의 춤추는 듯한 검 놀림도 온통 시선을 빼앗기게 되는 경지다.

그러나 자신에게도 검사의 긍지가 물론 있었다. 검으로 대등해지려는 것 자체가 잘못이라는 생각은 든다지만, 하다못해 나란히 싸울 수준의 실력은 갖추고 싶다.

어쨌든 간에 지금 이대로는 안 된다.

자신에게 맞는 검이란 무엇일까. 적발 소년은 눈을 내리감았다.

검사는 전위에서 싸우며 후위를 지켜야 한다. 가장 앞에서 마수와 부딪치는 역할이다. 한데 회녹색 머리카락의 소년이 바라는 것은 단순한 공방이 아니라고 한다.

분명 안 그래도 검사는 자신을 포함하여 셋이나 있는 상황이다. 전원이 앞에 나선들 복잡하기만 하다. 저 둘과 비하자면 자신 따위가 앞에 나서도 걸림돌 노릇만 할 뿐이다. 고향 마을에서는 제법 뛰어난 실력자로 통했었는데 역시 세상은 넓다.

격렬하게 검을 맞부딪치는 소년과 소녀를 조금 떨어진 곳에서 웃음 짓고 지켜보던 갈색 머리카락의 소년에게 다가갔다.

"어서 와, 재들은 진짜 바뀌질 않는구나."

"있잖아, 넌 어떻게 생각해? 나는 어떻게 검을 휘둘러야 할까?"

"엥, 나한테 물어보는 거야? 으음……."

갈색 머리카락의 소년은 어렵다는 표정을 짓고 팔짱을 꼈다. 이 친구도 천재의 부류에 속한 인재일 뿐 아니라 마법사다. 검 관련의 문제를 물어보기에는 상대를 잘못 골랐는지도 모르겠다. 적발 소년은 머리를 긁적거렸다. 그러나 갈색 머리카락의 소년은 무엇인가 생각이 떠올랐는지 짝 손뼉을 쳤다.

"방패겠네."

"응?"

"들어봐, 재네 두 녀석은 앞으로 치고 나가는 걸 좋아하고, 나도 굳이 따지자면 공격을 더 잘하잖아. 솔직히 공격은 충분히 넘치도록 충분하거든."

"그러니까 방패를? 내가?"

"별로 앞으로 나가서 공격을 막아 내라는 소린 아니지만, 넌 공격보단 수비를 더 잘하지? 실제로 우리가 마냥 앞쪽만 쳐다볼 때도 뒤쪽을 살펴봐주는 게 너잖아……. 우리는 다들 전투에 집중하면 도무지 주위를 못 돌아보니까 말야."

고치기는 고쳐야 할 텐데. 갈색 머리카락의 소년은 낄낄 웃었다.

맞는 말이라는 생각이 든다. 수비를 주체로 하는 검사. 그 때문에 이제까지 구박을 받은 때가 많기도 했다. 다만 이 파티에서는 오히려 수비를 더 신경 써달라고 다들 말해준다.

"……이런, 어쩐담."

회녹색 머리카락의 소년과 대등해지고 싶은 마음으로 어떻게든 공격 위주의 검을 습득하고자 매일 단련했었다만, 치수가 안 맞는 옷을 입기 위해서 악전고투하는 꼴인지라 아무래도 쓸데없는 발버둥 같다 생각하던 참이다. 다만 수비의 검이라는 의외의 말을 듣고도 구체적으로 그것이 어떤 무엇인가 잘 모르겠다. 도시로 떠나온 이후 겪었던 시행착오가 되레 혼란을 불러일으키는 것 같다는 생각도 들었다.

"이것저것 시험해볼 수밖에 없나……."

"앗, 또 무승부네."

갈색 머리카락이 픽 말하고는 웃었다.

돌아봤더니 각자의 검이 동시에 상대를 타격한 것 같다. 엘프소녀는 머리를, 회녹색 머리카락의 소년은 옆구리를 부여잡은 채 무릎 꿇고 부들거린다.

적발 소년은 기막히다는 표정으로 도구 주머니에서 타박상용 연고를 꺼내 들었다.

○

초원을 어루만지고 가는 바람이 풀을 흔들 때마다 뻗어서 자란 풀이 햇살을 반사하여 하얗게 빛났다. 마치 빛의 파도 같다. 저것이 규칙적인 간격을 두고 끊임없이 펼쳐지다가 사라지길 되풀이하고 있다. 안젤린은 초원을 바라보다가 한껏 기지개를 켰다.

잠시 말썽은 벌어졌어도 이후에는 문제없이 길드에서 의뢰를 받고 시에라와 헤어진 뒤 일행은 만사를 떠났다. 지금은 한창 남쪽 방향의 길을 나아가는 중이다.

시에라는 전폭적인 신뢰를 보내주려는지 의뢰비의 절반은 선불로 주고 나머지 절반은 남부의 길드에서 받을 수 있도록 수령용 서류를 작성한 뒤 목적지까지 이동하기 위한 상세한 지도와 식량과 물 등등 여행에 필요한 갖가지 물자, 쌍두마차까지 무상으로 대여해줬다. 길드의 서간과 물품 배달이라는 중요한 임무에 더하여 S랭크 모험가가 둘이나 포함됐다는 것이 구실이지만, 실제는 다른 이유가 더 있었을 테지.

맞은편에 앉은 카심은 멍하니 하늘을 올려다보고 있었다. 왠지 몰라도 마음을 푹 놓은 모습이다. 결국 밤늦게까지 거리를 걸어 다니면서 이야기꽃을 피웠나 보다. 그러던 중 이것저것 감정을 풀어냈고, 다시 만나자는 약속도 했다던가.

"……몇 살을 먹어도 소녀는 소녀."

안젤린은 우훗우훗 웃었다. 옆쪽에 앉은 벨그리프에게 몸을 기댄다.

"있잖아, 아빠?"

"음? 그래……."

무엇인가 상념에 잠긴 모습의 벨그리프는 건성으로 대답을 한 뒤 안젤린의 머리를 톡톡 쓰다듬었다. 다른 한쪽 손에는 지도를 펼쳐서 들고 있다.

시에라가 말하길 도중에는 폐촌이 몇 군데 있을 뿐 달리 마을이라 할 만한 마을은 없다고 했다.

과거에는 개척 이주민이 들어오던 시절도 있었다던데 딱히 광석이 나오지도 않고 모험가가 굳이 사냥할 만한 마수가 나오지 않는다. 그뿐 아니라 장사에 유리한 대도시는 멀고 교통편도 나쁘다. 결국 아무런 이득이 없는 까닭에 사람들은 떠나갔다.

오히려 산맥 안쪽까지 쭉 들어가면 소수 민족의 촌락이 있다는데 그런 곳에 갈 필요는 없다. 개인적으로 관심은 생긴다만, 정말 들렀다가는 일정이 너무 늘어진다.

어찌하든 간에 이러한 사정이 있는 관계로 왕래하는 사람의 수는 적었다. 유목민들이나 가끔 찾아온다던데 딱히 정해진 길을 따라서 움직이지는 않는지라 가도는 별 역할을 못했다.

그래, 확실히 이제껏 지나왔던 넓은 가도와 달리 잘 정비됐다는 말은 하기 어려운 길이었다. 기복이 많아 마차가 곧잘 덜컹덜컹 흔들리는 터라 옆쪽에 앉은 벨그리프는 살짝 불편함을 느끼는 듯 자꾸만 몸을 움직거린다. 구태여 남쪽 방면을 지나가는 상인이 없는 이유도 납득이 됐다.

그럼에도 전혀 사람이 안 지나다니지는 않는 듯 풀에 거의 다 파묻혔지만, 마차가 밟고 간 바퀴 자국이 쭉 저쪽으로 뻗어 있었다. 바퀴 자국은 조금씩 서쪽으로 다가가는 모양새였다. 더 나아간 곳에서 푸른 하늘로 녹아들듯 푸른 산맥이 우뚝 서 있다. 산꼭대기 부근은 하얀 눈 모자를 썼다. 산의 표면이 푸른 만큼 하얀 눈이 더욱 도드라져서 보였다.

안젤린은 지도를 들여다본다. 당분간은 초원이 이어지지만, 곧 바위가 불어날 테고 산맥의 옆에 황무지 같은 지역이 나타나는 듯싶다. 협곡 비슷한 지형도 있는데, 그 주변에서는 마수나 도적도 나오나 보다.

물론 이 길은 잘 쓰이지 않는 이유로 정보가 적고, 시에라 또한 다 파악하지 못한 부분이 있을 테니까 충분하게 주의해달라는 당부를 덧붙였다.

모르는 곳을 다니면 두근두근한다. 위험이 있을 것이라 생각하면 더더욱이다. 다만 저러한 마음에 더하여 놀랍도록 큰 안심감을 품은 자신이 있다. 벨그리프가 함께하기 때문일 테지. 고양감까지 함께 공유하는지는 별개로 쳐도 똑같은 스릴을 사랑하는 아빠와 함께 맛볼 수 있다는 것이 기뻐서 못 견디겠다.

짐칸에서 몸을 밖으로 내민 밀리엄이 눈에 힘주고 산맥 방향을 내다봤다. 산 너머에서 높은 구름이 흘러오고 있다.

"저 너머에는 공국이 있겠네~."

"그러게. 산맥 하나인데 저 너머랑 이쪽은 기후가 제법 다르구나."
말고삐를 쥔 아넷사가 말했다.
올펜도 북부에 위치하는 터라 기후가 건조한 편이지만, 겨울에는 눈이 내리고 비도 내린다. 그러나 습하고 무거운 구름은 산맥에 걸려 동쪽까지는 오기가 힘든 까닭인지 틸디스령은 강우가 적고 본격적인 건조 기후이지 싶었다. 물론 초여름의 이런 상쾌함은 건조한 지역이기에 누릴 수 있는 즐거움인지도 모르겠다만.
그렇게 생각하면 톨네라와 비슷하구나. 안젤린은 생각했다. 톨네라도 겨울이면 눈이야 많이 내린다지만, 비가 내리는 날은 적었다. 여름은 서늘하고 상쾌하다.
지금쯤 샤를로테와 벡은 집 뒤편의 밭을 돌보고 있으려나. 남쪽 지방인 루크레시아와 비교하여 톨네라는 서늘하니 생활하기는 편할 것이다. 미토는 예전처럼 다른 사람들과 놀고 있으려나. 어쩌면 그라함의 인솔로 다른 아이들과 함께 숲에 들어갔을지도 모르겠다.
싫증내지도 않고 쭉 흘러가는 풍경을 지켜보고 있었던 마르그리트가 살짝 몸을 내밀면서 먼 곳을 바라봤다.
"뭐가 있는데."
"응?"
안젤린이 얼굴을 들어 올리기보다 빠르게 마르그리트는 휙 마차에서 뛰어내리더니 풀 틈을 누비며 달려 나갔다. 그러고는 풀 사이로 발견한 듯한 막대기 같은 물건을 잡아 뽑아서 돌아왔다.

"검이다……. 검인가? 이게."

"와아, 녹투성이야."

자루가 긴 무기였다. 자루도 철로 만들어 놓은 듯 지면에 박혀 있었던 칼날 부분은 잔뜩 녹슬어서 이가 다 빠졌다. 창이라기에는 칼날이 많이 긴 편이고, 검이라기에는 자루가 길다. 그다지 친숙하지 않은 무기였다.

마르그리트는 녹슨 무기를 이리저리 바꿔 쥐어보면서 주위를 둘러봤다.

"풀에 파묻혀 있었는데 말야, 이렇게 녹슨 무기나 방어구가 꽤 많이 굴러다니더라, 여기 주변에."

"흐음……. 옛날에 혹시 전쟁터였을까?"

안젤린이 그렇게 말한 뒤 벨그리프를 돌아봤더니 벨그리프는 고개를 끄덕거려줬다.

"아마도 맞을 게다. 그 무기는 말 위에서 사용하기 쉽도록 만든 형태가 아니려나."

아하, 확실히 말에 타서 쓰려면 사정거리가 긴 무기여야 더욱 유리할 테지.

마르그리트는 일어서서 팔을 번쩍 치켜들더니 주워 온 무기를 냅다 던져버렸다. 무기는 저 멀리 날아가서 지면에 꽂혔다.

"그나저나, 진짜 아무것도 없네. 마수나 한 마리 툭 튀어나오면 재밌을 텐데 말이야."

"던전 안쪽도 아닌데 대낮부터 습격하는 마수가 어디 있겠냐."

카심이 핀잔을 놓고 거하게 하품을 했다. 그러고는 중절모자를 얼굴에 기울여서 잠들 자세를 취한다.

줄곧 평원이 이어졌다만, 오늘 저녁이면 산맥의 기슭 부근까지는 다다를 것 같다. 다만 지도를 살펴보건대 길은 산맥을 따라 위치하기는 해도 근처를 지나가지는 않는 듯하다. 산에 진입하려면 더 남쪽으로 내려간 이후가 되지 싶었다.

에스트갈까지 갈 때는 보름 가까이 걸렸었다. 그곳보다 더욱 먼 남쪽으로 가는 여정이니까 시간은 한참 더 걸릴 것이다. 공간 전이도 비행 술법도 못 쓰는 만큼 당연하다.

그러나 이런 것이 여행의 좋은 점이라고 안젤린은 생각했다. 너무 빠르면 이렇듯 풍경을 즐긴다거나 이야기로 꽃을 피우지도 못할 테니까.

말들에게 물을 먹이거나 풀 뜯어 먹을 수 있도록 간간이 쉬어 가면서 전진하던 중 점점 햇살에 황금색의 비중이 불어나자 어쩐지 질량까지 갖고 내리쬐는 듯 느껴졌다. 나아가는 방향으로 태양이 가라앉는지라 눈이 부시다. 안젤린이 눈을 깜빡깜빡하던 때 불현듯 강한 바람이 불어와서 풀 흔들리며 스치는 쏴아쏴아 소리가 울려 퍼졌다.

옆쪽을 보면 벨그리프는 눈을 감은 채 팔짱을 끼고 있었다. 아주 잠에 들지는 않은 모습이다만, 조금은 꾸벅꾸벅 조는 눈치다.

안젤린은 바닥에 손을 짚어서 마르그리트의 옆에 기어갔다.

“뭔가 보여……?”

"풀밖에 없어. 그래도 가끔 큼직한 바위 같은 게 있고, 역시 오래된 무기가 막 굴러다니네."

초원은 완만하게 기복이 있고, 위치에 따라서는 구릉처럼 된 지형도 있었다. 저 위쪽에서 허를 찔러 도적의 기마대가 일제히 내려온다면 자신 혼자서는 도저히 다 대처할 수가 없겠다는 생각이 든다. 패배는 하지 않을지언정 마차가 잔뜩 부서질지도 모르겠다.

다만 카심도 밀리엄도 같이 있는 데다가 무엇보다 불의의 습격이 벌어져도 벨그리프가 가장 먼저 알아차릴 것이다. 아무것도 걱정할 필요가 없다는 생각에 안젤린은 고개를 끄덕거렸다. 마르그리트가 의아하다는 표정을 짓고 묻는다.

"뭔 생각을 하는 거야."

"도적이 불쑥 습격하면 저쪽이겠다 싶어서."

"아항, 맞네, 어쩐지……. 근데 지금은 역광이니까 저기로도 오지 않겠냐?"

마르그리트가 마차의 나아가는 쪽을 가리켰다. 확실히 눈이 부시다. 빛을 등지고 몰려온다면 불리할 테지.

"아네, 앞쪽에 누가 있을 것 같아?"

"아니, 딱히 낌새는 없는데."

역광을 막기 위해서이리라, 밀리엄의 모자를 눈가까지 깊숙이 쓴 아넷사가 고개 돌렸다.

"마실 것 좀 줄래?"

"사과주?"

"아니, 안 취하는 음료가 좋아."

"음……. 박하수면 될까?"

"응, 고마워."

"만약 진짜로 습격하면 말야. 먼저 멀리서 화살이 휘잉 날아올 거야, 아마도."

밀리엄이 가방을 뒤적거리며 말했다. 안젤린은 고개를 끄덕거렸다.

"그래서 우리가 되게 당황하면 높은 곳에서 한꺼번에 치고 내려오겠지……. 분명히."

"사수의 수가 적으면 마부를 노리겠네~. 아네, 조심해야겠다~."

"그런 건 날아오면 금방 알잖아……."

"그럼 우선은 화살 대책이구나. 어떻게 하냐? 난 나를 노려서 날아오는 화살들 전부 쳐내서 막을 자신은 있는데, 주위에 전부 다는 무리거든?"

"마리는 호위 의뢰를 받은 경험이 있어……?"

"으음, 벨이랑 같이 톨네라에서 올라올 때도 호위라면 호위가 맞나? 근데 올펜에 온 다음은 아직 받아본 적이 없네. 거 뭐냐, 하위 랭크에 혼자 활동하는 녀석한테는 호위 의뢰를 안 주잖아? 알면서. 먼저 파티를 짠 다음에 오라더라, 유리가."

고위 랭크의 모험가라면 단독으로도 호위 의뢰를 수주하는 경우가 있다. 그러나 하위 랭크의 모험가는 파티를 짜지 않으면 안전 측면으로도 신뢰의 측면으로도 일을 맡기지 않는 방침이다.

아, 맞다, 혼자 활동하니까. 안젤린은 고개를 끄덕거렸다.

"화살 대책은, 상단의 경우는 같이 의뢰를 받은 호위가 또 있으니까 그 사람들이랑 상담하고……. 근데 대부분은 마차가 옆쪽에다가 화살 방어용 판자를 세울 수 있는 구조로 만들어 놔."

"아하, 좀 알겠네……. 지금 생각이 났어."

청발의 여성 행상인이 몰던 마차를 떠올렸는지 마르그리트는 팔짱 끼면서 고개를 끄덕거렸다.

아넷사가 앞을 향한 채 입을 열었다.

"말을 들었는데 상단 호위는 한 명이어도 받을 수 있다더라. 파티 하나가 다 지키는 게 아니라 모험가가 많이 모여서 머릿수를 채워줘야 하니까 같이 끼어들 수 있어."

"어라, 그런가? 난 전부 안 되는 줄 알고 호위 쪽 의뢰는 아예 확인을 안 했는데……. 아네는 그렇게 혼자 의뢰를 받았던 거야?"

"아니, 나랑 미리는 안제와 같이 다니기 전에는 고아원의 친구들과 파티를 짜서 활동했으니까 호위 의뢰는 문제없이 받을 수 있었어. 그렇지? 미리."

"그랬었지~. 그 무렵에는 멀리까지는 못 갔었지만, 그래도 올펜 주변의 이곳저곳 다양한 곳에 간다는 게 즐거웠어~."

"안제는?"

"난 후다닥 고위 랭크로 올라가서 딱히 고민한 적이 없었어……."

"첫. 두고 봐라, 나도 금방 S랭크가 돼줄 테니까."

"그래도 호위는 호위 대상이랑 협의가 되게 중요하니까……. 고집쟁이 마리한테는 안 어울려."

"뭣이라, 너도 은근슬쩍 비슷한 성격이잖냐. 무뚝뚝한 녀석 주제에."

안젤린과 마르그리트는 장난치며 서로를 콕콕 찔렀다.

"얘들아, 얘들아, 싸우지 마~. 달콤한 과자나 먹으라냥~."

밀리엄이 웃음 짓고는 자루에서 설탕 바른 비스킷을 꺼내 들었다.

이윽고 산맥으로 태양이 숨자 마차가 달리는 주변에 그림자가 드리워졌다. 불어오는 바람이 피부에 닿아 서늘해지는지라 안젤린은 벗어 두었던 겉옷을 다시 걸쳤다. 하늘을 올려다보면 새파랗게 반짝이는데도 자신들이 있는 주변만 어둡다는 것이 어쩐지 이상하다는 생각이 들었다.

돌이라도 밟은 탓일까. 마차가 커다랗게 덜컹 흔들렸다. 그런 바람에 머리라도 찧었는지 짐칸에 누워 있었던 카심이 「으갸」 소리를 내며 깨어났다.

"흐아암……. 어랴, 어두워졌네. 내가 꽤 잤구나?"

"카심 아저씨, 괜찮아……? 밤에 못 자는 거 아니야?"

"별 상관없어. 밤에 불침번이나 서주면 되지."

카심은 대답한 뒤 기지개를 켜고 목이며 어깨를 딱딱 소리가 나게 풀어줬다.

더욱 해가 떨어져서 산맥 너머가 새빨갛게 빛나기 시작하던 때 일행은 작은 폐촌에 도착했다.

반쯤 허물어진 돌벽 건물의 뒤편에 마차를 세운 뒤 아무렇게나 쭉 뻗어서 자란 나무에 말을 묶었다. 우물은 이미 말랐는지 허물어서 메워 놓았다. 다만 가까운 곳에 작은 시냇물이 흘러서 머물기에는 괜찮겠다.

장작을 모아다가 불을 피울 무렵에는 산맥 능선을 따라 보랏빛, 꼭대기 부근은 남빛으로 물들었고, 조각조각 뜯어 놓은 듯 떠올라 있는 구름의 아래쪽만이 석양에 붉게 타오른다. 별이 드문드문 빛을 발하기 시작했다.

낮에는 산들산들했던 바람이 해가 떨어지자 몸이 떨리도록 서늘한 냉기를 전해준다. 그러나 오래된 돌벽이 마침 딱 알맞게 바람막이 역할을 해줘서 벽에 가까이 붙으면 바람의 싸늘함을 제법 누그러뜨려줬다.

마르그리트가 콧노래를 흥얼거리며 저녁 식사를 준비하고 있다. 언동은 거친 엘프 공주가 요리 실력은 안젤린보다 더 뛰어나다. 왠지 분했다. 물론 자신도 요리 솜씨가 별로이지는 않다만, 올펜에 돌아가면 조금 더 연습해볼까 생각이 든다.

벨그리프가 손잡이 달린 작은 상자를 내려놓았다.

"마리, 조미료 여기 놓아두마. 아껴서 써주렴."

"알았어, 다 나한테 맡겨."

작은 상자를 열어 조그만 병의 내용물을 확인하면서 간을 맞추는 마르그리트를 곁눈질한 뒤 벨그리프는 망토를 걸치고 발걸음을 돌렸다. 안젤린도 일어나서 뒤를 따른다.

"어디 가? 아빠……."

"아, 잠시 주위를 둘러보고 올 생각이란다……. 무엇이 있을지 모르잖니."

"나도 갈래……."

"같이 갈 테냐? 그럼 망토를 잘 챙겨서 입고 오려무나."

아직 달은 떠오르지 않았다. 그러나 이미 눈이 어둠에 익숙해져서 걷는 데 아무 지장도 없다.

벨그리프는 평소보다 더욱 신중하게 걸어 나아갔다. 풀에 파묻혀서 크고 작은 돌이 굴러다니고 있다. 왼쪽 다리는 어쨌든 간에 오른쪽 의족으로 이상한 각도에서 밟았다간 넘어져버릴 것이다.

지붕이 없이 허물어져버린 폐옥이 다수 보였고, 비바람에 노출되어 모서리가 싹 닳아버린 여신 뷔에나의 신상이 나동그라져 있었다. 밭도 일구었을 터이나 이제는 아무 흔적도 남지 않았다.

벨그리프는 이 마을은 아마도 제국 쪽 사람들이 이주해서 살던 곳이었을 것이라 말해줬다. 틸디스의 유목민들은 대체로 토대가 있는 집을 보유하지 않고 커다란 텐트를 이용하여 나라 안 곳곳을 돌아다닌다. 더욱 동쪽의 글단과 가까운 곳에서는 돌이나 흙, 나무로 만든 집도 많다던데 이곳 주변의 초원민들은 이동 생활을 주로 하기 때문에 딱히 집을 만들지는 않는 듯하다.

"대단해. 많이 아는구나, 아빠……."

"하하, 그냥 책에서 읽은 내용이란다. 분명 아직은 집에 보관해 놓았을 테니 나중에 귀성했을 때 읽어보렴."

"그런 책이 있었구나……. 몰랐어."

"안제가 올펜으로 간 이후 행상인에게 산 책이니까."

걸어가면서 안젤린은 이 주변에도 오래된 무기의 잔해가 굴러다니고 있음을 깨달았다. 혹시 이 마을은 전화에 휩쓸려서 폐촌이 되어버린 것이 아니었을까 생각이 든다.

"여기에도 무기가 잔뜩이야……."

"그래……. 이미 꽤 옛날 물건이겠구나."

벨그리프는 주위를 둘러보면서 턱수염을 쓸어 만졌다.

"마수의 기척도 없고, 못된 인간들이 소굴로 쓴 흔적도 없고……. 자, 돌아가자꾸나."

"응. 배고파……."

안젤린은 벨그리프의 손을 잡았다.

돌아갔더니 식사 준비가 다 끝난 참이었다. 따뜻한 마른고기와 콩 수프와 딱딱한 빵을 먹은 뒤 식기며 냄비 따위를 이것저것 정리할 무렵에는 반달이 떠올라서 초원을 푸르스름하게 비춰주고 있었다.

벽을 등져서 모닥불을 바라보면 불이 흔들릴 때마다 등 뒤에 비치는 그림자가 일렁일렁하는데, 그것이 자신을 내려다보는 기분이 들어 어쩐지 마음이 편해지지 않았다. 딱히 의식하지 않았는데도 안젤린은 뒤쪽을 돌아보게 됐다.

짐을 점검하면서 움직이던 아넷사가 활과 화살을 들고 일어섰다. 밀리엄도 지팡이를 들고 있다.

"벨 아저씨, 잠깐 다녀올게요."

"응? 무슨 일 있니?"

"식량 조달이랍니다~. 토끼 잡아 올게요, 토끼."

그렇게 말한 뒤 밀리엄은 지팡이를 흔들었다.

확실히 시에라에게 식료품을 받아 두기는 했다지만, 거기에 마냥 의지해서 딱히 좋을 게 없다. 현지 조달이 가능하다면 더할 나위가 없다. 안젤린도 따라 일어섰다.

"도와줄게……."

"그래? 고마워. 그럼 올가미로 함정을……."

"나도 도와줄 거 있냐?"

마르그리트가 기대에 가득 찬 눈으로 아넷사를 쳐다본다. 아넷사는 쓴웃음 짓고 뺨을 긁적거렸다.

"실제 해치우는 건 활이 가장 좋지만……. 마리는 시력이 좋지?"

"아무렴! 밤눈도 밝단 말이지!"

"그러면 토끼 몰아넣는 걸 도와줘."

"좋았어! 한다, 맡겨줘라!"

이런 이유로 벨그리프와 카심을 남긴 채 안젤린과 소녀들은 평원으로 나갔다. 여전히 바람이 불어오고 있지만, 불어닥친다는 느낌은 아니고 머리카락이 흔들리는 정도다. 달빛이 비추어서 몹시 밝지만, 색채가 엷은 만큼 어쩐지 내다보이는 풍경이 인공물 같은 느낌이다.

"그런데 왜 지금 밤늦게 잡아? 낮때가 더 잘 보이잖아."

"새 사냥이면 낮이 좋은데 토끼는 야행성이거든. 밤이 아니면 나타나지를 않아. 이 주변 토끼는 특히 밤에만 나다니는 것 같더라."

실제 남쪽으로 내려가기 시작한 이후 주간에 토끼를 본 적이 없었다. 밤에 야숙을 하면서 비슷한 작은 동물의 낌새가 느껴졌기에 아넷사도 밤 사냥을 떠올렸을 테지.

마르그리트는 감탄하며 팔짱을 꼈다.

"아하, 좀 알겠군……. 톨네라 숲에서는 낮에도 토끼가 보이니까 뭔 이유인가 궁금했어."

"숲은 시야가 좀 좁아지잖아. 낮에도 천적한테 발견될 우려가 적어. 이 주변은 한눈에 쭉 내다보이니까 밤이 아니면 돌아다니질 않을 거야."

"……마리, 이런 관찰을 꼼꼼하게 하라고 아빠한테 말 듣지 않았어?"

"끄응……."

마르그리트는 입을 삐죽거렸다. 아넷사와 밀리엄이 얼굴을 마주 보더니 쿡쿡 웃었다.

안젤린은 몸을 낮춰서 바위 그림자나 요철이 있는 부분에 올가미 함정을 몇 개 설치한 뒤 건조 콩을 몇 알 놓았다. 이쪽은 내일 아침에 확인하면 된다. 가끔 풀 사이를 무엇인가가 달려 다니는지 바람과는 다른 방식으로 흔들거렸다.

저편을 보면 바람이 불어 가는 방향에 서서 아넷사가 활을 겨누고 있다.

바람이 불어오는 쪽에서 마르그리트가 일부러 소리를 내며 달음박질쳤다.

싸락싸락 소리를 내며 풀숲에서 토끼가 뛰쳐나온다. 동시에 밀리엄이 마법으로 빛 구체를 발사하여 섬광처럼 작렬시켰다. 토끼는 눈이 부신 탓인지 놀란 탓인지 움직임이 멈췄다.

그곳으로 아넷사가 날린 화살이 꽂혀 들어갔다.

"좋아."

"아자자~, 한 방~."

안젤린은 달려가서 막 해치운 토끼를 주워 들었다. 더는 아무것도 비추지 않는 눈동자에 달빛이 반사되었다.

"더 잡을 거지……?"

"그러자, 좀 잡아 두면 당분간 고기 모자랄 일은 없을 테니까."

염장 고기와 마른고기도 절약할 수 있으니까, 말하려다가 말고 아넷사가 의아하다는 표정을 지었다.

"마리, 왜 그래?"

마르그리트는 쪼그려 앉아 두 손으로 얼굴을 덮고 있었다.

"……눈이."

"어휴, 번쩍 빛날 테니까 조심하라고 말해줬잖아~."

아무래도 밀리엄이 날린 섬광을 똑바로 마주했던 탓에 눈이 부시나 보다. 안젤린은 참지 못하고 웃음을 터뜨렸다.

"……역시 마리는 자기 몫 하려면 아직 멀었어."

"끄응, 제기랄."

마르그리트는 분한 듯 신음했지만, 앞이 안 보이기 때문에 어쩔 도리가 없는 눈치였다. 안젤린은 웃으면서 마르그리트의 손을 잡아 일으켜줬다.

"괜찮아, 금방 보이게 될 거야……."

"으으읏."

뒤에서 우릉, 소리를 내며 또 섬광이 솟아올랐다. 바람 가르는 소리가 들리더니 토끼에게 화살이 꽂혀 들어갔다.

섬광이 멎은 이후의 초원을 반달이 밝게 비춰주고 있다.

90 비가 내리는데도 공기는 후덥지근해서

비가 내리는데도 공기는 후덥지근해서 피부에 달라붙는 느낌이 들었다. 두꺼운 구름이 덮여 있기에 근처 곳곳은 물방울 때문인지 아니면 구름이 내려와 있는 까닭인지 짙은 안개가 자욱하게 끼어 시야가 무척 제한되었다.

이곳저곳이 사람의 기척으로 가득 차 있는데도 시야가 제한되는 탓에 이상하게 기척만 강할 뿐이고, 그만큼 안개가 무게를 갖고 몸을 밀치는 것 같았다.

무기가 휘둘러지는 소리, 마법 작렬하는 소리가 난다. 비명이며 노호가 울려 퍼지고 있다. 어쩐지 위태로운 분위기였다. 아무래도 안개에 숨어『구덩이』에서 마수가 몇 마리쯤 기어 올라온 것 같았다.

두 다리로 걷고 비늘을 가진 기묘한 마수를 창이 단숨에 꿰찔렀다. 흑발을 묶은 여인이 찔러 쓰러뜨린 마수를 걷어차더니 귀찮다는 듯이 주위를 둘러본다.

“쳇, 대해일은 제법 나중인데도 이런 꼴인가……. 이번에는 큰 일이 벌어질 것 같군.”

여인은 다시 창을 들어 올린 뒤 안개 너머의 검은 그림자를 푹 찔렀다.

"어이! 아직인가!"

"좀만 더."

여인이 고함지르자 살짝 뒤쪽에 서 있던 강아지 귀 소녀가 대답했다. 육현의 악기를 손에 들고서 눈을 감고 있다. 가끔씩 강아지 귀가 탁탁 흔들렸다.

문득 소리가 사라진 듯 조용해졌다. 곧장 오른손으로 현을 튕긴다. 짜란, 소리가 울리자마자 안개가 진동하면서 떨렸다.

"베이베."

소녀가 현을 튕겨서 울릴 때마다 안개가 떨리며 근방으로 소리가 울려 퍼진다. 얼마 전까지 이곳저곳에서 들려오던 전투의 소리는 모두 마수들의 신음 및 비명으로 뒤바뀌었다.

흑발의 여인이 창을 어깨에 얹고는 숨을 내쉰다.

"안개에다가 마력을 전달하여 마수 쫓는 소리를 흘린 것인가. 거참, 재주도 한번 좋구나."

"사실 더 많이 락하고 싶어……."

"멍텅구리, 네가 진짜로 소란 부렸다간 마수는커녕 우리 쪽까지 당할 게 뻔하잖느냐."

"블루스……."

강아지 귀 소녀가 육현을 짜란짜란 울릴 때마다 근방에서 마수의 기세가 점점 옅어졌다. 아무래도 마수의 움직임이 둔해짐에 따라 모험가들이 차례차례 해치운 것 같다.

흑발 여인은 창을 지팡이처럼 꽂아서 몸을 기대고는 한숨 쉬더니 눈을 반쯤 감았다.

"난처하구나……. 벨 씨가 오기야 올 테지만 그게 언제이려나."

"아저씬?"

"모른다. 이런 안개에 더하여 『바닥의 주민』을 상대하는데 다른 사람을 신경 쓸 틈이 아무러면 있을까."

"끙……."

주위에서 전투가 대강 완료된 분위기가 느껴지는 터라 강아지 귀 소녀는 손을 멈췄다. 모험가들의 이야기 소리도 이곳저곳에서 살짝 들려온다. 그럼에도 안개에 막혀 모습은 보이지 않았다.

흑발 여인은 어깨를 돌려주다가 창을 짊어졌다.

"에잉, 쯧, 느긋하게 몸을 숨길 작정이었건만. 이번 대해일은 꽤 큰일이 벌어지겠군. 아무쪼록 실력 괜찮은 녀석들이 모여주기를 기원하자꾸나."

"안제가 와줄 것 같은 예감이 들어……."

"뭐라?"

"감……. 근데 내 감은 잘 맞거든. 여름 접시는 잘 깨져."

"……뭐, 되었다. 어쨌든 간에 안제와 벨 씨가 와준다면 무척 든든하기야 할 테지."

"자네는 본인 생각만 하는군. 안제와 벨 씨가 오는 이유는 우리를 위해서가 아니라네, 베이베."

"거 당연히 아는 소리를. 아무튼 이곳에서 살아남기 위한 자그만 바람이다, 나쁠 건 없잖은가. 이번 대해일은 과거의 사례들보다 더욱 까다로울 게다. 이러면 당연히 불안해질 만하지."

"돈 씽크 트와이스."

"앙?"

"잇츠 올라잇."

강아지 귀 소녀는 악기를 고쳐 들고는 빠른 걸음으로 안개 너머에 달려갔다.

혼자 남겨진 여인이 잠시 가만히 서 있던 사이에 안개가 조금 엷어졌는데 건너편에서 희미한 인영 몇 사람이 같은 방향을 향해 걷고 있었다.

살짝 소란스러운 곳이 있다. 흑발의 여인은 의아하다는 표정을 짓고 그쪽으로 가까이 걸어갔다. 마수 시체가 산처럼 굴러다니고 있다. 그 안쪽에 인간 시체도 몇몇 섞여 있었다. 칼에 베인 상처다. 마수의 어금니나 발톱에 당한 것은 아니다. 명백하게 인간의 소행이었다.

"웬 일이 있었던 겐가? 내분인가?"

근처의 모험가 남자에게 물었더니 남자가 고개를 흔들었다.

"『철사자』가 한 짓이야. 그 녀석이 항상 만만찮은 마수를 처리하니까 괜히 아니꼬워하던 녀석들이 있었나 봐. 아까 상황을 틈타서 암살하려고 수작 부렸던 것 같군."

남자는 시체를 발로 쓱 뒤집어서 모습을 보여줬다.

"예전부터 자주 아니꼽다며 푸념을 늘어놓았거든. 자부심이 괜히 높아도 사고를 친다니까."

"그러다가 도리어 베여 죽었나. 한심하기는……."

흑발 여인은 창에 기대어 한숨 쉬었다. 톨네라의 대책 없이 선량한 모험가가 오히려 드문 법이지. 새삼 절감하게 된다.

"우물 안 개구리, 넓은 바다를 알지 못함인가. 자기 영역에서나 위세 부리는 자라면 어차피 오래 버티지는 못했을 테고. 뭐, 오히려 잘된 게 아닌가 싶군. 시시한 질투 때문에 손발이 따로 논다면 대해일을 어찌 넘길 수 있겠나."

"나도 똑같은 생각이야. 멍청이를 솎아 내줘서 차라리 고맙다니까. 다만 이 녀석들도 S랭크에 AA랭크에 절대로 약하지는 않은 일당이었는데 말이지……. 역시 그 녀석은 정체를 알 수가 없군. 든든하기는 한데 어쩐지 소름이 끼치더라."

"……동감이군."

흑발의 여인은 눈을 가늘게 뜨며 주위를 둘러봤다. 빗발이 강해져서 발 아래에 가는 물줄기가 몇몇 가로질러 갔다. 안개 너머로 등을 돌린 채 서 있는 회녹색 머리카락이 보였다.

○

마차가 무시무시한 속도로 달려 나간다. 결코 평탄하지 않은 지면을 바퀴가 밟을 때마다 덜컹덜컹 거하게 흔들렸다. 그 주위를 말에 탄 집단이 둘러싸서 쫓아가고 있었다.

카심이 유쾌하게 웃음 지었다.

"이야, 역시나 틸디스의 마적은 대단하네. 끈질겨, 아주 끈질겨."

"웃을 상황이 아니잖나."

너무 마차가 흔들리는 터라 벨그리프는 서지를 못한 채 다소 볼품없이 몸을 구부려서 마차 테두리를 붙들고 있었다. 한쪽 다리가 의족이라서 바닥을 디뎌 버틴다는 동작을 평범한 사람만큼 해낼 수 없는 모양이었다.

마상에서 쏘아 날리는 화살을 안젤린과 마르그리트가 베어 쳐냈다. 마차 옆쪽에 세운 화살 방어용 판자는 이미 고슴도치 신세가 됐다.

다들 실력자인지라 날아드는 화살은 위태롭지 않게 방비할 수 있었다만, 밀리엄은 진동이 너무 심해서 멀미 때문인지 핼쑥한 얼굴로 벨그리프에게 매달려 있고, 카심은 가끔 위험한 화살만 슬슬 걷어 낼 뿐이지 지금 상황을 즐기는 분위기마저 있었다. 원거리를 가장 특기로 하는 아넷사가 하필 말고삐를 쥔 까닭도 있어 마적에게 일방적으로 공격당하는 형세였다.

벨그리프는 얼굴을 들어 올려서 앞을 바라봤다.

"조금만 더."

"와아, 굉장하네. 뒤쪽에 더 잔뜩 따라오는데."

마르그리트가 감탄의 말을 꺼내기에 쳐다봤더니 마차를 둘러싼 마적단 뒤쪽으로 놈들의 동료라고 짐작되는 기마 집단이 파도처럼 밀려들어 오고 있었다.

안젤린이 팔을 휘둘러서 빈 병을 집어 던졌다. 빈병은 가까이

다가들었던 마적 한 명의 머리에 직격했고, 도적은 공중제비를 돌며 낙마했다.

그러나 언 발에 오줌 누기였다. 별 의미가 있는 반격은 못 된다. 안젤린은 머리를 긁적거렸다.

"처음에 몇 명 해치워버린 게 잘못이었을까……."

"틸디스 마적은 아주 집요하거든. 상대를 싹 죽여버리거나 우리가 다 죽을 때까지 웬만하면 포기하지 않을 거다."

"싹 죽여버리면 그만 아니냐."

마르그리트는 그렇게 말한 뒤 웃었다. 날아드는 화살을 베어 쳐냈다. 벨그리프는 쓴웃음을 지었다.

"아니, 마수하고는 경우가 달라. 인간은 무섭단다, 마리."

"흐응? 뭐, 상관없지만 말야. 확실히 인간을 잔뜩 베어버리면 기분이 안 좋거든."

마침 마차의 곧장 뒤쪽으로 달려오던 기마 몇 기가 얼굴을 마주보면서 큰 목소리로 무엇인가 말을 주고받더니 한 사람이 척 손을 들어 올렸다. 즉각 뒤쪽을 달리고 있던 기마가 일제히 활을 겨눠서 같은 타이밍에 발사했다. 마치 비처럼 촘촘하게 일제히 화살이 내리쏟아진다.

벨그리프는 왼쪽 다리를 힘껏 디뎌서 일어선 뒤 등에 멘 대검을 뽑아 들었다.

"꽉 붙잡아라!"

기합일성, 위잉 소리를 내는 검을 힘껏 가로로 휘둘렀다. 그 순간, 무시무시한 충격파가 발생하면서 막 날아들던 화살은 조각조각 부서진 채 지면으로 흩어졌다. 마적들은 분한 듯 고함쳤지만, 그래도 아직 포기하는 낌새가 없이 채찍질을 거듭한다.

벨그리프는 숨을 내쉬고 대검을 회수한 뒤 다시 몸을 굽혔다. 그때 안젤린이 등 쪽에서 덥석 안겨 들었다.

"굉장해……! 아빠, 굉장해애!"

"자, 잠깐, 안제야, 지금은 이럴 때가 아니잖니."

"헤헤헤, 활용이 꽤 익숙해졌군. 제법이야, 벨."

"또 태평한 소리를……."

"돌파할게요! 혀 깨무니까 말하지 마요!"

아넷사가 소리 지르더니 질타하듯 고삐를 쳤다. 말이 속도를 올렸다. 과연 틸디스의 말답다. 이토록 달렸는데도 더 속도가 올라간다.

초원을 쭉 달려왔던 마차는 어느 틈인가 산이 바짝 가까워지는 부근까지 와 있었고, 곧 벼랑 사이에 낀 협곡과 같은 지형에 돌입했다. 벨그리프는 쓱 뒤쪽을 돌아봤다가 곧이어 다시 카심을 쳐다봤다.

"지금이다!"

"예이."

카심이 두 손을 흔든다. 마탄이 발사되어 양측 벼랑의 윗부분에 직격했다. 땅울림에 이어 허물어지는 바위 및 흙이 마침 아래에 와 있던 마적을 짓뭉갰다.

길은 틀어막혔다. 직접 다리를 쓰면 못 오르지는 않겠지만 말은 도저히 넘어올 수 없다.

간신히 재난을 피했지만 퇴로가 차단된 데다 후속의 우군과 분단된 몇 기의 마적이 당황하며 걸음을 늦추고 우왕좌왕했다.

“저 녀석들은 어쩌지?”

“가만 놔두면 될 테지. 이 틈에 거리를 벌리도록 하자.”

어차피 마적단의 주 무대는 평원이니까. 벨그리프는 중얼거린 뒤 이마의 땀을 훔쳤다.

마차가 살짝 속도를 떨어뜨리자 흔들림이 적어졌다. 벨그리프는 겨우 차분해진 모습으로 숨을 내쉬었다. 그리고 핼쑥한 표정을 짓고 매달려 있던 밀리엄의 등을 문질러줬다.

“미리, 괜찮니?”

“으으……. 메슥거려요…….”

“뭐냐, 칠칠맞지 못하게.”

깔깔 웃는 마르그리트를 보고 밀리엄을 뺨을 볼록거렸다.

“미리 양은 섬세하다고요~!”

“……나도 메슥거려어.”

안젤린이 부자연스럽게 말꼬리를 늘어뜨리며 벨그리프에게 달라붙었다. 벨그리프는 어이없어하며 안젤린의 등을 톡톡 두드려줬다.

“너는 아무렇지도 않으면서…….”

“그치만, 미리만 치사하잖아…….”

"뭐래~ 안제는 이유가 없어도 달라붙는 주제에…… 으익!"

밀리엄은 구역질이 나는 듯 입가를 붙잡았다. 카심이 바닥에 앉아 마차의 테두리 쪽에 몸을 기댔다.

"이 녀석아, 여기에서 토하면 대참사잖냐."

"조금 더 거리를 벌리면 휴식하자꾸나. 말도 쉬게 해줘야 할 테고."

벨그리프는 뒤쪽 방향과 벼랑 위를 쳐다보면서 말했다. 이쪽을 정탐하는 낌새나 추적자는 없는 듯싶다. 말은 잔뜩 땀을 흘려서 매끄러운 털이 축축하게 젖어 있었다.

만사를 떠난 지 벌써 보름 이상이 지났다. 본격적인 여름에 접어든 까닭인지, 더욱 무더운 남부로 내려가는 까닭인지 더위는 날이 갈수록 심해졌다.

그동안 이동 중 유목민의 야영지에 들러 교류하거나 마수 떼와 싸우거나 던전화된 폐촌을 돌파하는 등 이런저런 일이 있었고, 방금 막 드디어 평야 지대를 지나 산악 지역으로 들어올 수 있었다. 마지막까지 거의 다 와서 마적단과 한바탕 말썽이 벌어졌기 때문에 쭉 긴장했던 마음이, 이제 겨우 안정되는 기분이 든다.

이대로 순조롭게 가면 1주일도 지나지 않아 남부의 대도시 이스타프에 도착할 수 있겠다.

도시며 마을에서 침대에 누워 쉬지 못하고 이토록 긴 여행을 다니는 것은 벨그리프도 처음으로 겪는 체험이었다. 젊었던 시절이라면 또 모를까, 그저 괭이를 휘둘렀던 마흔을 넘은 신체에는 제법 버겁다는 생각이 들었다. 물론 걸어서 오진 않았다만, 마차에 몸이 흔들리기만 해도 꽤 피로하다.

아직 제대로 시작조차 못한 처지인데 말이지, 벨그리프는 살짝 자조하며 웃었다. 통과점에 불과한데도 벌써 이토록 지쳐버렸다. 『대지의 배꼽』이라는 곳에 도착할 무렵에는 과연 몸 상태가 어떤 지경일지 걱정이 된다.

아넷사가 어깨 너머로 돌아봤다.

“어떡할까요? 벨 아저씨. 어디까지 더 가면 되나요?”

“조금 더 트인 장소가 좋겠구나. 이 주변도 산적이 안 나타난다는 보장은 없으니 말이다. 너무 불리한 지형에서 쉬면 습격당했을 때 무섭지.”

“그렇겠네요. 그럼 일단은 보통 걸음으로 움직일게요.”

적당한 장소까지 왔을 때 말해주세요, 덧붙인 뒤 아넷사는 다시 앞을 바라봤다.

축 늘어져서 밀리엄은 마차의 테두리에 등을 기대고 있다. 마르그리트는 정신이 들 만한 음료가 담긴 병을 찾아서 짐을 뒤적거리고, 카심은 눈을 감은 채 잠들 자세를 취하고 있다.

안젤린이 벨그리프에게 몸을 붙였다.

“화살, 뽑아야겠네.”

“그러게나 말이다. 아무래도 가만 놔두기에는 마음이 안 좋구나.”

고슴도치 신세가 된 화살 방어용 판자를 보고 벨그리프는 쓴웃음 지었다. 마상에서 용케 이토록 정확하게 화살을 날릴 수 있구나 하는 감탄도 들고, 안젤린과 다른 일행이 아니었다면 몸성히 지나오지 못했겠다는 생각도 들어 등줄기가 싸늘해진다. 남하 루트를 굳이 지나오려고 하는 사람이 없는 이유도 납득이 되는 심정이었다. 시에라에게 설명을 들은 까닭에 얼마간 마음의 준비를 해 두었기에 망정이지 무작정 진입했다면 분명 몹시도 황망하지 않았을까.

그대로 잠시 더 나아가다가 벼랑에 구멍이 뚫려 지붕처럼 된 장소를 발견했다. 가까운 곳에 시냇물이 있는지 물소리가 들린다.

아직 해는 높이 떠 있었지만, 도주 중 피로가 쌓이기도 해서 일찌감치 쉬기로 했다. 도망치던 중 무게를 줄이기 위해 나무통에 담긴 물을 쏟아버렸던지라 보급이 가능하다는 게 반가웠다.

기운 넘치는 마르그리트와 안젤린이 수통을 들고 시냇물로 내려갔다.

아넷사는 뭐든 사냥감이 있나 찾아보겠다며 활과 화살을 들고 나갔고, 밀리엄은 완전히 기진맥진해서 벌러덩 누운 채 움직이지를 못한다.

카심이 마른 나뭇가지를 품에 안아서 다가왔다.

“장작 좀 주워 왔어.”

“그래, 고맙네.”

큰 돌을 치우거나 지면을 다지는 등 잠자리를 마련하고 있던 벨그리프는 돌을 깔아서 간단하게 화덕을 만든 뒤 불을 피웠다. 안젤린과 마르그리트가 길어 온 물을 냄비에 넣어 불에 올린다. 마른 고기를 썰어서 넣고 거기에 건조 보리와 콩 따위를 넣어서 보글보글 푹 끓였다.

안젤린이 뒤쪽에서 기웃기웃하고 있다.

"아빠, 뭔가 도와줄까……?"

"아니, 이쪽은 괜찮단다. 마차에 꽂힌 화살을 빼내주겠니?"

"응!"

안젤린은 힘차게 마차 방향으로 달려갔다. 저 건너편에서 말이 벌컥벌컥 물을 마시고 있다.

얼마 뒤 아넷사가 돌아왔다. 개 정도 크기의 염소를 손에 들었다.

"염소를 잡았어요. 여기 주변에 있는 녀석들은 좀 작네요."

"아, 마침 잘됐군……. 오, 벌써 속을 빼내서 가져왔구나. 머리도 잘라 냈고."

"습지 근처였거든요. 그런데 가죽 벗기기는 벨 아저씨가 더 잘하실 것 같아서……."

"딱히 더 잘하는 건 아니다만……. 뭐, 둘이서 하면 더 빨라질 테지. 같이 하자꾸나."

"네, 네엣. 에헤헤……."

아넷사는 기뻐하며 수줍게 웃었다. 그때 소리도 없이 안젤린이 나타났다.

"……나도 할 거야."

"와앗!"

"어라, 벌써 다 끝났니?"

"끝냈어. 왜 아네만, 치사해……."

"……어휴, 누가 빼앗아 가는 것도 아닌데."

아넷사는 어이없어하며 한숨 쉬었다. 벨그리프는 쓴웃음 짓고 가죽 벗기기용 나이프를 꺼내 들었다.

벨그리프는 익숙한 손놀림으로 가죽을 벗기기 시작했는데, 아넷사도 해체에는 익숙한 데다 벨그리프에게 배운 안젤린도 마찬가지였다. 얼마 지나지 않아 곧 염소는 붉은 고깃덩어리가 됐다. 계절이 계절인지라 비록 기름이 많이 오르지는 않았다지만, 식사의 풍미를 더해주기에는 충분하다.

그렇게 고기에서 지글지글 맛있는 냄새가 흘러나올 무렵에는 해도 떨어졌기에 램프와 모닥불의 빛이 일행의 그림자를 바위 표면에 비추어주게 되었다.

“이스타프에 도착하면 닌디아 산맥은 금방이네.”

보리와 콩을 쑨 죽을 그릇에 담아내며 카심이 말했다. 벨그리프는 고개를 끄덕였다.

“그렇겠군. 그나저나 『대지의 배꼽』이라는 게 어디쯤에 있는 곳인지 정작 알 수가 없단 말이지.”

닌디아 산맥은 틸디스와 다단을 갈라놓고 있는 한편으로 북동쪽에서 남서쪽까지 몇몇 나라를 넘어서 쭉 뻗어 나간다. 이스타프는 틸디스령이지만 그곳에서 산맥을 따라 남서로 내려가면 다단 제국, 그 앞쪽을 서편으로 나아가면 루크레시아 및 로데시아 제국과 이어진다.

따라서 비록 산맥이 가깝다지만 『대지의 배꼽』이 어느 부분에 위치하는 곳인지 도통 알 수가 없다. 시에라가 준 지도에도 상세한 위치까지 표시되지는 않았다. 진짜 실력에 자신이 있는 일부 모험가만 구전으로 들어서 알게 되는 곳이려나.

염소 고기구이를 꿀꺽 삼키고 마르그리트가 말했다.

"이스타프에 가면 알 만한 녀석이 대충 있지 않겠냐?"

"아마도, 있어. 길드 관계자한테 먼저 물어보고……."

안젤린이 그렇게 말한 뒤 죽에 숟갈을 푹 넣었다가 문득 떠올랐다는 듯이 얼굴을 들어 올렸다.

"아빠, 치즈 있어……?"

"그래, 있단다."

벨그리프는 유목민과 물물 교환으로 받았던 치즈 덩어리를 꺼내 들었다. 나이프로 잘라서 죽에 넣어주면 감칠맛이 돌아 맛있다.

"아, 역시 벨이 만드는 밥은 맛있다니까. 나도 요리는 특기인데 벨이 해주면 속이 든든해."

"여행이 길었지만……. 식사 때문에 고생은 안 했네."

"그렇구나. 시에라 씨에게 감사해야지."

"걔 덕도 있지만 네가 관리를 잘해줬던 거야."

"그렇지 않네. 다들 꾸준하게 사냥이며 채집을 해줬으니까……."

"그래도 그 식량의 할당이라든가 물 소비량 파악이라든가 이것저것 전부 벨 아저씨가 맡아주셨잖아요. 다시 생각하면 진짜 대단하네요……."

"흐흥, 당연하지……. 역시 아빠야."

대단하다, 대단하다, 소리 높이는 일행들을 보자니 벨그리프는 근질근질 민망해서 뺨을 긁적거렸다.

"……너희는 매사에 자꾸 날 추켜세워서 무얼 할 셈이니?"

안젤린은 어리둥절하는 얼굴로 벨그리프를 쳐다봤다.

"아냐, 아빠는 진짜 대단한데……."

"이 녀석, 안제……."

"에이, 왜 이래. 딱히 나쁜 말 하는 게 아니니까 순수하게 받아들이라고."

"그래그래. 게다가 칭찬받으면 당황하는 벨을 구경하는 게 재밌더라, 난."

"……아이고."

벨그리프는 체념해서 탄식한 뒤 모닥불에 장작을 집어넣었다. 너무 칭찬만 하면 몹쓸 사람이 된다는 말을 알아 두는 게 좋을 듯싶다. 또한 지나치게 과한 칭찬은 놀리는 말 같은 기분이 든다. 특히 마르그리트는 놀리려는 목적이 절반 이상임이 뻔하다.

"음냐……. 맛있는 냄새가 난다~."

뒤쪽 방향에서 굼실굼실 뭔가 움직이는가 싶더니 지금 이때까지 쭉 잠들어 있던 밀리엄이 정신 차리며 일어났다. 원래 구불구불했던 머리카락이 잠든 사이에 구겨져서 더욱 이리저리 삐쳐 나왔다.

아넷사가 그릇을 집어 들어서 죽을 퍼 담아줬다.

"내일까지 안 일어나는 줄 알았어. 지금 일어나면 잠을 못 자는 거 아니야?"

"어쩌면~? 그래도 기분 상쾌해~. 오늘 불침번은 나한테 다 맡겨달라냥~."

밀리엄은 죽 그릇을 받아 들면서 웃었다.

저녁 식사를 마친 뒤 밤늦게까지 별다른 일은 않고 각자가 침구를 몸에 두르고 잠을 청했다.

실컷 자서 기운이 난 밀리엄이 모닥불 옆에 앉았고, 마찬가지로 낮잠을 잤던 카심이 같이 맞은편에 자리를 잡고 앉았다. 아넷사와 마르그리트가 같이 옆쪽에서 잠들었고, 지도를 다시 살펴보는 벨그리프에게 바짝 붙어서 안젤린이 새근새근 숨소리를 내고 있었다.

"기본적으로 일직선이기는 한데……."

"옛날에 낸 길이 있구나. 마차가 다닐 수 있으면 좋을 텐데."

"마수가 나오는 것 같아. 도적을 주의하라는 글은 없다만."

끌어안은 무릎에 턱을 얹은 채 밀리엄이 꾸뻑 고개를 갸웃거렸다.

"그거 언제 쓴 주의 사항인데요~?"

"날짜를 따로 써 두지는 않았다만……. 가장 새로운 정보라는 말은 들었단다."

물론 글을 써 놓았다고 무조건 옳다는 법은 없다. 본거지를 가지고 있는 큰 도적단이라면 거점을 터전 삼아서 행동하지만, 정처 없이 유랑하는 도적도 있으니까. 마수도 어떤 이유든 마력 정체가 발생하면 그리로 모여드는 경우가 많다.

카심이 거하게 하품을 했다.

"뭐, 이제 와서 벌벌거려 봐야 소용없잖아. 이스타프에 도착하면 어떻게 할까 생각해 두는 게 차라리 낫지 싶은데. 도시의 상황이든 밥이든 올펜이나 요벰이랑 전부 다를 테니까 재밌을 거야.”

“그것도 중요하다만 그쪽에 너무 주의를 빼앗기면 뜻밖의 상황에 낭패를 당할 수 있어.”

“헤헤, 그럼 그쪽 경계는 자네한테 맡겨 두겠어. 가장 적임이기도 하고.”

처음부터 떠넘길 작정이었군. 벨그리프는 포기한 뒤 웃으며 다시 지도로 시선을 떨어뜨렸다. 카심은 작은 가지를 꺾어 모닥불에 집어넣었다.

“좋아, 우리는 이스타프에 간 다음의 행동 방침을 고민하자고. 미리. 아주 큰 도시거든. 『구덩이』에 가기 전 이것저것 준비가 필요할 텐데, 뭘 사야 하려나.”

“와아~ 기대된다. 어떤 식사가 있으려나~? 맛있는 과자가 있으면 좋을 텐데~.”

카심과 밀리엄은 즐겁게 이것저것 대화 나누고 있다. 벨그리프 또한 시선이야 눈 아래 지도를 보는 와중에도 부지불식간에 귀는 자꾸만 저쪽으로 기울어졌다.

이스타프는 틸디스 남부의 대도시이다. 규모는 중심 지역인 칼리파에 비견된다.

예전 시대에는 한때나마 일국의 수도였다던데, 틸디스의 역사상 최강이라 일컬어지는 『무제』 이하베나드가 지휘하는 마적의 습격으로 반파되었을지언정 과거의 성벽이 남아 있다.

현재는 다시 수리해서 성채 도시의 위엄을 되찾았을 뿐 아니라

자립 가능한 수준의 전투력과 경제력을 더불어 갖춘 까닭도 있어 요벰과 마찬가지로 반쯤 독립된 도시 국가의 대우를 받고 있는 듯했다.

아는 사람은 적다지만『대지의 배꼽』에서 나오는 희소한 소재가 이곳으로 흘러드는 경우도 많아 장비품 및 마법 도구의 질은 뛰어나기로 정평이 났다. 물론 상응하는 가격이 나가는지라 원하는 대로 다 구입할 수는 없겠다만.

양질의 소재가 있는 장소에는 실력 좋은 대장장이 및 연구에 뜻을 둔 마법사가 다수 모여들기에 그들이 또 이스타프를 활성화시킴으로써 경제와 유통이 왕성해지는 뒷받침이 되어준다.

낮에는 미적지근했던 바람이 밤중의 싸늘함을 동반하여 불어닥쳤다. 낮은 여름철 더위가 가득 들어찼었는데 해가 떨어지면 몸이 떨릴 만큼은 춥다.

안젤린이 굼실굼실 몸을 움직거리며 더욱 깊숙이 벨그리프의 품에 몸을 기댔다. 벨그리프는 얼굴을 들어 올렸다. 바위 너머로 보이는 어둠이 어떤 기척도 안 느껴지는 만큼 더 오묘한 묵직함을 갖고 다가드는 기분이었다.

○

달각달각 소리를 내며 모아 온 장작을 옆에 내려놓았다. 회녹색 머리카락의 소년이 먼지를 털어 내려고 손바닥을 짝짝 맞부딪친다.

"이 정도면 아침까지 버티겠지."

"그래. 너무 막 때지 않으면 괜찮을 거야."

적발 소년이 부싯깃을 꺼내 들더니 재빨리 불을 붙였다.

이미 주변은 어두웠다. 두꺼운 구름이 덮여 있어서 나무들 사이 하늘에서는 달도 별도 보이지 않았다. 공기가 왠지 몰라도 묵직해서 축축하기는 한데 비가 내릴 분위기는 또 아니다. 다만 주위의 어둠이 질량을 가지고 바짝 다가드는 느낌이었다.

네 사람은 숲에 와 있었다. 약초를 비롯하여 다양한 소재를 채집하는 임무다. 엘프 소녀가 있기 때문에 숲에서 헤매지는 않는다. 이미 상당한 양을 모았기에 하룻밤 야영한 뒤 내일 복귀할 계획이다.

주위를 온통 어둠이 둘러싼 만큼 보잘것없는 작은 모닥불에도 의지하고 싶은 기분이 든다. 식사를 마친 네 사람은 가까이 몸을 붙여서 모닥불 앞에 둘러앉았다. 불꽃은 혓바닥처럼 날름날름 흔들리며 밤의 어둠을 핥고 있다.

"밤의 어둠은 괜히 불안해지지 않아?"

무릎을 끌어안은 엘프 소녀가 말했다. 요리 도구를 정리하던 적발 소년은 고개를 끄덕거렸다.

"뭐, 편하진 않지."

"그런 무서운 게 어디에서 오는 걸까 생각이 들어."

"뭐냐, 엘프의 철학 어쩌고냐?"

회녹색 머리카락 소년이 의아하다는 표정을 짓고 자그만 나뭇가지를 분질렀다. 눈앞 모닥불 속 장작이 딱 소리를 내며 터졌다. 엘프 소녀는 고개를 가로저었다.

"그런 거 아니거든? 다만 어두우면 무서워지는 게 조금 신기해서."

"그런가? 그야, 뭐가 나타날지 모르는 데다 자신이 왠지 혼자가 된 기분이 드는 탓 아닐까."

갈색 머리카락의 소년이 말했다. 적발 소년은 등 뒤로 고개를 돌려 뒤쪽으로 길게 뻗어서 흔들리고 있는 자신의 그림자를 봤다. 더 나아가면 울창한 나무가 있고, 나무들 틈은 어둠이다. 저 너머에서 이쪽을 살펴보는 무엇인가가 혹시 있을까 상상하면 확실히 무서웠다.

다만 역시나 엘프 소녀는 고개를 옆으로 흔들었다.

"그건 말이야, 어둡기 때문이 아니라 어둠과 같이 따라오는 무엇인가가 무서운 거야. 그런 게 아니라, 좀 다른데……. 어둠 자체에 대한 무서움 말야. 참 신기하거든. 우리는 다들 어머니 배 속에서 태어났잖아. 배 속에는 물론 빛이 안 들어오는데."

"……근데 말이지, 우리는 다들 진정한 어둠은 아예 못 겪어보지 않았나?"

"무슨 뜻이야?"

갈색 머리카락 소년이 고개를 갸웃거렸다. 회녹색 머리카락의 소년은 팔짱을 꼈다.

"잘 생각해봐, 눈을 감아도 결국 눈꺼풀 안쪽을 보는 거 아니야? 완전히 눈이 먼 녀석이 아닌 한 어둠이 뭔지 겪어서 알 수가 없을 걸? 아니, 오히려 그냥 안 보이는 걸 어둠이라고 말하긴 좀…….”

“그런가……? 응, 그런 것 같아.”

엘프 소녀는 무릎에 입가를 파묻은 채 눈을 내리깔았다. 적발 소년도 생각에 잠긴 듯 시선이 허공을 이리저리 헤맨다. 분명히 맞는 말 같다는 생각이 든다. 그럼 진정한 어둠이란 도대체 무엇인가 의문이 따라온다. 눈에 보이는 것이 전부는 아니라는 뜻인가.

엘프 소녀는 한숨 쉬었다.

“어째서일까~ 밤에는 사고가 자꾸 이상한 방향으로 삐져 나가네.”

“……너, 의외로 섬세한 구석이 있구나.”

“으, 뭐야. 사람을 덜렁이처럼 말하네.”

엘프 소녀는 회녹색 머리카락 소년의 어깨를 콕콕 찔렀다. 소년은 웃음 짓고는 엘프 소녀의 머리카락을 덥석덥석 쓸어 만졌다.

“화내지 마라. 뭐, 아무튼 고찰은 도시로 돌아간 뒤에 하자고. 오늘은 푹 쉬고 내일은 숲을 빠져나가야지. 게다가 지금은 어두워도 다 같이 있잖아. 불안할 거 없다고.”

“아하하, 맞는 말이네……. 잠깐, 언제까지 만지작대는 거야.”

“아니……. 굉장한데, 엄청나게 감촉이 좋아, 엘프의 머리카락.”

“어? 진짜? 나도 괜찮아?”

“어휴! 내 머리카락은 장난감이 아니거든!”

소년 둘이 거침없이 만지작거리자 엘프 소녀는 불퉁대며 몸을 비틀었다. 그러다가 혼자 머뭇머뭇 말을 안 하는 적발 소년을 돌아봤다.

"……너도 만져보고 싶어?"

"어? 아니, 난…… 딱히……."

갈색 머리카락 소년과 회녹색 머리카락 소년이 히죽히죽 웃는다.

"음흉한 녀석이네."

"음흉한 녀석이군."

"뭐?!"

당황하는 적발 소년을 보고 엘프 소녀는 여전히 입을 삐죽거리며 뺨을 붉게 물들였지만, 모닥불의 열기 때문에 붉어 보였을 뿐인지도 모른다. 잠시 후 몸을 쓱 움직여서 머리를 내밀었다.

"……자. 만지고 싶으면 어서 만져봐."

"으음……."

적발 소년은 난처해하며 시선이 이리저리 흔들렸다.

엘프의 은발이 모닥불의 불빛을 반사하여 반짝반짝했다. 어둠에 대한 묘한 불안은 벌써 어딘가로 싹 떠나가버렸다.

91 견고하고 높다란 벽이 도시 하나를

견고하고 높다란 벽이 도시 하나를 온통 둘러싸고 있다. 과거에는 성벽이었을 것이다. 그러나 오랜 세월이 흐른 부분과 나중에 다시 만들었을 부분은 쌓아 둔 벽돌의 색이 달랐다.

문을 지나갈 때 봤는데 무시무시할 만큼 두꺼웠다. 이 벽을 파괴해서 이스타프를 유린했었다는 『무제』라는 인물은 분명 틸디스의 역사상 최강이라고 불릴 만했겠다고 공감이 되어 안젤린은 잠시 먼 역사를 상상했다.

그 이후 협곡을 빠져나와서 드디어 이스타프에 도착했다. 협곡의 출구에는 아룡의 한 종류가 자리를 잡아 살고 있었는데 아룡종 정도로는 안젤린과 동료들의 상대가 되지 않았다. 딱히 장해라고 할 만한 장해도 되지 않아서 별 어려움 없이 해결했다.

이 주변은 이미 초원이 아닌 황무지였다. 햇빛은 더욱더 강해지고, 풀이 적은 만큼 지면에 반사되는 빛이 무척이나 강하기에 열기가 발밑에서 올라오는 느낌이 들었다.

메마른 바람이 불어와서 흙먼지가 흩날리고 있다. 어쩐지 목이 따끔따끔하는 심정이다. 똑같이 메마른 바람이어도 북부에서 겪었을 때와 상당히 달랐다. 그 때문일까, 단지 마차에 타 있을 뿐인데도 묘하게 지치는 기분이었다. 다만 그 이상으로 처음 온 이 스타프라는 도시에 마음이 들떠 올랐다.

도시는 활기가 가득 흘러넘쳤다. 수많은 사람들이 오가고, 들은 적 없는 낯선 억양의 말을 주고받고 있었다. 길가에서 연주를 하는 예인들의 음악은 유랑민의 음색과 비슷한 면이 있는 한편으로 왠지 모르게 다른 듯 들렸다. 기후 때문이려나, 피부 색깔도 옅게 거뭇한 사람이 많다는 생각이 든다.

마르그리트가 흥분한 모습으로 두리번두리번 주위를 쳐다보고 있다.

"멋지다! 올펜하곤 완전히 달라! 와아~ 와앗~! 아! 머리에 천을 둘둘 감았어! 저거 뭐야?! 아하하핫! 이상한 복장이네!"

"요 녀석아, 촌사람이라고 자랑하는 거냐. 부끄럽다, 관둬라."

카심이 웃음 지으면서 마르그리트의 머리를 콕콕 질렀다. 안젤린은 키득 웃었다. 자신도 속마음은 제법 흥분한 상태였지만, 마르그리트처럼 시끄러운 녀석이 옆에 있으면 왠지 몰라도 침착해지는 기분이었다.

그럼에도 역시 생소한 거리의 풍경은 두근두근한다. 주변에는 먼지가 많고, 하늘은 분명히 맑게 개었는데도 이상하게 부예져서 먼 곳은 흐릿흐릿하다. 그럼에도 저 흐릿한 풍경 안쪽에 갓이 벌어지기 이전의 버섯 모양이나 밤톨 같은 형태를 띤 지붕에 덮인 건물이 있고, 거기에 형형색색의 타일로 훌륭하게 장식을 해 놓았다.

지붕이 둥근 이유는 도둑이 지붕을 타고 올라오지 못하게 막기 위해서일까. 이런저런 생각을 하며 안젤린이 주위를 둘러보던 때 아마도 길드에 도착했는지 마차가 멈춰 서면서 벨그리프가 몸을 일으켰다.

"자, 시에라 님에게 받은 의뢰를 먼저 마치자꾸나."

"응……."

벨그리프는 살짝 안심한 표정이다. 긴 여행이 역시 수월하지는 않았는지 다소 피로가 쌓인 안색이었다.

이동 중 약한 모습은 일절 내보이지 않았던 벨그리프도 역시 마을에서 지낸 시간이 길었던 만큼 익숙하지 않은 여행길에서 무리를 한 부분도 많았을 것이다. 안 그래도 물자 관리 및 진로의 확인, 색적에 경계 등 여행의 이런저런 역할을 맡지 않았던가. 전투 상황에만 기운을 쏟아 냈던 자신들과는 달랐을 테지. 분명 심로도 적지 않았겠다.

안젤린은 벨그리프의 옷자락을 잡아당겼다.

"응? 무슨 일이니? 안제."

"……오늘은 느긋하게 푹 쉬자, 아빠……. 고생하셨어요."

"하하, 고맙구나."

벨그리프는 미소 짓고는 안젤린의 머리를 톡톡 쓰다듬어줬다.

길드 건물을 지은 방법도 역시 달랐다. 굳이 말하자면 수수한 편인 올펜과 달리 장식들 하나하나가 세련되어서 어쩐지 신기한 느낌이다. 다만 안쪽에 있는 사람들은 역시나 우락부락하고 거친 모험가뿐. 어디를 가도 이 녀석들은 똑같구나, 안젤린은 어이없기도 하고 안심도 돼서 아무튼 간에 편안한 마음이 들었다.

마르그리트 역시 달갑지 않다는 표정을 지으며 후드를 뒤집어 쓰고 있었는데, 동서 간 교역의 요소인 터라 이방인이 별로 드물지 않아서인지 특별히 기이하게 보는 시선이 모이지는 않았다.

전원이 가 봐야 할 일이 없다는 이유로 안젤린은 벨그리프 및 다른 일행은 로비에서 기다리도록 말한 뒤 시에라에게 받아 온 물품과 소개장 등을 휴대하고 접수처 쪽에 갔다. 고위 랭크용 접수처도 혼잡했다. 옆쪽에 선 카심은 수염을 비비 꼬면서 주위를 둘러보고 있다.

"흐음, 많구나……. 이 주변에 수입 괜찮은 일거리가 되게 많은가 본데."

"큰 도시라서 아닐까……? 아니면『대지의 배꼽』관련일지도……."

"뭐, 어때. 고위 랭크가 많든 적든 우리랑 상관없잖냐."

이리저리 왔다가 갔다가 하는 길드의 직원 여성을 붙잡아서 말을 건넸다. 직원은 의아하다는 표정을 짓고 안젤린을 빤히 쳐다봤다.

"무슨 일이세요? 의뢰 이야기라면 절차대로 접수처에……."

"배달할 물건이 있어……. 만사의 길드에서."

안젤린이 내민 편지를 읽은 직원은 편지, S랭크 모험가의 표식, 그리고 안젤린을 차례차례 보다가 숨을 죽였다.

"마, 만사에서 산맥을 따라 내려왔다고요……? 혹시 협곡에 메주르 용이 있지 않았나요……?"

카심이 고개를 갸웃거렸다.

“그 요상한 아룡 말이야? 대충 해치웠는데, 문제가 되나?”

“해치웠다고요?! 아, 하긴, S랭크라면 가능한가……. 딱히 문제는 없는데요…… 아니, 잠깐만요, 문제가! 얘! 메주르 용 토벌 의뢰, 잠깐만 떼어 놔줘!”

직원은 접수처 쪽에 소리쳤다. 줄 서 있던 모험가들이 뭐냐, 무슨 일이냐, 시선을 보내온다. 여성 접수원이 이상하다는 듯이 고개를 갸웃거렸다.

“떼어 놓으라고요? 우선순위가 꽤 높았을 텐데…….”

“아니, 잘 모르겠는데 이미 토벌된 것 같아. 다만 미확인 상태니까 토벌 의뢰가 아니라 확인 의뢰로 바꿔야 할 테고……. 의뢰비가 확 달라지니까 변경을 끝낼 때까지 잠깐만 떼어 놔.”

“그런데 방금 막 AAA랭크 파티의 사람들이 수주해서 출발했는데요.”

“엑! 으아아, 어떡한담…….”

머리를 감싸 쥐는 직원을 보고 안젤린은 뺨을 긁적거렸다.

“뭔가…… 미안하네.”

“아, 아뇨. 괜찮습니다……. 으흠. 어, 일단은 길드 마스터와 만나보셔야 할 텐데 괜찮으실까요?”

“응.”

직원 여성에게 안내를 받아 안젤린과 카심은 길드 마스터의 방으로 갔다. 이스타프의 길드는 복층의 큰 건물이라서 3층에 길드 마스터의 방이 있었다.

나무 문을 열자 벽에 매달아 놓은 이상한 형태의 마도구가 눈길을 끌었다. 선반에 서류 및 자료가 가득한 것은 어느 길드도 마찬가지구나, 하고 안젤린은 생각했다.

다만 올펜의 길드와 달리 집무용 책상이며 바닥에 종이가 겹겹이 쌓여 있지는 않다. 평소에 구석구석 청소를 잘하는 듯 제법 넓다는 인상을 받는다. 길드 마스터가 업무에 쫓기는 느낌이 들지 않는 까닭은 이곳이 중앙 길드의 방식을 고스란히 답습하고 있기 때문이려나.

창가에 옅은 푸른색 머리카락의 젊은 남자가 서서 멍한 표정으로 바깥을 내다보고 있었다.

“날씨 참 좋구나……. 덥구나…….”

“길드 마스터!”

“와앗, 뭐, 뭐야. 아, 부길드장……. 무슨 일이에요?”

길드 마스터는 어째서인지 살짝 힘없이 웃고는 이쪽으로 돌아섰다. 제법 젊다. 아직 20대일 테지. 그런데도 이토록 큰 길드를 관리하는 것일까. 안젤린은 조금 감탄했다. 그리고 안내해준 사람이 부길드장이었구나, 새삼 생각했다.

부길드장이 조금 옆으로 비켜섰다.

“이쪽은 S랭크 모험가 안젤린 씨와 카심 씨세요. 만사의 길드에서 보낸 물품을 갖고 와주셨다는군요.”

안젤린은 꾸뻑 머리 숙였다.

“안젤린이에요. 만사의 길드에 있는 시에라 씨가 전해달라고…….”

"아, 감사합니다……. 이스타프의 길드 마스터, 올리버라고 해요."

올리버는 미소 짓고는 인사했다. 키는 크지만 너무 말랐고 품이 넉넉한 로브를 둘렀기에 척 봐도 마법사 같은 차림새였다. 살갗은 흰데, 병약함을 나타내는 것 같은 흰색이었다.

부길드장은 방금 전 아룡의 안건을 처리하러 종종걸음으로 나갔다.

올리버는 접객용 의자에 앉게 권해준 다음 자신은 맞은편에 자리를 잡고 앉았다. 곧이어 안젤린에게 건네받은 편지를 읽고, 그 다음은 상자의 내용물을 확인한 뒤 고개를 끄덕거렸다. 유리인지 수정인지 잘 모르겠는데 동글동글 정제된 투명한 광물이 빛에 닿는 각도에 따라 일곱 색깔로 색채가 바뀌었다.

"맞네요, 그쪽에 맡겨 놓았던 마도구입니다. 감사합니다, 이렇게 빨리 돌아올 줄은 기대하지 못했습니다."

카심이 턱수염을 쓸어 만졌다.

"그거 이습팔식이지? 토트 클람이 만든. 결계용으로 빌려줬던 거야? 길드끼리 서로 편의를 봐준다는 게 별일이네."

올리버는 눈웃음을 지었다.

"한눈에 꿰뚫어 보시는군요……. 역시 『천개 파괴자』 카심 님이십니다."

"어라, 올리버 씨, 알았던 거야……?"

안젤린이 묻자 올리버는 미소 지었다.

"저도 명색이 마법사인데 대마도사의 대열에 오른 분의 이름을 잊지는 않죠. 병렬식 마술 신공식은 저도 꽤 덕을 봤습니다."

"그 말씀은 영광이군, 헤헤헷."

카심은 껄껄 웃고는 가져다준 찻잔에 손을 뻗었다.

올리버는 입 앞쪽에 깍지를 끼고 두 사람을 번갈아 바라봤다.

"벌써 2년 전 일입니다만, 에스트갈 공국의 올펜 주변에서 마왕이 발단이 된 마수 대발생 사태가 있었지요. 기억하시죠? 안젤린 님."

"응."

안젤린은 고개를 끄덕거렸다. 잊었을 리 없다. 그 사태 때문에 자신은 몇 번이고 귀성을 취소해야 했다. 올리버는 키득 웃었다.

"그때는 참 큰일이었을 겁니다. 당신의 활약 덕택에 재난을 피했지만 말이죠. 과연 『흑발의 여검사』답습니다."

"별로……. 다들 협력해준 덕분이니까……."

"그게 절대로 남 일은 아니었거든요. 저희도 비슷한 일이 발생했을 때 대처할 수 있도록 뜻있는 길드끼리 협력 체계를 만들어서 경계하고 있습니다. 물론 중앙 길드의 입김이 닿는 무사안일주의 길드는 시치미를 떼고 외면하지만 말이죠……. 만사도 시에라 님이 길드 마스터가 된 이후에야 협력해줬습니다. 그래서 마수 대책의 일환으로 마도구를 빌려줬던 겁니다."

"아항, 이제 알겠군. 올펜의 교훈이었어."

"그런 셈이죠. 이런 표현은 조금 안 좋겠습니다만, 올펜은 좋은 데이터를 제공해줬습니다. 활용하지 않을 이유가 없죠. 뭐, 올펜처럼 완전히 중앙과 떨어져서 독립하기는 어렵습니다만……."

안젤린은 차를 홀짝거렸다. 이성적이랄까, 뭐라고 해야 할까. 정말 마법사답다는 생각이 든다. 어쨌든 잠자코 수수방관하는 것보다는 훨씬 낫겠다.

“시에라 님이 첨부한 서류도 확인했습니다. 나머지 의뢰비는 저희 쪽에서 지급하도록 하죠. 마차는 길드에서 맡아 놓았다가 다른 의뢰가 있을 때 만사로 반납하겠습니다. 괜찮으실까요?”

“응. 고마워…… 고맙습니다.”

올리버는 마음을 놓아 표정을 누그러뜨리고는 잠시 후 가슴에 손을 얹으며 「음음」 목소리를 냈다. 무엇인가가 막혀 있었서 괴로워하는 느낌이 든다.

“……실례, 몸이 별로 튼튼하지를 않아서요.”

“괜찮아. 무리하지 마…….”

“감사합니다……. 그나저나.”

올리버는 차를 한 모금 홀짝이고 두 사람을 쳐다봤다.

“『대지의 배꼽』을 목적지로 찾아오신 것 같습니다만…….”

안젤린은 고개를 끄덕거렸다. 살짝 몸을 앞으로 내밀었다.

“뭔가 알아? 닌디아 산맥에 있다는 말은 들었는데 정확한 장소는 알질 못해서…….”

“흠……. 뭐, 두 분이라면 문제는 없겠지만요……. 다만 위험합니다. 설령 S랭크의 실력자더라도 반드시 안전하다고 장담할 수 없는 곳이 『대지의 배꼽』이니까요.”

“그런 정도야 이미 각오했어…….”

올리버는 잠시 눈을 내리뜬 채 생각에 잠겨 있다가 곧 얼굴을 들어 올리고 일어섰다. 그다음 벽에 걸려 있었던 마도구 중 하나를 잡아 안젤린에게 내밀었다.

"알겠습니다. 이것을 빌려드리지요."

"이게 뭐야?"

마수정으로 제작한 듯한 손바닥 위에 올라갈 크기의 삼각추가 얇은 은제 사슬에 연결되어 있었다. 사슬의 길이는 안젤린의 손가락에서 팔꿈치 정도까지다. 삼각추는 연보라색으로 빛을 발했다.

올리버는 사슬을 들고 삼각추를 내려뜨리더니 마력을 주입했다. 그 순간, 아래쪽을 향하고 있던 삼각추가 갑자기 옆쪽으로 꼿꼿하게 서더니 끝부분을 일정한 한 방향으로 돌렸다. 사슬이 흔들려도 끝부분은 쭉 같은 방향을 가리키고 있다.

"이 마수정은『대지의 배꼽』에서 채취한 겁니다."

올리버가 마력을 거둬들이자 삼각추는 다시 원래대로 축 아래를 향해 늘어졌다.

추를 건네받은 안젤린은 손바닥 위에 올려놓고 빤히 쳐다봤다.

"이게 가리키는 방향에『대지의 배꼽』이 있어……?"

"맞습니다. 닌디아 산맥은 마광석의 영향이 강해서 방위 자석은 쓸모가 없습니다. 위험하기 때문에 측량사가 들어가지 못한 이유로 지도도 제작할 수가 없는 형편이죠. 그러나 이 도구를 소지하면 일단 방향은 알 수 있습니다."

"……자력으로 찾아 도착할 수 없는 실력이면『대지의 배꼽』에

출입할 자격도 없다는 뜻……?”

“하하, 확실히 그럴지도 모르겠습니다. 애써 도착해 봤자 곧 산맥에서 조우했던 마수 이상으로 위험한 마수가 가득 넘쳐나는 곳이니까요. 마음의 준비를 하기에는 좋은 시험이 될 테죠.”

“헤헤헷, 재미있네. 아무튼 저 수정추, 공짜는 아니겠지?”

올리버는 눈웃음을 지었다.

“……그 대신 부탁이라기에는 뭐합니다만, 조금 채집해서 갖다 주셨으면 하는 소재가 있습니다……. 물론 제가 가격은 제대로 쳐서 매입해드리겠습니다.”

“괜찮아. 의뢰로 수행하는 게 우리도 마음 편하고…….”

괜히 이스타프의 길드에 빚을 져야 한다면 달갑지 않다. 의뢰의 형식을 취한다면 나중에 말썽도 없을 테니까 편하다. 본래 퍼시벌과 만나기 위한 여로였지만, 안젤린 역시 강력한 마수와 싸워보고 싶은 욕구가 아주 없지는 않다.

좋은 구실이 되겠다 싶어 안젤린은 살짝 장난스럽게 웃고는 찻잔을 손에 들었다. 그러나 언제 다 마셨던 걸까, 내용물은 텅 비어 있었다.

○

“덥드아……. 여기 너무 더워어……. 게다가 건조해서 목이 아파아…….”

마르그리트가 머리에 쓴 후드를 펄럭펄럭 흔들었다. 산들바람을 받아 넣으려는 발버둥 같다. 아넷사가 과일 주스를 내밀었다.

"어휴, 그렇게 막 들떠서 떠들었던 애가."

"그게, 엘프령은 이렇게 덥지 않거든……. 제길, 자리를 잡고 쉬려니까 갑자기 더위가 엄청 심해진 것 같아."

마르그리트는 주스를 단숨에 쭉 들이켜더니 의자에 푹 몸을 기댔다.

이스타프에 도착했을 때는 흥분해서 마구 떠들었던 마르그리트가 잠시 한자리에서 지역의 날씨를 새삼 실감하자 주위에 가득 들어찬 열기와 건조함에 탈이 난 듯싶었다.

"베엘……. 후드 벗으면 안 될까아?"

"누가 수작 부리든 싸우지 않겠다고 약속할 수 있다면."

"으으……."

마르그리트는 원망스럽게 벨그리프를 쏘아보다가 포기하고 눈을 내리깔았다.

스스로에게 자제할 자신이 없음을 인정하는 행동인 만큼 이 아이도 성장했구나 싶어서 벨그리프는 미소 지었다. 그래서 더더욱 살짝 가엾다는 생각도 들지만, 남쪽 지방에서 엘프는 특별히 더 희귀한 존재일 것이다. 기이한 것을 보는 시선만 모여든다면 또 모를까, 이상한 녀석들의 수작 때문에 불필요한 혼란을 일으키는 것은 내키지 않는다. 괜히 소란이 일어났다가는 친분을 다진 사람도 없고 뒷배도 없는 상태인지라 완전히 불리한 입장에 처할 가능성이 있다. 범죄자 취급을 받게 된다면 끝장이다.

겁쟁이인가, 벨그리프는 쓴웃음 짓고 뺨을 긁적였다. 그러나 자신이 방심한 탓에 소녀들을 위기에 처하는 상황은 바라는 바가 아니다. 어떤 의미로 마수를 상대하기보다 인간을 상대하기가 더욱 무섭다.

마르그리트와 마찬가지로 더위에 약한 밀리엄도 조금 기운이 없는 모습이었다. 입을 떡 벌린 채 눈을 깜빡거리면서 천장을 보고 있다.

"미리, 괜찮니? 뭔가 마실 테냐?"

"무울……. 더버어……."

벨그리프는 수통을 건네줬다. 밀리엄은 맛있게 꿀꺽꿀꺽 소리를 내며 마시더니 곧 또다시 의자에 푹 몸을 기대며 투덜거렸다.

"이렇게 큰 길드인데 냉방 마법 정도는 설치해 놔도 될 텐데……."

"그러게 말야……. 그래도 막상 설치하면 볼일이 없는데도 어슬렁대는 녀석들이 잔뜩 늘어날지도 몰라."

아넷사가 말했다. 밀리엄은 입을 삐죽거리며 삐쳤다는 듯이 모자를 얼굴까지 끌어 내렸다.

협곡을 빠져나오기 전과 이후는 경이적으로 온도가 달랐다. 이런 변화에는 적잖이 당황했었다만, 적응의 문제이기도 하다. 조금씩 적응하는 방법밖에 없다. 추위를 막는 대책은 북쪽 땅에서 생활했던 오랜 경험이 있었다만, 더위에 버티기 위한 대책은 조금도 알지 못했다.

벨그리프도 망토는 떼어 냈고 항상 애용했던 모피 조끼를 벗은 뒤 튜닉도 팔꿈치 부근까지 걷어붙여 놓았다. 그럼에도 물론 더웠다. 주위의 모험가들 중 중갑을 입고 게다가 풀 페이스 투구를 뒤집어쓴 인물이 있다는 것이 믿기지 않는 기분이다.

무엇인가 가게에서 파는 음료를 추가하자는 생각을 하던 때 안젤린과 카심이 돌아왔다. 무사히 용건을 마친 것 같다.

"수고 많았다. 이제 나갈 수 있겠구나. 숙소를 찾아볼까."

"응……. 있잖아, 길드 마스터가 숙소를 소개해줬어."

"오, 고마운 도움이군."

"후유……. 덥구나. 사람이 많아서 더 더워."

"그래. 일단 나가도록 하자. 마리도 미리도 한계 같으니."

벨그리프는 옆에 놓아뒀던 망토와 조끼를 손에 들었다.

그때 길드의 직원들이 총총히 달려 다니며 입구 쪽 창문을 닫고 건물의 양측 창문을 열었다. 어라, 무슨 일인가, 생각하던 때 불현듯 바람이 창문을 지나 창문으로 빠져나가며 불어닥쳤다. 열풍이 아닌 서늘한 바람이다. 땀에 젖었던 피부를 차갑게 어루만져주자 곧장 기분이 상쾌해졌다.

"오호……. 굉장하군. 그런데 어떻게……."

"이게 재넘이 바람인데 말이오, 저쪽 너머에 있는 산맥의 방향에서 상공의 찬 공기가 불어 내려온다오. 톨네라에서도 가끔 겪으셨을 테지."

"으흠, 이제 알겠군. 그런가, 산바람인가……. 으음?!"

어쩐지 귀에 익은 목소리가 뒤쪽에서 들리는지라 벨그리프는 무의식중에 고개 돌렸다. 수염 가득한 얼굴에 전투 도끼를 짊어진 땅딸막한 남자가 미소를 띠며 서 있었다. 벨그리프는 기쁨에 활짝 웃고는 일어섰다.

"오오! 던컨!"

"하하핫! 벨 님! 설마하니 이런 곳에서 다시 만나게 될 줄이야!"

떠돌이 무인 던컨은 호쾌하게 웃음을 터뜨리며 벨그리프의 손을 잡아서 꽉 쥐었다. 벨그리프도 웃으며 손을 마주 잡는다. 녹초가 되어 있었던 마르그리트도 깜짝 놀라며 얼굴을 들어 올렸다.

"뭐라, 던컨?! 앗! 진짜다!"

"마리 님, 아주 오랜만에 뵙소! 그나저나 이리 축 늘어져 계실 줄이야, 귀하답지가 않구려!"

"시끄러워어! 뭐야, 너, 이런 곳까지 와 있었던 거냐! 잘 지냈나 보네!"

마르그리트도 기뻐하며 일어서더니 던컨의 어깨를 콕콕 찔렀다. 안젤린과 카심, 아넷사와 밀리엄은 멍하니 세 사람을 보고 있었다.

"어, 뭐야……? 아는 사람이야? 아빠. 퍼시 아저씨…… 아니지?"

"그래, 소개하마. 이 친구는 던컨. 예전에 이야기한 적이 있었을 텐데 그라함과 마리가 왔을 때와 거의 비슷하게 톨네라에 와서 말이다, 한동안 같이 생활했었단다. 던컨, 이쪽 내 딸아이 안젤린과 같은 파티의 동료 아넷사와 밀리엄. 그리고 내 친구인 카심이네."

"오오, 소문 자자한『흑발의 여검사』님이시구려! 본인은 던컨이라는 사람이오. 이렇게 만나 뵈어서 영광이군. 게다가 벨 님! 거듭 말씀하시던 옛 친구와 재회하신 겁니까! 이런 경사가 있나!"

"하하, 고맙네……."

"그나저나, 무슨 연유가 있어 이러한 남쪽의 땅에 오셨소이까?"

"아, 실은 말일세."

"던컨 씨이."

그때 던컨의 뒤쪽에서 누군가가 비틀비틀 다가왔다.

고개 돌리자 덥수룩하게 뻬쳐 나가는 곱슬머리에 병의 바닥처럼 두꺼운 안경을 쓴 남자가 눈에 들어온다. 나이는 대강 서른을 넘긴 정도이려나. 얇은 셔츠에 바지, 그 위에 후드가 달린 로브를 걸친 마법사들의 차림새다.

남자는 후유, 숨을 내쉬더니 이마의 땀을 훔쳤다.

"어휴, 혼자만 앞서 나가지 말아주세요……."

"이런, 본인이 실례를 했군."

던컨은 벅벅 머리를 긁적였다. 병 바닥 안경을 쓴 남자는 의아하다는 표정을 짓고 벨그리프와 일행들을 바라봤다.

"아는 분들이세요?"

"오오, 소개하리다. 벨그리프 님이라고 본인이 북쪽 변경에서 신세를 졌던 귀인이시라네. 벨 님, 이쪽은 이슈멜 님이오. 무척 실력이 뛰어난 마법사인지라 얼마 전부터 행동을 함께했습니다그려."

"오호라, 반갑습니다. 벨그리프라는 사람입니다."

"반가워요. 이슈멜입니다."

이슈멜은 꾸벅 머리 숙였다. 던컨이 껄껄 웃었다.

"그나저나 벨 님, 그 대검은 그라함 님의 무구가 아니외까?"

"하하, 과연 알아보는군. 이번 여행을 위해 빌려 왔다네. 제법 큰 도움을 받았지."

"놀랍군, 그 검을 제대로 사용할 수가 있다는 말씀이신가. 역시나 벨 님은 대단하시구려……."

"아니, 아직 제대로 사용한다고 말하기에는 조금."

카심이 엷게 웃음을 띠고 머리 뒤쪽으로 깍지를 꼈다.

"뭔가 분위기가 떠들썩해졌네. 아무튼 장소부터 좀 바꿀까? 덥기도 하고, 난 배가 고픈데."

"음, 그렇군……. 던컨, 쌓인 이야기도 많을 텐데 같이 식사라도 하러 가세나."

"바라 마지않는 말씀이시오. 괜찮겠소이까? 이슈멜 님."

"예에, 뭐."

이슈멜은 경계하는 탓인지 상황을 잘 이해하지 못한 까닭인지 애매한 대답과 함께 고개를 끄덕거렸다.

활짝 열어 둔 창문에서 창문으로 다시 서늘한 바람이 불어 지나갔다.

92 외벽에 만든 테라스에서 내려다보는

외벽에 만든 테라스에서 내려다보는 거리에 바람이 소용돌이치자 모래 먼지가 빙글빙글 춤추며 흩날렸다. 난간만 달아 둔 테라스 자리인데도 어지간히 실력이 좋은 마법사가 술식을 짜서 설치했는지 냉방 마법이 작동되어 선선하다. 그러나 난간 너머로 팔을 쓱 내밀면 바깥쪽은 갑자기 더워졌다. 보이지 않는 마법의 막 비슷한 것이 펼쳐져 있는 듯싶다.

완전히 기운을 차린 마르그리트가 흥미진진한 표정을 짓고 메뉴를 들여다보고 있다.

"굉장하네, 이름을 봐도 어떤 요리인지 알 수가 없어! 뭐가 튀어나오는 거야?"

"음~ 이런 때 가게는 좀 난처하네~. 노점이면 상품이 직접 보이니까 알 수 있는데 말야~."

"카심 아저씨는 대강이나마 아는 거 아녜요?"

"아니, 글쎄다. 나도 이쪽에 오는 건 오랜만이고, 잘 기억이 안 나는데."

"던컨 씨, 이스타프에서 얼마나 지낸 거야? 추천해줄래……?"

"이스타프에 온 지 겨우 2주 남짓 되었소만……. 식사는 노점이나 숙소에서 다 해결했던지라."

"……정식을 주문하면 무난할 겁니다."

이슈멜이 조언해줬다. 낯가림을 하는 성격인지 말수가 없어서인지 어쩐지 음침한 느낌을 받는 남자이다. 호방하고 대범한 던컨과 행동을 함께한다는 것이 왠지 신기하다는 생각이 들었다.

어쨌든 간에 적당히 요리를 주문한 뒤 먼저 가져다준 음료를 손에 들고 건배했다.

"둘은 어떻게 알게 된 사이인가?"

"아, 지난주에 이스타프에서 알게 되었다오. 여비를 조달하기 위해 참가했던 합동 토벌 의뢰에서 같이 다녔지요. 우연히 목적지가 서로 같다는 사실을 알게 되어서 이후로는 같이 쭉."

"어디 가는데……? 목적지는?"

안젤린이 물었다. 던컨은 살짝 몸을 움츠렸다.

"……벨 님이 계셔서 하는 말씀인데, 사실은『대지의 배꼽』이라는 장소가 있다오."

"엑! 던컨 씨도 거기에 가려는 거야?"

안젤린이 몸을 쭉 내밀었다. 던컨은 놀란 표정을 짓고 눈을 깜빡거렸다.

"설마 벨 님, 안젤린 양도 그리로?"

"음, 전에 말했던 옛 동료 중 한 명이 그곳에 있다는 소식을 들었다네……. 하하, 설마 자네들도 같은 곳을 가려는 줄은 몰랐군."

"하하, 하늘의 안배란 이를 두고 하는 말이구려. 이렇게 마음 든

든할 수가…….”

“S랭크가 두 사람……. 대해일도 가까운 만큼 확실히 든든하군요.”

이슈멜이 슬쩍 웃었다. 아넷사가 고개를 갸웃거렸다.

“대해일……?”

“어라, 모르시나요? 아,『대지의 배꼽』이 초행이면 무리도 아니지요…….”

“던컨 씨도 아는 말이에요~?”

“아니, 본인도『대지의 배꼽』은 이번이 초행이라오. 소문이야 몇 번이나 들어왔소만, 차례를 쭉 뒤로 미뤄서 말이오. 이번 여행이 마지막이라 결정한 터라 한 번은 가보고 싶었지요.”

“마지막……?”

“……톨네라에서 기다려주는 사람이 있는지라.”

던컨은 그렇게 말한 뒤 쑥스러워하며 웃었다. 벨그리프도 미소 지었다. 안젤린이 묘한 표정을 지었다.

“던컨 씨……. 그런 말을 사망 플래그라고 하던데?”

“무, 무슨 뜻이오? 그 말은.”

“얼마 전 읽은 책에 쓰여 있었어…….”

“너는 요상한 책만 읽는구나.”

카심이 껄껄 웃으면서 잔의 내용물을 쭉 들이켰다.

“그래, 대해일이 뭐야?”

“네,『대지의 배꼽』은 큰 마력 정체 현상인데 말입니다.”

이슈멜이 설명하기를 대해일이란『구덩이』에 소용돌이치는 마력의 양이 일정 역치를 넘겼을 때 평소보다도 강력한 마수들이 더욱 숫자를 불려 『구덩이』에서 넘쳐 나오는 현상을 가리키는 말이었다. 마력량의 증감은 달의 차고 기욺이나 별의 운행과 같은 요소도 관계있기에 점성, 마력 측정 따위의 기술에 의해 현재는 거의 정확하게 예측이 가능하다고 한다.

"요컨대 다음 만월입니다. 그게 끝나면 다음 시기는 내년이고요."

"흠……. 그런 시기를 굳이 노려서 오는 사람들도 있단 말인가?"

"마수가 강력해진다는 말은 곧 소재의 질도 올라간다는 뜻이니까요……. 여러분도 같은 목적을 갖고 오시는 줄 생각했습니다만."

"아니, 우리는 사람을 만나러 가려는 목적인지라……. 이슈멜님은 소재를 노리시고?"

"예에, 뭐. 연구에 필요한 소재가 좀 있어서요."

안젤린이 쿡쿡 웃었다. 마법사는 다들 똑같구나, 생각을 하는 듯싶다.

"이슈멜 씨는 가본 적 있어……?"

"네, 예전에 한 번. 2년 전 대해일 때였습니다."

"실세 형편이 어떻습니까? 위험은 얼마나 큰 수준이었습니까?"

벨그리프가 묻자 이슈멜은 어렵다는 표정을 짓고 턱을 쓰다듬었다.

"글쎄요……. 그때그때마다 나타나는 마수가 다른데요, 다만 모여드는 모험가도 전부 실력자라서요. 자기 안위를 첫 번째로 두고 행동하면 살아남는 것 자체는 어렵지 않을 겁니다."

다만 마수의 소재 분배는 전투에서 가장 큰 공헌을 한 자가 많은 권리를 갖는다는 암묵적인 규칙이 있다. 따라서 원하는 소재를 노리려면 뒤에서 우물쭈물할 틈은 없다고 한다.

"저번에 제가 갔을 때는 『홍련의 마술사』 에스테반과 『적완의 용검』 바도르센, 『청아』 클리포드 같은 S랭크의 모험가가 있었습니다. 대해일 때는 이름이 있는 모험가의 숫자도 늘어나는 경향이 있거든요. 이번에는 어떻게 될지……."

"다들 소문을 들은 적 있는 실력자구려. 저들을 앞질러 활약해서 소재를 얻을 권리를 획득하는 건 상당히 어렵겠소이다."

던컨이 떨떠름한 얼굴로 팔짱을 끼고 고개를 끄덕거렸다.

안젤린이 물병을 손에 들었다.

"할배한테 부탁받은 소재가 뭐였더라……?"

"아, 마력의 결정이란다. 다만 좀 특별하다던데, 아 바오 아 쿠라는 투명한 마수의 몸속에 있는 물건이라더군."

"이런……. 상당히 어려운 물건을 부탁받으셨군요."

이슈멜이 기막히는지 감탄하는지 애매한 표정으로 웃었다. 카심이 수염을 비비 꼬았다.

"역시 그런가? 이름은 들어본 적 있는데 잘 알지 못하는 마수거든."

"분명 S랭크 지정이었죠."

아넷사의 말에 이슈멜은 고개를 끄덕거렸다.

"살아 있는 동안은 투명해서 안 보이는 마수입니다. 그러나 죽으면 모습을 드러내죠. 다만 자발적으로 인간을 공격하는 습성은 없다더군요. S랭크로 지정된 이유는 서식하는 던전이 모두 고난이도라는 것, 그리고 막상 전투가 벌어지면 무시무시하게 강하다는 것을 들 수 있습니다."

"『대지의 배꼽』에는 있는 거예요~?"

밀리엄이 또 물었다. 이슈멜은 팔짱을 꼈다.

"아마도 있을 겁니다……. 다만 구덩이의 바깥으로 나오질 않는다는군요. 토벌하려면 직접 구덩이를 내려가서 아 바오 아 쿠가 있는 위치까지 찾아가야 한다던가요. 저도 실물은 잘 몰라서 자세한 정보는 알지 못합니다만."

"흠……."

그래, 확실히 대모험이 되겠다. 벨그리프는 내심 불안해졌다. 그러나 안젤린과 다른 소녀들은 오히려 기대하는 것 같았다.

"몸이 근질거리네……. 기대된다."

"안 보이는 마수인가. 헤헷, 재미있겠어."

"완전히 안 보이는 걸까? 아니면 희미하게 알아볼 수 있는 정도일까……."

"마법은 먹히려나~? S랭크 마수는 좀처럼 싸울 기회가 없잖아~."

"아, 맞다. 올리버 씨한테 부탁받은 소재도 있었어……."

"올리버 씨?"

"여기 길드 마스터……. 이것저것 도움받았어."

소녀들은 마수의 대책이나 다른 이야기로 이것저것 즐겁게 대화 나누고 있다. 역시 고위 랭크의 모험가는 사는 세계가 다르구나, 벨그리프는 수염을 비비 꼬았다. 카심이 히죽히죽하며 벨그리프를 콕콕 찔렀다.

"무서워할 틈은 없다고, 벨."

"……맞는 말이야."

자신이 엉거주춤해서 어쩔 셈인가, 벨그리프는 머리를 긁적였다. 능력껏 최대한 힘을 다할 수밖에 없다. 괜히 불안해할 겨를은 전혀 없었다.

『대지의 배꼽』 이야기뿐 아니라 톨네라에서 겪은 소동 및 던컨의 여행담 등등으로 분위기가 달아오르던 때 요리가 나왔다. 한동안 직접 만들어 먹는 야외 요리에 익숙해졌던 만큼 냄새부터가 전혀 다른 정취의 느낌이었다.

가늘고 긴 쌀을 게의 알맹이를 파내서 함께 볶은 뒤 기름으로 튀긴 민물고기를 얹어 놓았다. 거기에 살짝 달콤하면서 살짝은 매운 신비로운 맛의 소스가 뿌려져 있다. 그 밖에는 선인장의 열매라는 묘하게 부드러운 과육 같은 덩어리가 딸려 있었다. 수프는 향신료를 듬뿍 사용해서 맵다.

익숙하지 않은 만큼 맛있는지 아닌지 좀 애매했지만, 어쨌거나 싫은 맛은 아니었다. 안젤린과 소녀들은 맛있다고 말하며 먹고 있다. 양념이 꽤 진해서 살짝 당황했다만.

식사 후에도 한참 이야기꽃을 피우다가 해가 얼마간 저물 무렵에 가게를 나온 뒤 던컨, 이슈멜과 일단 헤어져서 숙소로 향했다.

쨍쨍 빛나고 있던 태양은 서쪽 산 너머로 숨었다. 아직 공기는 축축하게 뜨거운 편이었지만, 밤의 기운이 선선하게 등을 어루만지고 가는 듯한 기분도 들었다.

다음 만월까지 2주일도 안 남았다. 그 전에는 도착할 수 있도록 던컨과 이슈멜은 출발할 것 같다. 일행이야 딱히 대해일을 노리고 온 입장은 아니었다만, 이왕이면 함께 움직여야 안전성도 더 높아진다. 따라서 던컨, 이슈멜과 함께 출발하기로 예정을 결정했다.

소녀들과 따로 방에 들어와 행장을 푼 뒤 짐을 점검했다. 마차 및 여행 도구는 이미 길드에 반납했기 때문에 꽤 단출하다. 그만큼 도구의 취사선택이 중요하다. 도보로 행군을 해야 하니까 짐은 적을수록 좋다만, 너무 적어도 도중에 곤궁을 겪게 된다.

또한 『대지의 배꼽』에서 전투에 임할 때 무엇인가 필요로 하게 될 물건이 있을지도 모른다. 목적지는 도시가 아니었다. 충분한 보급을 기대할 수 있는지 불분명하다.

유일하게 현장을 경험한 적 있는 이슈멜에게 조언을 받는 것이 좋겠군, 벨그리프는 턱수염을 쓸어 만졌다.

"내일은 준비를 해야겠군……."

"뭐가 더 필요하려나? 평소보다 강력하다는데 우리는 정작 평소를 모르잖아."

"그러게나 말이야. 다만 그렇게 강력하면 잔재주가 과연 통용되기는 할지……. 게다가 우선 무사히 목적지에 도착하는 게 먼저 아니겠나."

"그 문젠 괜찮아. 여기 길드 마스터한테 빌린 마수정도 있고."

"나도 괜찮을 거라 생각은 하네만……. 방심은 하지 말게, 까딱 목숨이 위험해질 테니."

"그럼, 알고말고. 헤헤헤, 역시 넌 철저하구나."

카심은 능청 부리다가 살짝 씁쓸하게 웃음 지었다.

"……내가 말이야, 살짝 무서워졌어. 안 어울리게도."

"퍼시와 만나는 게 말인가?"

"응. 난감하지. 막상 만날 때가 가깝다는 생각을 하니 지금까지 기대했던 것보다 무서운 마음이 먼저 솟아나네. 나도 자포자기였단 말이야. 야쿠모와 루실에게 들은 얘기론 퍼시 녀석도 분명 엉망일 텐데. 내가 뭔가 해줄 순 있을까……."

벨그리프는 미소 짓고는 카심의 어깨를 두드렸다.

"부담 가지지 말게. 퍼시는 퍼시잖나. 다른 사람이 되지는 않아."

"……그렇겠지. 헤헤, 괜한 생각은 말고 기대나 해야겠다."

카심은 침상에 벌렁 드러누웠다.

벨그리프는 쿡쿡 웃다가 다시 짐들을 살펴보면서 하나하나 점검을 시작했다. 빨리 끝내고 느긋하게 잠들고 싶다.

불현듯 욱신, 환지통이 들쑤셨다.

○

"있잖아, 퍼시벌은 어떤 녀석이었어?"

줄줄이 산길을 따라 걸어가던 중 마르그리트가 말했다. 이곳저곳에 깎아지른 바위가 우뚝 서 있고, 거기에 드문드문 녹색의 풀이 무성하게 자라나 있다.

발 주변을 보고 있었던 벨그리프는 잠시 생각에 잠기며 걷는 속도를 늦췄다.

"……기운 넘치고 자신감이 가득한 녀석이었군. 실제 재능이 뛰어났어. 검으로 그 녀석을 당할 수 있을 것 같지가 않았지."

카심이 턱수염을 쓸어 만졌다.

"확실히 퍼시랑 사티는 무척 강했지. 이상한 데서 바보짓을 좀 했지만 말야."

"예를 들면……?"

선두를 가던 안젤린이 고개 돌렸다.

"그렇군. 소재 확보 의뢰를 받아 목적했던 마수를 해치운 다음 정작 해체도 안 하고 만족해서 복귀하려고 뒤돈다거나."

"맞아, 맞아! 무슨 짓이냐는 생각이 들더라니까."

"……아니, 그때는 자네도 똑같았잖나. 셋이서 냉큼 복귀하자고 움직이니까 내가 잘못 알았던 건가 의아했을 정도였는데."

"어, 진짜? 그랬던가?"

카심은 눈살을 찌푸린 채 머리를 긁적였다. 후위를 맡은 던컨이 유쾌하게 웃었다.

"그 시절부터 아주 거물이셨구려, 『패왕검』도 『천개 파괴자』도!"

"……그런 사람들을 같이 데리고 다닌 아빠가 가장 대단해."

안젤린이 말을 꺼내더니 흥, 코웃음 쳤다. 벨그리프는 난처해하며 웃음 지었다.

"굉장한지 아닌지는 별개로 쳐도……. 뭐, 확실히 가만 보기에는 불안한 구석이 있었구나."

"후후~ 마리랑 비슷한 사람이다냥~."

"뭐라고, 미리, 요 자식이!"

"꺄앙~."

마르그리트가 밀리엄의 뺨을 꼬집었고, 밀리엄은 꺅꺅 비명을 질렀다. 아넷사가 어이없어하며 활을 고쳐 메었다.

"무슨 짓이야……. 땅바닥 험한 곳에서 장난치지 마."

하루는 휴식, 그리고 또 하루를 들여 준비를 갖춘 뒤 드디어 이스타프를 나와 『대지의 배꼽』을 목적지로 산에 진입했다. 바깥쪽 둘레 부분은 광석 및 나물 따위를 채집하는 사람들이 있기 때문인지 얼마간 정비가 이루어져 걷기 수월했는데 앞으로 나아감에 따라 전인미답이라는 느낌으로 바뀌었고 얼마 전부터는 점점 바닥이 험준해졌다.

처음에는 좀 구불구불해도 길이 난 지형이었는데 점점 짐승들 다니는 길처럼 바뀌고 있다. 아울러 짐승 다니는 길마저 점점 눈에 꾹 힘을 안 주면 알아보지 못할 만큼 애매해졌다.

선두에 선 안젤린이 늘어뜨려 둔 마수정 추는 방위 자석처럼 쭉 같은 방향을 가리키고 있기 때문에 길을 잘못 들어서지는 않을 것이다. 과연 인외마경다웠다. 만만찮은 여정이 될 듯싶었다.

이윽고 울퉁불퉁한 바위가 늘어나며 발 주변에도 돌이 데굴데

굴 굴러다니는 곳까지 왔다. 의족을 쓰는 벨그리프는 유독 걸음을 딛기 어려운지라 여간 고생이 아니었다. 균형이 무너지지 않게 주의하다 보니까 어쩔 수 없이 걸음걸이가 느려졌다. 적당한 나뭇가지를 주워 지팡이 대신 쓰고 있다만, 그럼에도 다리가 온전한 모험가들과 비교하면 느리다.

안젤린이 이따금 뒤돌아보며 걱정스레 벨그리프를 바라봤다.

"아빠, 괜찮아……?"

"아, 미안하구나. 이거 난감하군."

"아직은 갈 길이 멉니다. 잠시 휴식하시죠."

이슈멜이 말했다. 줄곧 걸어서 살짝 지쳤던 일행은 두말하지 않고 찬성한 뒤 제각각 바닥에 앉아 수통이며 휴대 식량을 손에 들었다.

마수정 추를 손에 든 안젤린은 그 끝부분이 가리키는 방향을 눈에 힘주어 내다보고 있다.

"……더 멀리. 저곳을 꼭 넘어서 가야 되는 것 같아."

깎아지른 듯이 급격한 경사면이 앞쪽에 보였다. 저곳을 넘어 건너편으로 지나가야 하는 듯싶다. 마르그리트가 수통의 마개를 덮고 일어섰다.

"좋아, 잠깐만 보고 와주지."

그렇게 말한 뒤 가벼운 걸음걸이로 달려갔다. 경사면의 앞쪽을 오른쪽으로 꺾어 커다란 바위가 있는 방향으로 돌아들어서 잠시 주변을 살피다가 이번에는 역방향으로 가서 쭉 내려가는 경사면

너머로 모습을 감췄다.

이런 때 의족 신세인 것이 참 싫구나. 벨그리프는 탄식했다. 평범하게 걷는 데에는 아무 문제도 없을뿐더러 검을 쥐어 싸울 때도 아무 장해가 되지 않는다. 그러나 지형이 험한 곳만큼은 별개다. 역시 의족은 온전한 다리와는 다르다.

얼마 후 돌아온 마르그리트는 고개를 옆으로 흔들었다.

"안 되겠네. 저기 너머로 가려면 경사면을 올라가는 게 제일 나아. 다른 방향은 너무 위험하더라."

"그런가……. 음, 고맙구나, 마리."

딱히 돌아가는 길도 없는 듯하니 어떻게든 힘을 낼 수밖에 없다. 다행히 발 디딜 곳은 있는 것 같으니까 서두르지 말고 천천히 가면 괜찮을 테지. 벨그리프는 생각에 잠긴 듯 시선이 이리저리 움직이다가 짐 안에서 천을 꺼내 의족 끝부분에 둘러 감고는 떨어지지 않게 끈으로 꽉 묶었다. 충격 흡수 및 미끄러짐 방지를 겸한 방편이다.

"가자꾸나."

"벨 님, 위험한 곳은 어깨를 빌려드리리다."

"하하, 고맙네, 던컨."

일행은 느릿느릿한 걸음으로 경사면을 오르기 시작했다.

무거운 짐을 든 데다가 필히 일일이 바닥을 확인하고 움직여야 하는 벨그리프와는 대조적으로 안젤린은 가벼운 몸놀림으로 휙휙 올라가버린다. 그러고는 위쪽에서 밧줄을 던져 떨어뜨렸다.

붙잡고 올라오라는 뜻인가 싶어 벨그리프가 위쪽을 쳐다봤더니 안젤린이 소리쳤다.

"짐, 먼저 끌어 올릴게!"

"……아, 그런 뜻인가."

이해가 된 벨그리프는 소지한 짐을 밧줄의 끝에 묶었다. 가방 바깥에 매달아 둔 크고 작은 냄비가 부딪쳐서 딸가닥딸가닥 소리를 내며 올라간다.

몇 번인가 비슷하게 반복했더니 몸이 몹시도 가벼워졌다. 이제 다음은 밧줄을 붙잡아 몸을 지탱하면서 올라가면 된다.

"아빠, 올라올 수 있어?"

"그래, 괜찮단다. 조금 느려도 기다려주렴."

밧줄로 몸을 지탱할 수 있는 덕분에 상당히 움직이기가 수월해졌다. 던컨과 카심의 도움도 받아 가면서 어떻게든 위쪽 끝까지 다 올라가자 선선한 바람이 뺨을 어루만졌다.

이래저래 일을 겪으면서 해가 저물어 가고 있었다. 거리로 치면 특별히 많이 전진하지는 못했다는 생각이 들지만, 급경사면이라는 난관을 돌파한 것은 쾌거다.

야영 준비도 있기 때문에 일찌감치 이동을 중지했다. 아넷사와 마르그리트가 무엇인가 사냥감을 찾아보겠다며 나갔고, 다른 사람들은 불을 피우거나 주변의 정찰을 맡아서 했다.

벨그리프는 돌로 화덕을 짜 만들면서 주위를 둘러봤다. 이곳 주변이 높은 봉우리이고 저 너머는 완만하게 경사를 지며 내려가다가 또 조금 더 나아간 곳부터 다시 오르막이 이어진다.

한층 더 커다란 바위가 묘하게 눈길을 끌었다. 그 밖에도 바위가 많아 황량한 산악 지대이다. 그러나 이곳저곳에 키가 작은 상록수가 자라나 있고 관목이 우거진 곳도 있었다. 말라붙은 나무 및 가지도 많아 장작을 조달하는 데 불편함은 없겠다. 땀 젖은 피부에 닿는 바람이 기분 좋았다.

이슈멜이 안경 위치를 고치면서 중얼거렸다.

"자……. 밤이 되면 마수의 움직임이 활발해집니다. 주의해야 돼요."

"그렇군. 순번을 잘 짜서 모두가 푹 쉬어야 할 테지……."

이슈멜이 말하기를 닌디아 산맥의 마수는『대지의 배꼽』에 들어차 있는 마력의 영향도 받는 까닭에 다른 지역보다 강력한 종이 많다고 한다.

벨그리프는 부글부글 끓는 냄비의 온수에 건조 콩을 집어넣었다.

"그나저나 그토록 마력이 많은데도 던전화되지 않은 이유가 있겠나?"

"글쎄요……. 어쩌면 이미 무척이나 광대한 던전이 되어 있을지도 모르겠네요. 실제로『대지의 배꼽』을 드나드는 사람이 적진 않은데도 아직껏 일정한 루트가 개발되지 않았고, 길조차 만들어지지 않았으니까요."

오호라. 분명 일리가 있는 말이었다. 만약에 산맥 자체의 지형이 변화한다면 길도 만들 수 없고 지도도 작성할 수 없을 것이다.

실력 뛰어난 모험가만 돌파해서 진입하는 곳인데 안전한 루트가 개발되지 않은 것도 부자연스럽다.

"그럼 이슈멜 씨가 저번에 갔던 길하고는 다른 거예요~?"

밀리엄의 말에 이슈멜은 고개를 끄덕거렸다.

"그렇습니다. 저는 마치 밀림처럼 초목이 무성한 길을 지나갔었죠. 아마도 다른 길이라고 생각은 합니다만, 그 길도 변화했을 가능성은 있군요."

"그렇구나……. 어쨌든 간에 긴장을 늦출 순 없겠네."

콩이 보글보글 끓을 무렵에는 막 기울어지기 시작해서 눈부셨던 태양이 푹 가라앉아 주위가 돌연히 어둑어둑해졌다.

사냥을 나갔던 아넷사와 마르그리트가 돌아왔다만, 손에는 아무것도 들고 있지 않았다. 둘 모두 이상하다는 표정을 짓고 있다. 안젤린이 고개를 갸웃거렸다.

"아무것도 못 잡았어?"

"응……. 뭐랄까, 이 주변에서 생물의 기척이 안 느껴지더라. 마수는커녕 짐승이나 새도 못 봤어."

"되게 이상하던데. 바위 비둘기나 야생 염소 정도는 있을 것 같았는데 말이야."

마르그리트가 시시하다는 듯이 머리 뒤쪽으로 깍지를 꼈다. 카심이 턱수염을 비비 꼬았다.

"거 진짜 묘하군. 웬 녀석이 영역으로 찍은 곳인가?"

"하지만, 그렇다기에는 지금 시점까지는 큰 마력의 낌새도 없었는데 말이죠."

이슈멜이 말했다. 안젤린이 고개를 끄덕거렸다.

"그게 또 많이 이상하네……."

강대한 마수는 하위종에 속한 마수를 불러들이는 경우가 많다만, 반대로 자기 영역을 만들어서 다른 생물의 접근을 막는 부류도 존재한다. 다만 그토록 강한 마수라면 강자 특유의 기세가 흘러 다니기 마련이다. 만약에 다른 대단한 마수가 숨어 있더라도 안젤린을 비롯하여 실력에 자신이 있는 모험가가 여태껏 감지하지 못한 것은 이상했다.

"뭐, 골치 아프게 고민해 봤자 뭔 소용이야. 뭐든 덤비면 때려잡자고. 그러면 다 해결되는 거 아니냐."

"마리는 낙관적이다냥~. 그래도 일리는 있네. 괜히 고민에 푹 빠졌다간 제대로 못 쉴걸~."

"헤헤헷, 암, 맞는 말이다. 뭐, 밥이나 먹자. 난 배가 고프네."

"어휴, 고기를 먹고 싶다아."

마르그리트가 한숨 쉬었다. 던컨이 쓴웃음 짓고 짐을 잡아 들었다.

"뭐, 이런 때도 있지 않겠소. 마른고기는 넉넉하게 담아 왔으니 오늘 밤은 이것으로 때우도록 합시다."

딱딱하게 구워서 익힌 빵을 콩과 마른고기로 끓인 수프에 담가 먹는 동안에 해가 푹 저물어 밤이 찾아왔다. 진하게 우린 꽃차를 홀짝이며 올려다보면 맑게 갠 하늘에 별이 가득 들어차 있다. 높은 위치로 올라왔기 때문일 테지, 이스타프에서 봤을 때보다 별의 숫자가 많은 듯 여겨졌다.

처음 불침번을 자청한 벨그리프는 급격하게 차가워지는 밤공기에 몸을 움츠리고는 모닥불에 장작을 던져 넣었다. 해가 떠 있는 동안에는 더웠다만, 이렇듯 밤에 온 다음은 입김이 하얘질 만큼 쌀쌀하다. 물론 톨네라에서 살아왔던 만큼 추위에는 익숙하다. 다만 주간과의 온도 차이에 살짝 몸이 놀란 것 같다.

같이 불침번을 서는 안젤린이 슬금슬금 벨그리프에게 다가붙었다.

"생각보다 많이 쌀쌀하네……."

"그러게나 말이다……."

별빛이 옅어지는가 싶더니 어느 틈인가 달이 떠올라 있었다. 반달에 미치지는 못했을지언정 제법 차올랐다. 산 표면의 바위가 달빛을 받아 파르께하게 빛나면서 주위가 밝게 비추어졌다.

모닥불에 걸어 둔 주전자가 쉭쉭 김을 뿜는다.

"아빠, 꽃차 마실래……?"

"그래. 고맙구나."

진한 꽃차는 추위도 졸음기도 두루 달래준다. 컵을 입에 가져갈 때 피어오르는 김이 달빛을 받아 기이하게 넘실거리며 움직였다.

그나저나 정말 묘하다. 벨그리프는 새삼 생각했다. 지나치게 조용하다. 낮에 짐승이 나오지 않았던 것은 그렇다 쳐도 야행성 생물의 낌새마저 없다는 것은 이상하다.

불현듯 등에 멘 대검이 작게 윙윙 소리를 냈다.

벨그리프는 의아하다는 표정을 짓고 주위를 둘러보다가 문득

한 지점을 응시하며 눈에 힘을 주었다.

“음?”

“……왜 그래? 아빠.”

“저 그림자가…… 묘하군.”

벨그리프의 시선 저편에서 무엇인가 큰 물체가 천천히 움직이는 것 같았다. 지금까지는 알아차리지 못했는데 희미하게나마 땅울림 같은 진동이 느껴졌다. 안젤린이 휙 일어섰다. 칼자루에 손을 가져간다.

“일어나! 적이야!”

모닥불 주위에서 새근새근 잠들어 있던 동료들은 곧바로 벌떡 일어나서 무기를 손에 들었다. 상대방도 발각당했음을 알았는지 즉각 여태껏 숨긴 기세를 가득 쏟아 냈다.

바위와 바위 부딪치는 둔중한 소리가 나며 달빛 아래에서 바위 거인이 팔을 치켜들었다. 마치 땅울림처럼 나지막한 위협의 소리가 들려온다.

카심이 중절모자를 고쳐서 썼다.

“아항, 기간트 록 골렘이었나.”

“낮에 본 커다란 바위가 저 녀석이었군……. 설마 마력까지 포함해서 완벽하게 바위로 의태할 줄이야.”

“으음, 포위당했구려.”

기간트 록 골렘보다는 작을 뿐 비슷한 형태를 지닌 바위 거인이 일행의 주위를 둘러싸고 있었다. 아넷사가 기막히다는 표정을 짓고 웃었다.

“이 녀석들의 영역이라서 다른 생물이 없었구나……. 그나저나 마력도 새어 나오질 않고, 기척도 안 느껴지고……. 진짜 골렘인가?”

“어떤 의미로 변이종이겠네~. 후유~ 진짜 방심을 못 한다니까.”

“그만큼 닌디아 산맥이라는 곳은 특별한 장소입니다……. 터져라.”

이슈멜이 날린 마법을 신호 삼아서 전투가 벌어졌다. 마력이 소용돌이치며 가장 가까운 골렘이 산산조각 났다. 카심이 휘잇, 휘파람을 불었다.

“제법인데.”

“하하, 『천개 파괴자』께서 그렇게 말씀해주시니 영광입니다……. 조무래기는 맡도록 하죠. 큰 녀석을 처리해주세요.”

이슈멜은 손가락으로 딱 소리를 냈다. 그 순간 아무것도 없는 곳에서 엷은 빛을 두른 두꺼운 책이 나타나더니 공중에 떠오른 채 팔락팔락 페이지가 넘어갔다. 밀리엄이 눈을 똥그랗게 떴다.

“마도서 소환이야! 굉장해!”

“미리, 감탄은 나중에 하자. 우리도 조무래기를 해치워야지.”

“전방은 나한테 다 맡겨줘!”

마르그리트가 매끄러운 발놀림으로 골렘에게 육박하여 단박에 몇몇 개체를 썰어버렸다. 마르그리트 수준의 기량으론 골렘의 바위 몸체도 버터를 자르는 것과 다르지 않다.

아넷사는 재빨리 활을 당겨서 단번에 여러 개의 화살을 쐈다. 화살은 골렘에게 꽂히자마자 작렬했고, 골렘은 여러 개의 바위가 되어 나동그라졌다. 밀리엄도 지팡이를 치켜들어서 뇌운을 불러낸다.

역시나 다들 실력자답게 별 위험 없이 골렘을 척척 해치운다. 그러나 마치 온 산맥의 바위가 골렘이 되었나 생각될 만큼 골렘은 자꾸자꾸 밀려들었다.

한편 안젤린은 기간트 록 골렘이 내리 휘둘렀던 주먹을 가볍게 피한 뒤 도리어 팔에 뛰어올라서 곧장 어깨까지 달음박질쳤다. 그러고는 가로로 세차게 검을 휘두른다. 다만 작정하면 강철마저도 절단하는 검격이 살짝 흠집만 냈을 뿐 막혀버렸다.

"단단해……!"

평범한 기간트 록 골렘이라고 얕봐서 힘을 덜 줬구나. 안젤린은 얼굴을 찌푸렸다. 데룩, 이쪽으로 향한 골렘의 얼굴에 해당하는 부분에 뚫린 구멍이 눈처럼 안젤린을 보는 기분이 들었다.

소름이 돋은 안젤린은 뒤로 물러났다. 거의 곧바로 큰 망치와 같은 돌 주먹이 치고 지나갔다.

그 광경을 보고 있었던 카심이 벨그리프의 어깨를 두드렸다.

"어떡할까? 대마법을 쓸까? 큰 녀석은 안제가 베지 못했을 만큼 단단하네. 아마 마력 코팅도 되어 있을걸, 보아하니. 그럼 마법이 빠를 거야."

"얼마나 걸리겠나?"

"으음……. 20초. 다만 지형이 바뀔지도 몰라."

"……지형이 바뀌지 않을 정도로 위력과 범위를 제약한다면?"

"1분만 줘."

카심은 기간트 록 골렘에게 손가락을 뻗었다. 마력이 소용돌이치며 카심의 머리카락을 흔들었다.

벨그리프는 대검을 뽑아 들었다.

"안제! 이 녀석의 주의를 끌어다오! 던컨, 왼쪽 다리를 부탁하네!"

"맡겨주시오!"

벨그리프는 지면을 박차고 앞에 가로막고 선 골렘을 베어버리며 바위 거인의 오른쪽 다리로 접근했다. 안젤린은 기간트 록 골렘의 몸체를 발판 삼아서 마치 하늘을 날듯 뛰어다녔다. 그런 행동이 마침 적당하게 거인의 주의를 끌어줬다.

걸어 다니던 때는 의족의 균형이 신경 쓰였었는데 막상 전투가 벌어지자 의식하지 않고도 균형이 절로 잡힌다. 긴장감이 의족과의 감응을 높여주기 때문일까. 머릿속에 스친 의문을 떨쳐 냈다. 딴생각할 때가 아니다.

벨그리프는 검을 뒤로 빼냈다. 그리고 우렁찬 기합 소리와 함께 기간트 록 골렘의 오른쪽 다리에 가로로 세차게 휘두른다. 대검은 윙윙 소리를 내며 골렘의 두꺼운 오른 다리를 별것도 아니라는 듯이 절단했다. 던컨도 전투 도끼로 힘껏 왼 다리를 가격했다. 아예 잘라 내지는 못했어도 강렬한 충격이 기간트 록 골렘의 균형을 무너뜨렸다. 그대로 기우뚱 기울어진다.

재빨리 거리를 벌린 안젤린은 불현듯 눈을 부릅떴다. 던컨은 재빨리 물러났지만, 벨그리프는 아직 오른쪽 다리의 근처에 있다.

위쪽에서는 거대한 골렘의 몸이 떨어지고 있다.

"아빠!"

안젤린이 비통하게 소리 지르는 동시에 압축된 마력 덩어리가 발사됐다. 강렬한 빛이 주변을 온통 비춘다. 무심코 눈을 감았다가 다시 떴을 때에는 기간트 록 골렘은 발부리만 살짝 남긴 채 완전히 다 날아가버렸다.

카심이 앞으로 내밀었던 팔을 내리고 후유, 숨을 뱉었다.

"타이밍 완벽……. 그래도 조금 두근두근했네, 어이구."

"아, 아빠는……?"

"엉? 봐라, 저기."

카심이 가리키는 곳에 때맞춰 몸을 숙였었는지 벨그리프가 멀쩡하게 일어서는 모습이 보였다. 안젤린은 쏜살같은 기세로 달려가서 안겨 들었다.

"아빠!"

"하하, 안제……. 후, 한숨 돌렸군. 어떻게 해치우긴 했구나."

"나빴어……. 깜짝 놀랐잖아! 깔리는 줄 알았단 말야!"

"미안, 미안하다. 그래도 눈치채지 못하게 움직임을 붙잡아 둘 필요가 있었단다. 게다가 카심이라면 시간을 잘 맞춰줬을 테니까."

벨그리프는 주위를 둘러봤다. 골렘도 숫자가 꽤 줄어들었다. 아마도 어둠 때문에 숫자를 파악하지 못했을 뿐 아주 경이적으로 숫자가 많지는 않았었나 보다. 아니면 두목이 쓰러져서 도망친 녀석도 있으려나.

카심이 다가와서 껄껄 웃었다.

"남은 건 뒤처리 시합이네. 아무튼 벨, 도망치는 시늉은 잠깐 보여주라고. 안제가 잔뜩 겁먹었잖나."

"……겁먹지 않았어."

"흐응? 눈물 글썽거리면서? 헤헤헷."

"거짓말!"

안젤린은 허둥지둥 손등으로 눈을 비볐다. 벨그리프는 대검을 검집에 넣었다. 섬멸전은 동료들에게 맡겨도 괜찮을 테지. 숨을 내쉬고 품에 안겨 든 안젤린의 등을 문질러줬다.

머지않아 골렘 무리 정리가 끝났고, 주위에는 다시 정적이 돌아왔다.

마르그리트가 시시하다는 표정을 지으며 앞쪽으로 검을 빙글빙글 돌렸다.

"쳇, 아까 커다란 녀석은 내가 해치우고 싶었는데."

"내가 못 베었는데 마리가 베었을 리 없어……."

"뭣이라아? 아니, 안제 너 베지도 못했던 거냐? 하핫, 창피해."

안젤린은 눈썹을 치켜올렸다.

"평범한 골렘 정도로 단단한 줄 알고 힘을 뺀 것뿐이야……. 진짜 전력이면 벨 수 있었어……."

"흥, 그럼 나는 뭐 못 베었겠냐."

"이 녀석들아, 싸우지 말거라. 푹 쉬지 않으면 내일 못 움직일 거다."

벨그리프의 말에 두 사람은 마지못해서 입을 다물었다.

골렘의 파편을 야영지 바깥을 치운 뒤 다시 불을 피웠다. 재차 불침번을 맡게 된 벨그리프와 안젤린을 제외한 인원들은 바닥에 누웠고, 곧 새근새근 숨소리가 들리기 시작했다. 제법 큰 전투를 치른 다음인데도 딱히 흥분하지 않고 잠든다. 많은 경험을 쌓아온 실력자의 여유일 테지.

안젤린이 흐아앙, 하품을 했다.

"……아빠는 카심 아저씨를 신뢰하는구나."

"응? 아, 짧은 기간이었지만 서로가 목숨을 맡긴 사이였으니까……."

물론 그 무렵에는 양쪽 다 지금 경지만큼 강하지는 않았다만. 덧붙이며 벨그리프는 웃음 지었다. 안젤린은 살짝 뺨을 볼록거리며 벨그리프에게 가까이 다가갔다.

"나도 신뢰해줄 거지……?"

"물론이란다."

"에헤헤……."

안젤린은 기뻐하며 벨그리프의 어깨에 이마를 가져다 댔다.

다만 안젤린의 경우는 어쩔 수 없이 딸이라는 생각이 앞서게 된다. 실력 뛰어난 모험가라고 머릿속으로는 알고 있어도 마음속에서는 지켜줘야 할 대상으로 인식하고 있다.

나보다 훨씬 강한 아이인데 말이지. 벨그리프는 살짝 자조하며 웃었다.

아직 산맥에 들어온 지 하루. 벌써 신고식을 치른 기분이었다. 『대지의 배꼽』에 도착할 때까지 얼마나 많은 전투를 겪어야 할까. 그리고 『대지의 배꼽』에서 기다리고 있을 마수는 얼마나 특이하고 강할까.

이런저런 생각이 자꾸 떠올라서 다음 불침번인 카심을 깨운 뒤 자리에 누운 이후에도 벨그리프는 한동안 잠들지 못했다.

하늘 꼭대기까지 높이 떠오른 달이 푸르게 빛나고 있다.

○

이곳저곳에서 모닥불이 타오르고 있었다. 어스름이 하늘에서 내려오고 있긴 했지만, 만월에 가까워져 가는 달빛에 더하여 모닥불 및 램프, 황휘석의 조명 따위로 『구덩이』 주위는 밝았다. 언제 마수가 기어 나와도 무방하도록 모험가들은 밤에도 이렇게 모여 있다.

인영이 오고 가거나 모닥불에 둘러앉거나 아무튼 상당 숫자의 인원이 있는 듯하다. 수런수런 대화 나누는 소리가 더해져서 적당히 시끄러웠지만, 목소리 하나하나를 들어서 알 수는 없을 것 같다.

큰 바위의 뒤편에 남자가 있었다. 모닥불의 불꽃이 일렁거릴 때마다 얼굴의 음영이 흔들흔들 일렁거리며 표정이 바뀌는 것처럼 보였다. 실제는 찌푸린 얼굴에서 변함없이 전혀 달라지지 않았다. 백발이 섞인 회녹색 머리카락은 뒤죽박죽 뻗쳐 나갔다.

바위에 등을 기댄 채 남자는 눈을 감고 있었다. 잠든 것 같지는 않았다. 온몸에 긴장감이 가득 넘쳐흐르기에 즉각 일어나서 검을 휘두를 수 있다는 분위기가 느껴졌다.

불을 사이에 둔 반대편에서 강아지 귀 소녀가 고기를 잘라 나누고 있었다. 한 입 크기로 자른 고기를 나뭇가지를 깎아서 만든 꼬치에 쓱쓱 끼워 넣는다. 거기에 소금과 향신료를 뿌렸다. 흥흥, 콧노래가 입에서 새어 나온다.

"오우, 빅 마마. 잇츠 쏘 테이스티."

딱, 소리를 내며 불똥이 흩날린다. 남자는 한쪽 눈을 가늘게 떴다. 얼굴을 찌푸리며 가슴을 부여잡는다. 작게 기침하더니 품에서 향주머니를 꺼내 들었다. 입가에 바짝 가져다 대고 기화하는 에테르 오일을 들이마셨다 약초가 녹은 그것은 코와 목구멍 안쪽, 가슴 속까지 베어 들면서 숨을 가라앉혀줬다.

"마실 텐가?"

조금 떨어진 곳에 앉아 있었던 흑발의 여인이 술을 담은 표주박을 창끝에 걸어서 내밀었다. 남자는 말없이 표주박을 잡아 쭉 들이켰다. 그리고 여인에게 던져서 돌려줬다. 여인은 쿡쿡 웃고는 본인도 표주박을 기울였다.

"여전히 무뚝뚝한 녀석이로고."

"……언제까지 귀찮게 따라다닐 셈이지."

"그야 저 녀석에게 물어보게나."

남자는 고기를 불에 쬐어서 굽고 있는 강아지 귀 소녀를 쳐다봤다. 소녀는 아무렇지도 않은 표정을 짓고 남자를 마주 바라봤다.

“아저씨가 기운을 차릴 때까지 있어줄게. 비사이즈~.”

“쓸데없는 참견이다…….”

남자는 쌀쌀맞게 말하고 더욱 깊숙이 바위에 등을 기댔다. 기분이 꽤 언짢아 보였지만, 이 남자가 기분 괜찮아하는 모습은 여인도 소녀도 본 적이 없었다. 그러니까 새삼스럽게 신경 쓰지는 않았다.

콧노래를 흥얼거리며 다 익은 꼬치구이를 소녀가 내밀었다.

“드시게나, 베이베.”

“필요 없다.”

이미 먹었다, 남자는 눈을 감은 채 말했다. 어스름 때문에 잘 눈에 띄지는 않았다만, 모닥불 주위에 탄 고기 부스러기가 굴러다니고 있었다. 강아지 귀 소녀는 입을 삐죽거렸다.

“까맣게 탄 고기랑 노릇노릇 구운 고기, 뭐가 더 좋아?”

“모른다. 식사 따위야 대충 먹으면 그만 아닌가.”

“옛날 사람들은 말했습니다. 차려 놓은 밥을 안 먹으면 아깝도다.”

“말도 틀렸고 의미도 다르잖느냐, 바보.”

흑발의 여인이 어이없어하며 말하고는 연기를 내뱉었다. 강아지 귀 소녀는 스스로 고기를 뜯어 먹었다.

“맛나……. 아저씨, 진짜 안 먹어? 내 고향의 스페셜 테이스티라네, 베이베.”

남자는 여전히 말이 없었다. 상대를 안 해주려는 심산인 듯하다. 강아지 귀 소녀는 재미없다는 듯이 고기를 씹고는 술로 목구멍에 넘겼다.

"아저씨는 쭉 맛없는 밥만 먹었던 거야?"

소녀가 묻자 남자는 가늘게 눈을 떴다. 옛 동료들과 절연한 뒤 줄곧 혼자서 수라와 같이 전투를 계속했던 나날이 떠올랐다. 식사는 즐거움이 아닌 단순하게 몸을 움직이기 위한 행위였다. 무엇을 먹어봐도 맛이 제대로 느껴지지 않았다. 술 역시 단순히 취기에 몸을 떠안기기 위한 수단일 뿐 맛을 즐기지는 못했다. 아울러 이런 처지가 자신에게 잘 어울린다는 생각을 했다.

단순한 자기만족이다. 그런 방향의 한탄이 머리에 스친 적도 한두 번이 아니다. 하지만 달리 어떻게 해야 하는가 남자는 알 수가 없었다.

"……맛 따위는 알지 못한다."

"그래."

소녀는 따로 굽고 있었던 꼬치를 잡아 들더니 흑발의 여인에게 내밀었다. 여인은 담뱃대의 재를 떨구고 꼬치를 받아 들었다. 한 입 베어 물고는 우물우물 씹어 맛본다.

"……으음. 꽤 맛이 괜찮군. 정말 안 먹을 텐가?"

남자는 딱히 대답을 않고 또다시 눈을 감은 채 망토를 몸에 덮었다. 아예 잠을 잘 자세를 취하고 있다. 강아지 귀 소녀는 고기가 없어진 꼬치를 불에 던져 넣고는 무릎을 끌어안아서 중얼거렸다.

"아저씨는, 쓸쓸한 거야."

남자가 불현듯 몸을 일으켰다. 모닥불 너머로 손을 뻗어서 소녀의 목을 거머쥐었다.

"아으……."

괴로이 눈을 찡그리는 소녀에게 남자는 예리한 눈빛을 쏟아부었다.

"……뭘 안다고 입을 놀리는 거냐."

"적당히 해라."

남자는 눈만 옆으로 움직였다. 흑발의 여인이 창끝을 남자의 목에 바짝 겨누고 말을 잇는다.

"자네 힘이면 저 녀석이 죽어버리잖나. 그럼 나 역시 가만히 두고 볼 수는 없다네."

"……쳇."

남자는 손을 놓은 뒤 난폭하게 일어나서 망토를 펄럭거리며 어둠 속으로 떠나갔다. 겨우 풀려난 강아지 귀 소녀는 콜록콜록 작게 기침을 터뜨리며 숨을 가다듬고 있다. 흑발의 여인이 가까이 걸어가서 등을 문질러줬다.

"당찮은 짓을……. 네 녀석이 몸을 내던질 필요가 대체 무엇이더냐?"

"……아이 갓 어 라이프."

"엉?"

"옛날 사람들은 말했습니다. 살아 있는 것만으로도 횡재. 그런데 아저씨는 살아 있는 게 고통이야. 잠깐만 괴로웠던 나랑 누가 진짜로 힘들어?"

여인은 어이없어하며 숨을 내쉬었다. 소녀는 아무렇지도 않은 표정을 짓고 하품하더니 모피 모자를 다시 뒤집어썼다.

93 산맥의 행군은 꼬박 1주일간

산맥의 행군은 꼬박 1주일간 이어졌다. 험한 길에 더하여 땅이 황량한 이유도 있어 식수의 확보 때문에 몇 번인가 고생을 했다. 그러나 어떻게든 샘터나 강을 찾아냈고, 가끔은 절약을 위해서 나무뿌리를 씹으며 갈증을 달랬다.

점점 더 떠다니는 마력이 짙어짐에 따라 명백하게 이질적인 분위기가 감돌기 시작했다. 자라나 있는 식물마저도 전혀 성질이 다른 듯 느껴진다. 무엇인가 시선을 느낀 기분이 들어 그쪽으로 눈을 돌렸더니 자그맣게 꽃을 피운 제비꽃이 있었다는 맥 빠지는 경우도 자주 겪었다.

"그쪽! 뒤로 갔어!"

안젤린은 버럭 고함지르고 막 덤벼드는 다른 한 마리에게 검을 휘둘렀다. 그러나 적은 즉각 다리를 멈추고 뛰어 물러나서 안젤린의 검을 아무렇지도 않게 피했다. 마수는 비웃듯이 도발하듯이 이상한 음색으로 으르렁거렸다. 새빨간 몸털을 지닌 사자인데 전갈과 같은 꼬리를 가지고 있다. 마르티코라스라는 마수다.

이미 몸에 아넷사가 날린 화살이 몇 개나 박혀 있는데도 이 마수는 전혀 기세가 약해지지 않고 덤벼들었다. 마법이 빗나가게 된 밀리엄이 분해서 지팡이를 흔들었다.

"제길~ 엄청 잽싸네……!"

"난처하군요……. 한 마리도 까다로운데 세 마리라니."

이슈멜의 옆에 떠오른 마도서가 옅게 빛을 발하고 있다. 뒤쪽으로 돌아들어 간 개체는 마르그리트가 검을 휘둘러 쫓아냈다.

머리가 좋은 마수다. 힘을 과신하여 막무가내로 덤벼드는 것이 아니라 일정 거리를 유지한 채 이쪽이 피폐해지기를 기다리고 있다. 안젤린은 이를 갈면서 검을 고쳐 쥐었다.

"카심 아저씨, 어떻게 안 될까……?"

"글쎄다……. 어떻게 해야 되나. 섣불리 대마법을 날려 봤자 피해버릴 것 같은데. 절대 지지는 않겠지만 시간이 꽤 걸리겠어, 이래서야."

"한 마리씩 해치울 수밖에 없군."

벨그리프가 말을 꺼냈다.

"쭉 살펴봤는데 공격할 때는 반드시 진형을 갖춰 덤비더구나. 움직임이 제법 민첩해도 1대1이라면 충분히 틈을 노릴 수 있다."

"그래도 저희가 먼저 공격하면 거리를 벌렸다가 세 마리가 한꺼번에 달려드는걸요."

아넷사가 난색을 표시했다.

"그래서란다. 우리가 일제히 한 마리씩 맡아서 서로 합류할 틈을 주지 않도록 하자. 안제, 저기 화살이 박혀 있는 녀석은 네가 붙들어라. 한쪽 눈이 없는 녀석은 카심과 마리에게 맡기지. 다른 전원은 나머지 한 마리를 해치운다. 가자."

말을 마치자마자 곧장 벨그리프는 대검을 고쳐 쥐고는 지면을 박찼다. 던컨이 뒤를 따랐고 아넷사, 밀리엄, 이슈멜 세 사람이 호위를 위해 준비에 들어갔다. 마르그리트도 바람처럼 재빨리 마르티코라스에게 몸을 날리고, 카심의 주위에서 마력이 소용돌이친다.

안젤린은 입꼬리를 끌어 올리며 나머지 한 마리와 대치했다.

수세였던 인간들이 갑자기 확 공세로 전환됐기에 마르티코라스들도 살짝 놀라는 눈치였다. 완전히 사이가 막힌 탓에 합류를 시도하지도 못하는 것 같다.

확실히 두 마리를 상대할 때는 버겁다는 생각이 들었는데 이렇듯 1대1이라면 패배의 우려가 티끌만큼도 들지 않는다. 놓치지도 않는다. 안젤린은 단박에 위압감을 쏟아 내면서 검을 겨눴다.

"실컷 놀려서 재밌었지……!"

상황 변화에 더하여 안젤린의 투기 때문에 냉정함을 잃은 듯한 마르티코라스는 울부짖더니 예리한 발톱을 번뜩이며 뛰어들었다.

안젤린은 습, 숨을 들이마신 뒤 가볍게 지면을 찼다.

두 번의 칼질.

내리 휘두르는 궤적에서 사자의 팔과 머리가 몸과 떨어져 지면으로 굴러떨어졌다.

"……1대1이면 아무것도 아니야."

시선을 돌려서 보면 다른 두 마리도 이미 처리가 끝난 상황이었다. 만약 처치하는 데 애먹었다면 흩어져서 요격하는 것은 도리어 위험한 선택이었겠지만, 상대의 허를 찌르는 작전과 모두의 뛰어난 실력이 좋은 결과를 가져왔다. 세 마리가 주위를 에워싼 채 공격받을 것 같으면 곧장 도망쳐서 두 마리나 세 마리가 함께 덤벼드는 상대였기 때문에 처치하는 데 어려움을 겪었다. 일제히 흩어져서 한 마리씩 상대하면 별것도 아닌 적이었다. 그런 사실을 꿰뚫어 본 관찰력과 즉각 판단을 내려 지시까지 마치는 벨그리프의 믿음직한 활약에 기뻐져서 안젤린은 웃음이 새어 나왔다.

"후후……."

돌아봤더니 벨그리프는 대검을 납검한 뒤 바닥에 앉고 있었다. 그 옆에서 밀리엄이 기뻐하며 폴짝폴짝 뛰어오른다.

"해냈다, 해냈다! 어떡할까요, 벨 아저씨. 이 마수, 가죽 벗길까요~?"

"으음……. 그렇구나. 소재로 쓰기에 나쁘지는 않을 텐데……."

벨그리프는 살짝 버거운 모습으로 눈을 감고는 이마를 손가락으로 짚어 꾹 눌렀다. 어쩐지 안색이 나빠 보인다. 안젤린은 덜컥 놀라서 달려갔다.

"아빠, 괜찮아? 어디 다쳤어……?"

"아니……. 괜찮단다. 조금 지쳤을 뿐이야."

벨그리프는 힘없이 미소 지었다. 던컨이 눈살을 찌푸리며 벨그리프의 이마에 손을 가져갔다.

"벨 님……. 열이 꽤 있잖소이까."

"으, 음……. 어지러운 게 열 때문인가……."

안젤린도 놀라 이마로 손을 뻗었다. 분명 뜨겁다. 잘 살피면 눈자위에도 열이 올라서 살짝 물기가 어려 있었다. 카심이 머리를 긁적였다.

"이 친구야……. 힘들면 말을 했어야지, 벨."

"그리 힘들다는 생각은 안 했네만……. 난처하군."

마르그리트가 한숨 쉬었다.

"미련하다니까, 벨은. 어떡할 거야, 오늘은 이만 휴식이냐?"

"아뇨, 차라리 『대지의 배꼽』까지 가는 게 낫겠습니다. 마력의 농도로 짐작하자면 아마 한나절만 가도 도착할 수 있을 겁니다. 여기에서 밤을 맞이하는 게 더욱 위험하죠."

이슈멜의 말에 벨그리프도 동의하며 지팡이를 한 손에 들고 일어섰다.

"못 걸을 정도는 아니야. 계속 나아가자꾸나. 또 방금 전처럼 마수가 나타나면 위험하니까."

안젤린은 벨그리프의 팔을 붙잡았다.

"부축해줄게……."

하지만 벨그리프는 그 손을 부드럽게 물리쳤다.

"아니……. 안제야, 너는 선두를 맡아주렴. 마수의 기척을 가장 먼저 알아차릴 수 있는 게 너잖니."

"응……. 그치만……."

이렇게 안절부절 흔들리는 마음으로 냉정하게 주위를 살펴 경계할 수 있을까. 안젤린은 머뭇머뭇했다. 벨그리프는 쓴웃음 짓고 딸아이의 머리를 쓱쓱 어루만졌다.

"얼굴 피거라. 빨리 도착해서 쉬면 금방 나을 거다. 게다가 모험가는 언제나 항상 냉정해야 할 텐데? 아빠를 실망시키지 말아주려무나."

"……응!"

안젤린은 간신히 미소 띤 얼굴을 짓고는 수정추를 꺼내 들어서 일행의 선두에 섰다. 마르티코라스의 가죽을 벗길 시간은 없을 듯싶다.

길이 험한지라 이동 속도는 느렸지만, 그럼에도 어떻게든 나아가던 사이에 문득 인기척이 느껴졌다. 경사면의 위쪽 방향에 모험가로 짐작되는 몇 명의 일행이 보인다. 이동 방향은 안젤린 일행과 같았다.

혹시나 싶어 저 멀리 시선을 주면 드높이 깎아지른 협곡의 사이에 무엇인가 성채와 같은 명백한 인공물이 보였다.

이슈멜이 안도의 숨을 흘려보냈다.

"이제 보이는군요……."

"어, 성채처럼 생겼는데……."

"고대 시대의 유적이라더군요. 저쪽 너머가 『대지의 배꼽』입니다."

목적지가 눈에 들어오니까 발걸음도 갑자기 가벼워졌다. 경사면을 걸어 올라가니 길다운 길이 있었다. 만들어진 길이 아니라 사람들이 오가는 틈에 자연스럽게 이리되었다는 느낌의 길이다.

그 길은 성채를 향해 뻗어 나가고 있고, 저 앞쪽에는 모험가들의 뒷모습이 보였다.

마르그리트가 시큰둥하게 머리 뒤쪽으로 깍지를 꼈다.

"뭐냐, 길이 있었음 이쪽으로 올 걸 그랬네."

"아뇨, 이 길은 성채의 부근에서만 찾아볼 수 있습니다. 잘 살펴보세요."

이슈멜이 성채의 반대 방향을 가리켰다. 길은 얼마간 이어지다가 도중에 마치 지워버린 것처럼 사라지면서 황량한 지면이 펼쳐져 있다.

"산맥의 어디로 진입해도 처음 잠깐은 괜찮습니다만, 점점 더 경로가 뒤얽히기에 같은 길을 지나다니기는 곤란하다더군요. 그러나 어디를 지나와도 이곳으로 도착하는 겁니다……. 정말 신기하죠."

안젤린은 다시 앞쪽으로 눈길을 보냈다. 일단 도착하는 것이 우선이다. 벨그리프는 안색이 점점 더 나빠져서 비록 던컨이 어깨를 부축해주곤 있지만 당장에라도 쓰러질 것 같았다.

가까이 가자 성채는 상당히 큰 규모임을 알 수 있었다. 돌은 일정한 모양새로 손질된 것이 아니라 크기도 형태도 제각각이었으나 돌과 돌의 사이가 딱 맞물려서 종이 한 장도 끼워 넣지 못할 것 같았다.

성채에 한 걸음 진입했을 때 안젤린은 눈이 휘둥그레졌다. 길의 양쪽 경사면에 석조 건물이 늘어서 있는 데다가 수많은 모험가들의 틈에 섞여서 상인으로 보이는 사람들의 모습도 있었다. 큰 짐을 짊어진 저들은 나무와 천으로 간소하게 노점을 만들어다가 이런저런 물건들을 팔고 있었다. 술을 주고받으며 웃는 사람까지 보인다.

멍하니 서 있는 일행을 보고 이슈멜이 쿡쿡 웃었다.

"놀라셨나요? 『구덩이』 자체는 더 앞쪽에 있습니다. 여기에는 작정하고 고위 랭크 마수의 소재를 매입하러 오는 귀 밝은 상인들이 제법 많아요. 호위 모험가도 다들 일류뿐이죠."

"깜짝 놀랐어……. 좀 더 뭐랄까……. 살벌한 느낌일 줄 알았는데."

"『구덩이』 주변은 살벌한 게 맞아요. 다만 이곳 주변은 모험가 대상의 가게를 운영하는 사람도 많거든요……. 어쨌든 쉴 곳을 확보합시다. 벨그리프 씨를 자리에 눕혀드려야죠."

안젤린은 퍼뜩 놀라며 벨그리프를 돌아봤다. 벨그리프는 비록 꼿꼿이 서 있긴 했지만 내리뜬 눈은 아래를 향하고 있고, 숨 가쁘게 호흡을 되풀이하고 있었다.

조금 더 안쪽으로 들어가자 한층 커다란 석조 건물이 나타났다. 성채와 비슷하게 천연의 돌이 빈틈없이 짜 맞춰져서 튼튼한 느낌이다. 일부는 쌓는 방식이 조잡한 곳도 있었다. 한 차례 무너졌던 것을 누군가가 다시 쌓아 올렸는지도 모르겠다.

어쩌면 이곳은 옛 시대에 국가가 있던 곳일지도 모르겠다고 안젤린은 상상해봤다. 역사의 그림자에 파묻힌 알려지지 못한 왕국. 혹시 마수의 습격 때문에 멸망당했을까?

큰 건물에서는 모험가들이 침식을 하는 듯싶었다. 큰 방과 비슷한 장소의 여기저기에 천으로 구획을 만들어 놔서 모닥불을 피우고 각자가 자기 몫의 장소를 꾸려 나가는 분위기다. 대강 통행로 비슷하게 일부 공간을 터놓은지라 그곳을 막지 않는 것이 암묵의 규칙으로 자리 잡았음을 짐작할 수 있었다.

이미 꽤 붐비는 곳이었지만, 그럼에도 어떻게든 적당한 장소를 찾아냈다. 천장을 받치는 두꺼운 기둥의 옆쪽이다. 바닥을 깨끗하게 치운 뒤 밧줄에 천을 매달아서 대강 장소를 구획 지었다. 물론 완전히 다 둘러싸서 바깥과 차단하기는 어렵지만, 아무튼 작게 구획을 만들 수는 있었다.

간신히 자리를 펴고 누운 벨그리프는 마음을 놓았는지 잠에 빠졌다. 안젤린은 이마에 손을 가져다 댔다. 열은 내려가지 않았다. 오히려 더 뜨거워진 것 같다.

카심이 짐을 뒤적거리며 말한다.

"약초를 좀 달여볼까. 땀도 닦아줘야 하고……. 아, 제길, 부족하잖아. 저쪽에 가게 비슷한 데가 있었지, 레페 잎을 팔아줘야 할 텐데."

아넷사가 가죽 주머니를 들었다.

"제가 나가서 찾아볼게요. 겸사겸사 물도 길어 오고요."

"아, 나도 갈래. 잠깐 이 주변을 둘러보고 싶거든."

"그러면 나도 따라가야지~. 마리가 길을 헤매면 안 되잖아."

"쓸데없는 소리는 빼, 바보야. 안제, 넌…… 안 나가겠구나."

"응. 아빠 옆에 있을래."

아넷사를 비롯한 세 사람은 나란히 밖에 나갔다.

안젤린은 잠시 벨그리프의 손을 붙잡고 있다가 이윽고 일어나서 구획의 바깥으로 나섰다. 벽면을 따라 구멍이 뚫린 듯한 형태의 창문으로 바깥으로 본다. 시원한 바람이 뺨을 어루만지고 머리카락을 흔들며 건물 안쪽을 지나갔다. 표고가 높은 까닭일까, 이스타프처럼 기온이 높지는 않다. 바람이 선선하기에 제법 쾌적하기까지 하다.

눈 아래에서는 수많은 사람이 오가고 있다. 시선을 내려 보이는 길을 오가는 한 명 한 명이 실력에 자신이 있는 모험가일 것이다.

꽤 떠들썩하고 활기가 있어 조그만 도시처럼 번화한 곳이다. 아니, 진짜로 도시 같았다. 대해일이 가깝기 때문에 모험가의 숫자도 늘어난 걸까. 이토록 많은 숫자의 고위 랭크 모험가가 한곳에 모인 경우는 경험이 없다. 올펜의 마왕 토벌 때조차 이런 상황은 아니었다.

“떠들썩하네.”

옆쪽에서 목소리가 들리는지라 놀라서 눈을 돌렸다. 대강 비슷하거나 몇 살 아래일 듯한 소년이 옆쪽에 서서 비슷하게 창문 너머로 아래를 내려다보고 있었다. 소년은 기다랗게 뻗은 머리카락을 머리 뒤쪽으로 묶어 놓았다. 얼굴 생김새는 중성적이고, 언뜻 보기에는 흑발이었는데 빛에 닿아서 반사하면 군청색으로 빛났다. 관두의(貫頭衣)의 위쪽에 글단산 옷감으로 지은 의복을 걸쳐 입었다. 동방 출신인가 보다.

이 거리에서 접근을 감지하지 못했다는 것을 깨닫고 안젤린은 놀랐다. 상당한 실력자임은 틀림없었다.

소년은 안젤린을 쳐다보면서 생긋 웃더니 손을 내밀었다.

"토야예요. 잘 부탁해."

"어……. 반가워요."

안젤린은 영문도 모른 채 토야의 손을 맞잡았다. 토야는 재미있어하며 웃었다.

"너무 무서워하지 마. 비록 짧은 기간이나마 같이 싸우게 될 테니까."

"아."

"……음? 너도 대해일을 노리고 오지 않았어?"

"……어어."

무슨 소리일까, 의아해하다가 언젠가 『대지의 배꼽』에서 모험가끼리 서로 협력하지 않으면 위험하다는 말을 들었던 기억이 떠올라서 안젤린은 가볍게 인사를 했다.

"잘 부탁해요……."

"이름은?"

"……응? 어라, 나? 안젤린……."

안젤린의 무뚝뚝한 태도 때문에 토야는 쓴웃음 짓고 어깨를 으쓱거렸다.

"갑자기 친한 척했나? 미안."

"아냐……. 성격이 원래 이래서……."

안젤린은 머리를 긁적였다. 딱히 토야를 경계하지는 않으나 초대면의 상대와 무슨 대화를 어떻게 나눠야 하나 머리가 좀처럼 잘 돌아가지를 않는다. 오히려 벨그리프의 몸 상태가 자꾸 신경 쓰였다.

토야는 적당히 대화를 이어 나갈 거리가 떨어진 듯 우물쭈물하다가 이윽고 입을 열었다.

"실은 사람을 찾고 있는데……. 엘프 못 봤어?"

"엘프……?"

혹시 마르그리트일까? 안젤린은 고개를 갸웃거렸다.

"토야, 무슨 일인가요?"

그때 문득 인영이 나타났다. 그쪽을 보고 안젤린은 기겁했다. 매끄러운 은발에 대나무 잎처럼 뾰족한 귀, 키가 큰 엘프가 서 있었다. 여성이다. 토야와 비슷하게 동방풍 옷을 차려입었다. 머리카락은 엘프답게 은발인데 다소 짤막하게 다듬어 놓았고 매끄러우면서도 조금 곱슬기가 있는 듯 보였다.

"……사티 씨?"

무의식중에 중얼거리자 엘프는 고개를 갸웃했다.

"사티? 아닌데요?"

"아……. 미안해요."

다른 사람이구나. 안젤린은 어깨를 축 늘어뜨렸다. 하긴, 이렇게 마주칠 리가 있나.

토야는 뺨을 긁적였다.

"무슨 일이냐니, 모린. 네가 통 안 보여서 이렇게 창문 바깥에

살펴보면서 찾았단 말이야."

"사라진 사람은 제가 아니라 토야거든요? 어휴……. 그쪽 아가씨는요?"

"아, 안젤린 씨야."

"반가워요……."

안젤린이 인사하자 모린은 미소 지었다.

"모린이에요, 잘 부탁해요. 토야가 폐를……."

"폐 끼치는 행동은 안 했거든……. 맞지?"

"응."

안젤린은 당황하며 시선을 이리저리 보냈다. 모린은 어이없어하며 한숨 쉬었다.

"역시 폐 끼쳤던 게 맞잖아요. 자, 가요. 배고파요."

"아까 막 먹어 놓고서……. 뭐, 알겠어. 갈게, 안젤린 씨. 또 보자."

"으응, 뭐……."

두 사람은 떠나갔다. 왠지 마음이 놓인다. 나쁜 사람들은 아마도 아니겠지만, 장단을 맞춰주기가 조금 어렵다. 항상 카심에게 놀림당하는 자신의 무뚝뚝함이 괜히 부끄러워졌다. 이곳에 카심이 같이 없어서 다행이다. 안젤린은 숨을 내쉬고 발길을 되돌려 돌아갔다.

돌을 쌓아서 만든 화덕에 피워 둔 불이 타오르고 있다. 벨그리프는 조용하게 새근새근 숨 쉬고 있었다.

"아빠, 조금은 몸이 편해진 걸까……?"

"그래, 벨이 이것저것 약을 가져왔거든. 숨을 편하게 만들어주는 연고가 있어서 발라줬어. 이제 물 떠 오길 기다리면 되겠네."

"그나저나 의외군요. 벨그리프 씨는 좀 더 강인한 분이라는 생각을 했습니다만."

이슈멜의 말에 전투 도끼를 손질하던 던컨이 고개를 흔들었다.

"아니, 벨 님은 훌륭한 실력과 관찰력을 지닌 분이오나 톨네라에서 지낸 기간이 길다오. 몸이 강건하다지만 여행에 익숙하지 않다면 환경 변화는 몸에 부담을 주잖소. 아마 거기에 기인하는 것이 아니겠소이까?"

"확실히…… 일리가 있는 말씀입니다. 그러고 보니 모험가가 아니시라고……."

"그래그래, 게다가 우리도 벨한테 마냥 의지했던 탓이지, 뭐."

카심이 침음하더니 손을 뻗어서 뒤쪽 바닥을 짚었다.

"아무튼 난처하게 됐네. 이런 상태로 퍼시를 만나겠다고 돌아다닐 순 없어."

"응……."

안젤린은 모닥불 옆에 자리를 잡고 앉아서 고개 숙였다. 게다가 이토록 사람이 많은 곳이면 수소문하기도 쉽지는 않을 것이다. 대해일까지 시작되면 한가롭게 해후나 할 상황이 아니게 될 수도 있었다.

그러나 너무 서두를 필요는 없다는 생각도 든다. 퍼시벌은 줄곧 이곳 『대지의 배꼽』에 있을 테니까 대해일이 끝난다고 곧장 어딘가로 떠나가지는 않을 것이다. 대해일이 끝나 사람이 줄어들면 여유를 갖고 만나는 것도 나쁘지는 않지 않을까.

그래, 야쿠모와 루실을 찾아봐야겠다. 어딘가에 있다면 만나고 싶은 마음이 들어 안젤린은 무릎을 끌어안았다.

도끼 손질을 마쳤는지 던컨이 얼굴을 들어 올렸다.

"안제 양, 뭔가 발견한 것은 있었소이까?"

"응……. 사람이 엄청 많았어. 다들 실력자뿐이고……. 아까 이야기 나눈 사람들도. 아, 엘프가 있더라. 사티 씨는 아니었지만……."

엘프라는 단어에 살짝 반응하는 카심을 보고 안젤린은 덧붙였다. 카심은 쓴웃음 짓고 중절모자를 고쳐서 썼다.

"헤헤헷, 마침 우연이 겹칠 리 없나……. 아무튼 별일이네. 뭐, 우리도 마리랑 같이 다니는 처지지만 말야."

"그나저나 이렇게 실력자가 많다면야 정보도 제법 모여들겠구려. 안제 양께서는 어떤 이야기를 듣고 오셨소이까?"

"그게……."

앗, 자기소개밖에 안 했네, 안젤린은 뺨을 긁적거렸다. 이래서는 왜 이리 무뚝뚝하냐며 또 카심이 웃을 것 같다.

"……뭔가 먹을거리를 찾아보고 올게."

갑자기 마음이 편치 않아져서 안젤린은 말을 얼버무리고 몸을 일으켰다. 카심이 껄껄 웃었다.

벨그리프의 상태가 걱정된다만 줄곧 옆에서 걱정해 봐야 무엇이 달라지지는 않는다. 뭐든 영양가 좋은 음식을 찾아서 먹여주자는 생각을 했다. 그렇게 움직이는 것이 훨씬 더 건설적이다.

건물을 나와 성채의 복판으로 걸어갔다. 사람이 잔뜩 오가고 있다. 운 좋게 다른 친구들과 합류하면 좋을 텐데, 문득 떠오른 생각이나 이렇듯 사람이 많아서야 바라기는 힘들겠다. 온 대륙에서 모여들었을 테지, 맵시가 제각각인 모험가들의 복장을 잔뜩 목격하다가 작은 노점이 다수 늘어서 있는 거리에 들어섰다. 해가 저물기 시작했기에 노점의 처마 끝에다가 슬슬 램프를 밝혀 놓았다. 이런 광경을 보면 가까운 곳에 고위 랭크 마수의 소굴에 있다는 말이 잘 믿기지 않는 기분이다.

노점은 상처에 바르는 약이나 먹을거리를 파는 가게가 많았다. 또한 반대로 소재 매입을 전문으로 하는 가게도 있는 듯싶다. 술집 비슷한 곳도 있었고 놀랍게도 요염한 차림새로 아양을 떨며 남자에게 술을 따라주는 여자도 찾아볼 수 있었다. 진짜 도시 같다. 이곳에서 생계를 꾸려 생활하는 사람까지 있는 분위기였다. 상혼(商魂)도 이런 수준이면 대단하다는 말로는 부족하다.

무의식중에 눈길이 쏠리던 중에 쿵, 누군가와 부딪혔다. 무엇인가 약초의 냄새가 났다. 안젤린은 허둥지둥 앞을 쳐다봤다.

"죄송합니다……."

말하다 말고 안젤린은 저절로 숨을 멈췄다.

서 있는 사람은 사자와 같은 남자였다. 간소한 갑옷 위쪽에 망토를 걸치고 있다. 앞에 서 있을 뿐인데 왠지 소름이 쫙 끼치는 기분이다. 자신이 위축되다니, 도대체 얼마 만일까.

남자는 날카로운 시선으로 안젤린을 흘낏 보고는 아무 말 없이 떠나갔다. 목을 꽉 틀어잡혔다가 풀려난 듯한 기분으로 안젤린은 숨을 내쉬었다.

"……저런 사람은, 오랜만이야."

안젤린에게 못 이기겠다는 생각이 드는 상대는 썩 많지 않았다. 벨그리프와 그라함이 저기에 속한다. 이곳에서 마주친 많은 모험가들도 쓱 살펴본 결과, 적당히 강하기야 할 터이나 패배할 일은 없다는 생각이 앞섰었다. 그러나 방금 전 남자만큼은 격이 달랐다.

"……괜찮아. 적은 아니고……. 게다가 아빠만큼 대단하지도 않아."

잠시 든 두려움을 떨쳐 내고자 심호흡을 반복하던 때 누군가가 꾹꾹 옷자락을 잡아당겼다. 고개 돌리자 축 늘어진 강아지 귀 소녀가 동글동글한 눈으로 안젤린을 보고 있었다.

"두 유우 리멤뷔 미~?"

"앗! 루실!"

안젤린은 와락 기쁨이 솟아 루실의 손을 붙들었다. 두려웠던 감정이 단번에 싹 날아가는 느낌을 받았다. 루실은 귀를 팔랑팔랑 움직였다.

"오랜만, 베이베. 안제, 쉐키럽 베이베, 했어?"

"응. 루실도 잘 지냈어……?"

"물론이라오……. 혼자 온 거야?"

"아니. 아빠도 카심 아저씨도 다들 같이 왔어."

루실은 눈을 깜빡깜빡했다.

"구웃. 샤르는?"

"샤르는…… 안 왔는데."

"오, 서글퍼라, 로큰롤……. 그래도 여긴 위험하니까."

"뭔가 상상이랑 좀 달랐지만……."

"떠들썩하지만 생명의 위기는 항상 이웃에. 그러니까 즐겁게 렛츠 인조이."

아하. 루실의 설명은 이런 떠들썩한 분위기도 죽음과 이웃하고 있는 까닭이라는 뜻인가. 안젤린은 왠지 이해가 됐다.

모험가는 언제 죽을지 알 수가 없다. 방금 막 술잔을 주고받았던 사람이 형용하지 못할 주검이 되는 경우도 드물지 않잖은가. 따라서 모험가는 즐길 수 있을 때 마음껏 즐긴다. 술과 음식을 파는 가게가 많은 이유도 납득이 된다. 벌이가 좋은 사람은 돈 씀씀이도 호쾌하다. 고위 랭크 모험가가 잔뜩 모여드는 곳이니 이곳에서 장사를 하면 꽤 이득이 될 테지.

다만, 그래서 더더욱 뭔가 이상하다는 생각도 들었다.

"그런데 이런 장소에서 용케 저렇게 많이……. 식량이라든가 어떻게 구하는 거야?"

"옛날 사람들은 말했습니다. 빵이 없으면 마수를 먹으란 말야."

"어?"

"노점에서 파는 식사도 마수 고기. 식물형 마수도 많아서 야채도 듬뿍. 고기를 팔면 모험가도 수입이 듬뿍. 돌 하나로 두 마리 새를 잡았어. 새가 불쌍해."

조금 묘하게 자급자족을 하고 있구나, 안젤린은 살짝 어안이 벙

벙하여 웃음 지었다. 어쩌면 직접 마수를 사냥한 뒤 도축한 고기를 요리해서 내놓는 별종 모험가가 있을지도 모르겠다.

"야쿠모 씨는……?"

"미아. 길 헤매는 아기 양 야쿠몽, 지금 어드메……."

"그렇구나……."

미아가 된 사람은 오히려 루실이 아닐까, 문득 든 생각을 입 밖에 꺼내지는 않았다.

루실이 갑자기 안젤린의 얼굴을 빤히 들여다봤다.

"『패왕검』 아저씨, 만나고 싶어?"

"……아!"

안젤린은 숨을 멈췄다. 그렇다. 따지고 보면 야쿠모와 루실이 가르쳐줘서 이곳으로 오게 되지 않았던가. 두 사람이 퍼시벌을 모를 리 없었다.

"만나고, 싶어……. 그런데, 나보다는 아빠가……. 그런데 아빠가 지금은 조금."

"왓 헤픈?"

그때 갑자기 큰 소리가 났다. 안젤린이 놀라서 고개 돌렸는데 저쪽 너머에서 무엇인가 소란이 벌어진 것 같았다. 『대지의 배꼽』 중심부에 있는 『구덩이』 방향이었다.

루실이 코를 실룩거렸다.

"……생선 냄새. 배드 스멜."

얼마 뒤 안젤린의 코에도 묘한 비린내가 날아서 들어왔다. 모험가 한 사람이 『구덩이』 방향에서 뭐라 소리를 지르며 달려왔다.

"나왔다, 나왔어! 거물이다! 게다가 이리로 곧장 덤벼든다!"

어떤 마수가 나타났나 보다. 거리에서 술을 마시고 있던 녀석들의 눈빛이 바뀌더니 즉각 무기를 손에 들고 일어선다. 루실이 안젤린을 바라봤다.

"가볼래?"

"응……."

이쪽으로 곧장 온다면 즉 잠자리로 정해 둔 방금 전 큰 건물도 위험해질 수 있다.

지금 아빠는 싸울 수 있는 상태가 아니야. 내가 지켜줘야지.

안젤린은 고개를 끄덕거리고 달려 나갔다. 루실도 가벼운 발걸음으로 따라온다.

두 사람은 같은 방향으로 움직이는 사람을 추월하면서 거리를 질주하여 건물 측면을 빠져나간 뒤 넓은 위치로 나왔다.

"윽……."

안젤린은 무의식중에 숨을 멈췄다.

수많은 모험가들이 각자 손에 무기를 들고 저쪽을 올려다보고 있었다.

저물어 가는 자주색의 하늘에 거대한 물고기가 떠올라 있다. 몸은 편평하면서 길고, 등지느러미 및 배지느러미가 없는 대신에 몸의 양측에 새의 날개처럼 큰 지느러미가 달려서 유유히 공기를 밀어 헤치고 있다.

가느다란 비늘, 물론 하나하나가 사람의 허리쯤 될 법한 비늘이 온몸을 뒤덮었고, 큰 입의 부근으로 수염이 몇 가닥이나 뻗어 나와서 물에 떠다니듯 흔들거렸다.

용경(龍鯨) 바하무트.

고래인데도 당당하게 『용』의 이름을 받은 S랭크 마수였다.

94 숨이 답답해서 저절로 눈이

숨이 답답해서 저절로 눈이 뜨였다. 아직 열이 가시지는 않은 듯 몽롱한 시야에 석조 천장이 확 다가왔다. 어디에 있는 것인가 알 수가 없었다만, 잠시 생각하다가 『대지의 배꼽』에 와 있음을 떠올렸다.

불현듯 환지통이 욱신거리기 시작했다.

벨그리프는 놀라서 벌떡 상체를 일으켰다. 이마에 얹어 놓았던 물수건이 미끄러져서 떨어졌다.

이제는 있지도 않은 오른쪽 다리가 타오르는 듯 아프다. 지난 몇 년은 아주 잠깐만 되살아나는 것이 고작이었는데 이번에는 꽤 강하다. 저절로 의족을 꽉 잡아 쥐었다.

"끄…… 윽……."

고통의 목소리가 새어 나왔다. 열 때문인지 시야가 이상하게 일그러진다. 머리가 꽉 죄어드는 기분이고, 쿠웅쿠웅 기묘한 소리가 귀 안쪽에서 울려 퍼졌다.

"벨 님!"

창가에서 바깥을 보고 있었던 던컨이 이쪽을 보고 허둥지둥 달려와서 벨그리프의 등을 문질러줬다.

"어디가 불편하신가……."

"……아니, 괜찮네. 미안하군……."

이마에 배어난 비지땀을 바닥에 떨어져 있던 수건으로 닦은 뒤 한껏 숨을 내쉬었다. 환지통은 일단 사라지면 아무런 일도 없었던 것처럼 된다. 실체가 없는 통증이니까 당연하다지만, 한번 머리를 치켜들면 자신에게는 오른 다리가 없다는 것을 싫어도 절감하게 된다.

건물 안쪽은 텅 비어 있었다. 잔뜩 모여 있었던 모험가들의 모습은 거의 보이지 않는다. 대신 창밖이 꽤 소란스럽다. 아무래도 전투가 벌어진 상황 같았다. 생선을 연상케 하는 비린내가 떠다니는 터라 무엇인가 이질적인 분위기가 느껴졌다.

"무슨 일이 벌어진 건가……?"

"마수가 나타났소이다. 아마 소문으로 들었던 용경 바하무트이지 싶더이다."

"바하무트……."

하위 랭크로 은퇴했던 벨그리프마저도 이름 정도는 아는 마수였다. 태평하게 잠이나 잘 때가 아니었군, 벨그리프는 일어서려다가 다리에 힘이 들어가지 않아서 포기했다. 자기 자신이 한심해서 혀를 찬다.

"카심과 아이들은……."

"마수가 꽤 가까운 곳까지 와서 말이오, 나가서 싸우겠다 자청하더이다. 본인은 이곳을 지키기로 한 터라……. 벨 님, 몸은 좀 어떠시오? 많이 힘들어 보이오만…….”

벨그리프는 힘없이 웃음 지었다.

“아니, 괜찮네. 잠깐 안 좋은 꿈을 꾸었을 뿐이라……. 안제도 밖에 나갔나?”

“안제 양은 먹을거리를 사 오겠다며 나간 뒤 돌아오지 않았소만……. 아마 그대로 전투에 합류했을 가능도 있지 싶구려.”

“그런가…….”

벨그리프는 두통을 느끼며 다시 몸을 눕혔다.

절박한 심정으로 읽고 또 읽어서 머리에 때려 박았던 마수 도감의 내용을 떠올린다. 바하무트는 S랭크의 마수였다. 실제로 고위랭크 모험가만 가득 모여 있다는 이 장소에서 아직껏 전투가 끝나지 않을 만큼은 강력할 것이다.

안젤린이라면 걱정은 필요 없을 것이라 머리로는 생각이 들어도 역시 침착할 수가 없다. 그러나 이런 몸으로 자신이 밖에 나간들 무엇을 할 수 있을까.

그때 돌바닥을 밟고 달려오는 소리가 들렸다.

“으앗, 사람이 전혀 없잖냐! 앗, 던컨!”

“오오, 세 분도 무사하셨구려.”

“시장 쪽은 아무렇지도 않답니다~. 이쪽도 아직 괜찮네요~.”

“어라, 카심 아저씨는요?”

아넷사가 주위를 둘러봤다. 던컨이 전투 도끼를 바닥에 짚어 기대섰다.

"카심 님과 이슈멜 님은 싸우러 가셨소. 본인은 벨그리프 님을 지키기 위해 남았지."

"벨 아저씨, 몸은 좀……. 아앗, 괜찮아요, 안 일어나셔도."

부스럭부스럭 일어나려고 하는 벨그리프를 말리고 아넷사가 수건을 물에 씻어서 다시 꾹 짰다. 벨그리프는 거하게 숨을 내쉬었다.

"미안하구나. 아직은 못 움직이겠군……."

"뭐야, 칠칠맞지 못하게. 나도 나간다. S랭크 마수라니 재미있겠어."

"우리는 어떻게 할까? 아네."

"으음……."

시선을 이리저리 헤매는 아넷사에게 벨그리프가 말을 건넸다.

"둘이서 같이 마리를 봐줄 수 있겠니? 도통 불안하니, 원……."

"아! 대체 왜 나를 걱정하는 거냐!"

마르그리트가 뺨을 볼록거리자 아넷사와 밀리엄은 쿡쿡 웃었다.

"알겠습니다. 가자, 얘들아."

"응. 안제도 바깥에 있을 텐데, 합류해야지……."

"거참, 지루하지 않아도 좋기는 한데 조금 피곤하네……."

세 사람이 빠른 걸음으로 나가자 다시 떠들썩한 소리가 먼 거리에서만 들려왔다.

벨그리프는 다시 몸을 누이고 눈을 감았다. 이런 때 움직이지 못하는 자신이 몹시 한심했다. 그러나 몸은 솔직하게 휴식을 바랄 뿐이다.

곧 졸음이 쏟아지면서 저 멀리 들리는 전투 소리가 단조로운 박자로 변화되었다. 벨그리프는 다시 잠 속에 빠져들었다.

○

바하무트가 반짝반짝 빛나는 물방울 같은 물체를 사방으로 흩뿌리자 누군가가「위험하다! 피해라!」라고 소리 질렀다.

안젤린은 즉시 몸을 비틀며 무시무시한 기세로 검을 휘둘러 물방울을 쳐냈다. 저절로 팔에 꽉 힘이 들어간다. 주먹만 한 크기의 투명한 물방울은 마치 강철처럼 단단했다. 안젤린도 베어 가르지는 못하는 것을 보아 상당한 마력이 담겨 있는 듯했다. 이곳저곳에서 정통으로 얻어맞은 듯한 사람의 비명이 들렸다.

어떻게든 물방울을 쳐낸 안젤린은 뒤쪽을 돌아봤다.

"루실, 괜찮아?"

"돈 워리."

루실은 수인답게 유연한 몸놀림으로 공격을 회피했다. 평소에는 이상한 느낌이지만, 역시나 고위 랭크의 모험가이다. 안젤린은 후유, 가슴을 쓸어내리고 하늘에 떠올라 있는 바하무트를 노려봤다. 이미 마법이며 화살에 의한 공격을 당했음에도 불구하고 하늘을 나는 거대한 고래는 유유자적 공기 중을 헤엄치고 있었다.

모종의 마력 장벽을 두르고 있는 듯 어중간한 공격은 통용이 되지 않는다. 하늘을 날아다니기 때문에 검사들은 손을 쓰지 못한 채 물방울로부터 마법사 및 사수를 지키는 것이 고작이었다.

"치사하잖아, 하늘을 나는 건……."

안젤린은 입속으로 투덜투덜 불만을 늘어놓은 뒤, 그럼에도 검을 고쳐 쥐었다.

바하무트는 천천히, 다만 확실하게 석조 건물의 방향으로 나아가고 있다.

벨그리프의 얼굴이 머릿속에 스치고 갔다. 아직 회복되지는 못했을 테지.

"……아빠는 내가 지키겠어."

결코 낙관할 만한 상황도 아니건마는 어째서인지 입가에는 미소마저 떠올랐다.

"장벽이 두껍다! 한 지점을 노려서 일제히 친다! 나를 따르라!"

누군가가 큰 목소리로 외치고 무엇인가 영창을 시작했다. 고개 돌리자 얼마 전 대화 나눴던 토야라는 젊은이가 검 끝으로 바하무트를 가리키고 있었다. 쩌렁쩌렁한 목소리다. 제각각이었던 모험가들의 움직임에 금세 체계가 갖춰졌다.

리더에 어울리는 성격이구나. 그런데 마법사가 검을 쓴다고? 안젤린이 감탄하는 한편 고개를 갸웃거리는 동안 주위의 마법사들이 일제히 대마법의 준비를 시작하고, 사수를 비롯하여 원거리 공격 수단을 가진 사람들이 무기를 겨누고 마법의 타이밍을 기다린다. 과연 백전 연마의 실력자들이다. 급박한 일제 공격에도 즉각 대응하고 있다.

당장에라도 공격을 날리려던 때, 바하무트의 입이 벌어졌다. 마치 땅속에서 울려 퍼지는 듯한 등줄기가 찌릿찌릿 떨리는 포효가 귀에 박혔다. 눈앞이 흔들거리는 기분이다.

사수들은 견디지 못하고 귀를 막았다. 집중시켰던 마력이 싹 지워지며 영창이 강제로 중단되었다. 저 목소리에는 마력을 안개처럼 흩어버리는 효과도 있는 듯하다. 마법사들을 얼굴을 일그러뜨리며 이를 악물었다.

"제길……."

"당황하지 마라! 아직 승기는 있다! 장벽도 무한하지는 않아! 같은 장소를 노려 공격한다!"

토야는 전혀 기죽지 않은 채 검을 휘둘러서 사기를 북돋았다. 다시 내리쏟아지는 물방울을 재빨리 피하며 모험가들은 바하무트의 아래에서 뛰어다녔다.

안젤린은 걸음을 내디디며 바하무트를 노려봤다. 그 어깨를 누군가가 두드렸다. 고개 돌리자 카심이 서 있었다.

"이 녀석, 저거 상대로 검사가 뭘 어쩌자는 거야. 그나저나 난처한데. 도착해서 곧장 저런 걸 상대하게 될 줄이야. 탕약을 달일 시간도 없잖아, 거참."

"카심 아저씨……."

"군소리 말고 물러나라. 응? 어라, 멍멍이 꼬마. 너도 있었어?"

"오랜만, 베이베. 카심 씨……. 어떡할 거야?"

"그을쎄다. 벨이 있었다면 괜찮은 작전을 짜줬을 텐데……. 뭐,

상당히 두꺼운 마력 코팅이 있는 거 같으니까 아까 젊은 녀석이 말했던 대로 한 지점에 집중해서 공격하는 게 좋지 않을까.”

“그래도 대마법 영창을 시작하면 마력을 지우는 포효, 그게 아니더라도 이 물방울 때문에 공격할 짬을 만들이고 어렵지 않나요?”

다른 누군가의 목소리가 들렸다. 돌아봤더니 아넷사가 있었다. 밀리엄과 마르그리트도 있다.

밀리엄이 「와아」 외치곤 달려왔다.

“루실이다! 오랜만이야~!”

“안녕, 미리 냥…. 아네도.”

“하하, 잘 지냈나 보네. 야쿠모 씨는……?”

“누구야? 난 모르는 녀석이잖냐. 소개 좀 해줘…… 으앗.”

마르그리트의 발치에 물방울이 푹 박혔다. 지면에 떨어지면 물방울은 방금 전까지의 단단함이 거짓말처럼 녹아버리기에 단순한 물이 되어서 지면에 퍼져 나간다.

카심이 중절모자를 붙들어 잡고 웃었다.

“아주 태평하구나, 너희는. 뭐, 얘기는 나중에 하자. 지금은 아무튼 간에 저놈을 어떻게 처리해야…….”

카심이 말을 꺼내던 때에 바하무트의 등 부근에서 무엇인가가 우글우글 나타났다. 작은, 그럼에도 어른만큼은 덩치가 큰 갖가지 물고기이다. 본래 물을 헤쳐야 할 지느러미는 공기를 헤쳐 나가고, 쫙 벌어진 입에서 날카로운 어금니가 보였다.

날아다니는 물고기들은 바하무트를 중심으로 위성처럼 빙빙 돌면서 불규칙적인 움직임으로 모험가들에게 들이닥쳤다. 내리쏟아지는 물방울에 이런 예상외의 강습이 더해지자 모험가들은 갈팡질팡했지만, 금세 태세를 갖춰 반격에 나섰다. 그러나 이대로 가면 바하무트를 직접 공격하기는 어림이 없다.

어금니를 훤히 드러내며 덤벼드는 물고기를 안젤린은 단칼에 베어 눕혔다. 그러나 그 뒤쪽에서 또 다른 물고기가 달려든다.

"숫자가…… 아얏!"

작은 물방울이 넓적다리를 때렸다. 자꾸 집중력이 떨어져서 안 되겠다. 아넷사도 활을 조준할 틈도 없는 모습이고, 밀리엄도 마력을 집중하기 전에 물고기가 물방울의 방해를 받는 처지다. 마르그리트는 별 위태로운 없이 싸우기는 하는데 바하무트에게는 손 쓸 방법이 없는 것 같았다.

이대로 가면 건물이 있는 지역까지 다다르는 것은 시간문제이다. 모험가들 또한 대해일이 시작되지도 않았는데 거점이 박살나는 사태는 용납할 수 없었는지 어떻게든 전진을 막기 위해서 애썼지만, 좀처럼 효과를 거두지 못했다.

악화 일로다. 안젤린은 입을 꽉 다물었다. 카심이 있는 방향을 돌아본다.

"카심 아저씨, 대마법 날릴 수 있겠어……?"

"날릴 순 있지만 말야, 다른 녀석들이 휘말리지 않게 적당히 조정하려면…… 1분은 걸리겠네. 뭐, 아까 전 포효가 없어야 하겠지만……."

말하다 말고 카심은 불현듯 의아하다는 표정을 짓고 뒤쪽을 돌아봤다. 안젤린도 무의식중에 등을 떨고 말았다. 기묘한 위압감이 덮쳐들었다.

자연스럽게 사람들이 좌우로 비켜서며 길이 만들어졌다.

그곳을 사자와 같은 남자가 느릿느릿한 발걸음으로 걸어왔다. 얼마 전 큰길에서 부딪혔던 남자다. 다만 저 위압감은 얼마 전 느꼈던 것과 비교도 되지 않는다. 강자, 더 정확하게는 마치 괴물과 맞닥뜨린 기분이었다. 아넷사, 밀리엄, 마르그리트 세 사람도 바짝 얼어붙어서 꼼짝을 못 하며 남자를 쳐다보고 있다.

남자는 안젤린이나 다른 사람들은 일별도 하지 않은 채 옆을 지나쳐서 바하무트가 있는 곳으로 다가갔다.

카심이 어리둥절하며 두 손을 축 늘어뜨렸다.

"……퍼시?"

"어? 어?"

안젤린은 당황하며 남자의 뒷모습을 바라봤다. 회녹색 머리카락이 사자의 갈기처럼 이리저리 삐쳐 나와 있었다.

루실이 옷소매를 잡아당겼다. 남자를 가리킨다.

"저 사람이『패왕검』아저씨야."

"거짓말……! 저 사람이?"

심장이 격렬하게 맥박을 쳤다. 저렇게 괴물 같은 사람이 아빠의 옛날 친구라고?

퍼시벌은 허리에 찬 검을 뽑았다. 그리고 세차게 발을 내디디더니 깨져 나가는 것이 아닌가 생각될 만큼 지면을 박차서 쏜살같은 기세로 뛰어올랐다. 덤벼드는 물고기의 머리를 짓밟고 재차 드높이 도약한다. 물고기들이 거듭 덤벼들었지만, 남자는 적을 발판으로 삼아 가면서 마치 하늘을 달려 다니는 모양새로 바하무트에게 접근한 뒤 유유자적 헤엄치고 있었던 용경의 배에 외날의 장검을 힘껏 찔러 넣었다.

바하무트가 포효했다. 마법을 지워 없애기 위한 공격의 포효가 아닌 고통의 목소리다. 모험가들이 웅성웅성 떠들었다.

"저, 저 자식……. 바하무트의 장벽을 뚫어버렸어!"

"기막힌 놈이라니까……. 저 거리면 마력 장벽에 너덜너덜해질 텐데……."

퍼시벌은 쿵 착지했다. 뺨과 이마에도 상처가 나 있지만, 전부 조그만 흔적일 뿐 전혀 힘들어하는 기색은 없다. 망토는 무엇인가 특수한 소재로 제작했는지, 아니면 마력 코팅이 있는 덕인지 조금도 흠집이 나지 않았다. 퍼시벌은 뺨에 흐르는 피를 손가락으로 훔친 뒤 또다시 검을 고쳐 쥐었다.

"하하…… 하하하! 인마, 퍼시!"

카심이 고함질렀다. 퍼시벌은 움찔 어깨를 움직이더니 얼굴만 뒤로 돌렸다.

"……누구냐?"

"뭐야, 날 잊어버린 거야? 박정한 녀석이라니까!"

퍼시벌은 잠시 의아하다는 표정을 짓고 카심을 뚫어져라 쳐다보다가 갑자기 경악하며 눈을 부릅떴다.

"……카심?"

"헤헤, 오랜만이다! 느긋하게 이야기하고 싶지만, 일단은 저기 저 방해꾼을 해치워버리자고!"

카심은 팔을 들어서 바하무트를 가리켰다. 마력이 소용돌이치며 카심의 긴 머리카락을 흔들었다. 퍼시벌은 당황한 모습으로 품에서 향주머니를 꺼내 입가에 가져갔다. 그러고는 검을 고쳐 쥐더니 바하무트를 올려다본다.

안젤린은 살짝 조마조마한 기분이었지만, 지금은 급한 문제가 따로 있었다. 마찬가지로 검을 쥐고는 앞으로 걸어 나아갔다. 퍼시벌의 옆쪽에 나란히 선다.

퍼시벌은 의아하다는 표정을 짓고 안젤린을 곁눈질로 봤다. 안젤린은 그 시선을 느끼면서도 애써 돌아보지 않고 바하무트만 노려봤다. 강자이기에 더더욱 겪은 적 없었던 아픔에 당황했을 테지. 바하무트는 포효하지도 않고 느릿하게 몸을 비틀어 대고 있었다. 물방울도 마력을 잃었는지 부드럽게 피부를 때릴 뿐이다.

"……똑같은 곳을 노리겠어."

"쿨럭……. 카심! 때려 박아라!"

퍼시벌이 고함질렀다. 뒤쪽에서 카심의 마법이 날아간다. 가늘고 예리하게, 방금 퍼시벌이 낸 상처에 직격했다. 바하무트가 고통스러워하며 몸을 비틀어 댄다.

퍼시벌이 뛰어올랐다.

뒤늦지 않게 안젤린도 쿵, 발을 내디뎠다. 지면을 박찬 뒤 날아드는 물고기의 머리며 등을 차면서 눈 깜짝할 틈에 공중으로 뛰어오른다.

안젤린은 검을 두 손으로 쥐고 칼끝을 바하무트에게 향한 채 뒤로 빼냈다.

어느 지점부터 마치 물속에 뛰어든 듯한 저항이 느껴졌다. 예리하고 짙은 밀도의 마력이 으득으득 피부에 닿아 옷이며 살갗을 흠집 냈다.

마법이나 화살의 위력을 경감시켰던 것이 이 마력이었나, 안젤린은 눈에 힘을 주었다. 그러나 이미 대미지를 받은 까닭인지 튕겨 나갈 정도는 아니다.

"하아아아아앗!!"

기합과 함께 검을 꿰찔렀다. 카심의 마법이 넓혀 둔 상처에 검이 수월하게 빨려 들어갔다. 칼끝에서 흘러넘치는 마력이 제 칼날의 길이 이상으로 바하무트를 꿰뚫어서 살점을 절단하고 내장을 쪼개 놓는다.

곁눈질로 봤는데 퍼시벌의 검도 바하무트에게 콱 박혀 있었다.

귀청이 찢어지는 듯한 포효가 물소리에 끊어지고 바하무트의 몸이 기울어졌다.

안젤린은 거꾸로 선 자세에서 바하무트의 몸을 걷어차 억지로 검을 빼낸 뒤 지면에 내려섰다. 와아, 환성이 터져 나온다. 그러나 안젤린은 눈에 힘주며 바하무트를 주시했다.

"아직이야……?"

바하무트는 비록 비틀거렸지만, 큰 지느러미를 펄럭이며 자세를 가다듬고 있다. 눈에 분노의 불길이 타오르고, 피가 뚝뚝 떨어지는 큰 입을 벌렸다. 마력이 응축되는 것이 느껴졌다.

토야가 소리쳤다.

"위험하다! 대마법이 온다! 방어 마법!"

마법사들이 퍼뜩 놀라며 마법 전개를 개시했다. 바하무트의 입에 마력이 굳어지면서 더욱 광채를 발한다.

그때 퍼시벌이 또다시 뛰어올랐다. 물고기들을 걷어차며 고도를 높이더니 금세 바하무트와 같은 높이로 올라서자마자 들입다 턱을 차올렸다. 입속에 모여 있었던 마력이 폭발하며 바하무트의 입이 갈기갈기 찢겨 나갔다.

백전 연마의 모험가들도 이번에는 어안이 벙벙하여 멍하니 하늘만 올려다볼 뿐 아무 반응을 하지 못했다.

"도대체 뭐냐……. 농담이지?"

"방금 상황에서 뛰어오르냐, 보통……."

불현듯 위쪽에서 목소리가 들렸다.

"위험합니다. 물러나주세요."

고개를 들어 올려다본다. 엘프 모린이 떠올라 있다. 은발이 마력의 분류에 휘날린다.

『힘은 하늘에 가득하니. 백색은 흑색, 흑색은 백색. 형태를 갖춰 별의 근본을 노래한다.』

모린이 치켜들고 있었던 두 손을 내리쳤다. 문득 하늘에서 나지막한 소리가 들리는가 싶더니 거대한 불덩어리가 떨어져서 바하무트의 등에 직격했다.

밀리엄이 모자를 붙들어 잡고 중얼거렸다.

“별 떨어뜨리기……. 굉장해…….”

마력의 별에 직격을 당한 바하무트는 단말마의 비명을 지른 뒤 급강하를 시작했다. 안젤린은 주위를 둘러보며 소리쳤다.

“떨어질 거야! 도망쳐!”

모험가들은 퍼뜩 정신을 차리고는 무기를 거둔 뒤 용경에게서 거리를 벌렸다.

바하무트는 큰 입으로 콸콸 한가득 피를 흘리며 마치 발버둥질하듯 지느러미를 애써 움직이다가 결국은 옆으로 기울어져 지면으로 떨어졌다. 땅울림이 일어났고 살짝 다리가 지면에서 떠오르는 것 같았다.

어마어마한 소리가 난 다음 침묵이 일순간, 곧 환성이 터져 나왔다.

안젤린은 안도하며 한껏 숨을 내쉬고는 뺨에 흐르는 피를 손가락으로 훔쳤다. 밀리엄이 다가오더니 안젤린에게 안겨 들었다.

“굉장해, 안제! 깜짝 놀랐어!”

“잠깐만, 미리. 피가 묻잖아…….”

안젤린은 얼굴을 피하면서 조심스럽게 퍼시벌의 위치를 찾았다.

퍼시벌은 조금 떨어진 곳에 서 있었다. 검을 납검한 뒤 묘하게 안절부절못하는 모습으로 손을 쥐었다가 폈다가 한다. 그리로 카심이 가까이 걸어가서 말을 건넸다. 잘은 안 들린다만, 무엇인가 이야기를 나누고 있다. 카심은 기뻐하는 얼굴이었지만, 퍼시벌은 당혹감이 먼저 앞서는 모습이었다. 오랜만의 재회인데도 웃는 시늉마저 안 한다.

까닭을 모를 불온한 예감을 느끼면서 안젤린은 입을 우물우물했다.

95 건물 바깥은 바하무트의

건물 바깥은 바하무트의 해체 때문에 야단법석이었다. S랭크 마수의 주검쯤 되면 뼈부터 살점, 힘줄, 어금니와 비늘, 거죽과 피, 기름 한 방울까지 전부 다 고가의 소재로 활용할 수 있다.

마수를 처치하는 데 크게 공헌한 인물들이 가장 큰 권리를 갖는다. 그것이 『대지의 배꼽』에서 통용되는 암묵적인 규칙이었지만, 안젤린은 해체를 아넷사와 다른 친구들에게 맡기고 곧장 건물 안쪽으로 돌아와버렸다. 바하무트의 소재 따위보다도 벨그리프의 안부가 더 신경 쓰여서였다.

게다가 더욱 안젤린을 불안하게 만든 요인은 퍼시벌이었다. 거리에서 부딪혔을 때, 그리고 방금 전 전투에 임했을 때, 안젤린이 저 남자에게 받은 인상은 두려움인지도 공포인지도 모를 어떠한 것이었다. 어느 쪽이든 간에 결코 좋은 인상은 못 된다.

벨그리프의 안부가 신경 쓰인다는 것은 구실이었는지도 모르겠다. 무작정 믿고 의지할 수 있는 아버지에게 기대어 이 불안감을 떨쳐 내고 싶었다.

돌바닥을 밟아 소리를 내며 나아가다가 구획을 짓는 천을 걷어 안으로 들어가자 벨그리프는 아직껏 누워 있었다. 옆에 던컨이 앉아 있다. 안젤린이 다가가자 던컨은 슬쩍 입가에 손가락을 세워 보였다.

"아주 푹 잠들어 계시외다……. 안색은 나쁘오만."

"……고마워, 던컨 씨."

안젤린은 벨그리프의 옆에 앉았다. 잠든 아버지의 얼굴이 왠지 여위어 보였다. 손을 쥐었는데 흥건히 땀에 젖어 있었다.

"……아빠."

퍼시벌 아저씨, 찾았어. 말이 목구멍까지 나왔지만 도로 다물었다.

그토록 벨그리프가 바라 마지않았던 퍼시벌과의 재회가 어쩐지 무서워졌다. 안 만나도 괜찮은 것이 아닐까 하는 생각마저 들었다. 그러나 자신이 가타부타 말할 입장은 아닌 듯하여 결국 아무런 말도 꺼내지 못했다.

안젤린은 커다랗게 숨을 들이마시고 던컨을 돌아봤다.

"상태가, 많이 안 좋아……?"

"좋다는 말을 못 하겠구려. 생명에 딱히 지장은 없다 여겨지오만……. 본인도 의사는 아닌지라 확언은 못 하겠군."

던컨은 면구스러워하며 머리를 긁적였다. 안젤린은 눈을 내리뜨며 고개를 가로젓고는 숨을 내쉬었다.

뚜벅뚜벅 바닥을 밟는 소리가 점점 가까워졌다. 벌써 건물에 사람들이 돌아와서 주변으로 묘하게 어수선한 분위기가 들어찼는데도 저 발소리는 이상하게 똑똑히 들을 수 있었다.

구획용 천이 걷혀 올라갔다. 퍼뜩 놀라서 얼굴을 들어 올리자 카심이 함께 데려온 퍼시벌의 얼굴이 보였다.

"어라, 벨……. 자는 거야?"

"응……."

안젤린은 머뭇머뭇 퍼시벌을 올려다봤다. 이리저리 삐쳐 나가는 갈기 비슷한 머리카락, 미간에 화난 사람처럼 새겨진 깊은 주름, 예리하게 꿰뚫는 듯한 시선. 벨그리프에게 이야기로 듣던 과거의 쾌활한 소년이 지녔을 법한 면모를 적어도 안젤린은 찾아낼 수 없었다.

퍼시벌은 입을 꽉 다문 채 누워 있는 벨그리프를 주시했다. 그 눈에는 기쁨보다도 슬픔의 빛이 더 강했다.

카심이 애매한 표정으로 슬쩍 웃었다.

"맞지? 벨이지? 좀 늙었지만……. 거야 우리도 마찬가지고."

"……그래."

퍼시벌은 가슴을 부여잡았다. 몹시 괴로워하는 표정이었다. 그리고 안젤린에게 시선을 옮긴다. 안젤린은 덜컥 놀라며 살짝 몸을 움직거렸다.

"……그런가. 네가, 벨의 딸인가."

"아…… 으……."

비록 고개는 끄덕였다지만, 말이 나오지 않아 안젤린은 머리 숙였다.

문득 벨그리프가 신음하며 몸을 비틀었다. 오른쪽의 의족이 바닥을 치며 메마른 소리를 냈다. 무엇인가 말을 꺼내려다가 퍼시벌은 의족을 뚫어져라 쳐다볼 뿐 도로 다물어버렸다.

카심이 난처해하며 수염을 비비 꼬더니 안젤린을 돌아봤다.

"안제, 던컨. 미안하다. 잠깐 나가서 기다려줄래?"

"으, 응……."

안젤린은 일순간 망설였지만 고개를 끄덕이고 일어섰다. 바깥에 나가려다가 문득 멈춰 선다.

"저기……. 퍼시 아저씨."

퍼시벌이 묵묵히 안젤린을 돌아봤다.

"……미안, 아무것도 아니야."

안젤린은 휙, 빠른 걸음으로 구획의 천을 걷었다.

창밖은 이미 해가 다 떨어졌고, 다만 바하무트의 해체가 끝나지 않은 듯 아직껏 왁자지껄 소란스러운 데다가 사람들 나다니는 기척이 느껴졌다. 눈 아래의 어둠 안쪽에서 횃불과 램프 및 황휘석의 빛이 끊임없이 오가고, 저쪽 건너편에서 차근차근 해체되어 가는 바하무트의 거체가 빛 마법에 비추이고 있었다.

던컨이 안젤린의 어깨를 토닥여줬다.

"무얼, 걱정하지 마시게, 안제 양. 조금 더 휴식하면 벨 님의 몸 상태도 좋아질 게요. 게다가 줄곧 찾아다녔던 친우분도 함께 계시지 않소?"

"응……."

안젤린은 고개를 끄덕거렸다. 그렇긴 한데, 말을 꺼내려다가 도로 다물었다.

구획의 건너편에서는 아무 말소리도 들리지 않는다. 딱히 의도한 것이 아니었는데도 귀를 기울이게 되던 때에 누군가가 빠른 걸음으로 다가오는 기척이 느껴졌다.

"와, 여기, 여기 있었네! 드디어 찾았다!"

고개 돌리자 토야가 숨을 헐떡이며 다가오고 있었다. 뺨이 붉게 물들어서 몹시 흥분한 듯 보였다.

"굉장하더라! 안젤린 씨? 맞지? 아까 깜짝 놀랐어! 진짜!"

"어, 으, 으응……."

토야는 안젤린의 손을 쥐더니 휙휙 흔들었다. 안젤린은 살짝 당황해서 다만 실례가 되지 않을 정도로 인사했다. 토야는 그런 인사치레는 별로 개의치 않고 생긋 웃었다.

"이야, 『대지의 배꼽』은 처음 왔는데 말이야……. 상상 이상이더라! 나도 실력에는 자신이 있었는데 한참 멀었더라고……. 그 사자 같은 사람은 같은 파티의 멤버야?"

안젤린은 흠칫 놀라며 힐끔 곁눈질로 구획의 방향을 봤다. 여전히 조용하다. 그러나 무엇인가 작게 이야기 소리가 들리는 것도 같았다.

던컨이 의아하다는 표정을 짓고 턱수염을 쓸어 만졌다.

"안제 양, 아는 분이시오?"

"어, 아, 아니……."

"응? 아하, 안젤린 씨의 동료분이군요? 처음 뵙겠습니다, 토야예요."

"오, 이리 정중하게. 본인은 던컨이라 하오."

공손하게 서로 머리를 숙이는 두 사람을 보고 안젤린은 어쩐지 긴장이 풀리는 기분이 들어 벽에 기대섰다. 창밖을 보면 바하무트의 주검은 또 얼마 전보다 작아진 듯 보였다. 과연 숙련된 모험가가 모인 곳이라 해체 작업도 익숙한 사람이 꽤 많은 듯싶다.

아넷사와 다른 친구들에게 맡기고 와버렸다만, 제법 힘든 일거리가 아니었을까 생각이 든다.

저토록 큰 마수인 만큼 소재도 잔뜩 얻을 수 있을 것이다. 그러나 전부를 다 들고 오기는 도저히 불가능한데다가 하나하나가 커다랗다. 짐수레를 끌어서 오갈 수 있는 장소도 아니니까 소재의 취합 선택도 큰일이겠다. 이곳의 모험가들은 얻은 소재를 어떻게 들고 돌아가는 것일까 궁금해진다.

그때 무엇인가 떠들썩한 이야기 소리가 들렸다. 고개 돌리자 마르그리트와 모린이 깔깔 웃으면서 나란히 걸어오고 있는 참이었다.

"아하하하핫, 아뇨, 그때는 말이에요, 도중에 제가 방문했던 탓에 이야기가 중단되어서, 그래서 마르그리트 님은 꽤 많이 언짢아하셨거든요. 제가 퍽퍽 얻어맞았다니까요?"

"엥, 진짜야? 난 전혀 기억이 안 나는데."

"후후, 그나저나 그 꼬마 아가씨가 이렇게 훌쩍 자랐다는 게 정말 놀라워요."

"난 전혀 기억이 안 나지만 말이다! 그래도 큰숙부는 바뀐 게 없구나. 오, 안제. 뭐하는 거냐, 왜 멍하니 서 있어. 벨은 상태가 좀 어때?"

"어머, 토야까지 여기 있네요? 어휴, 자꾸 사라진다니까요. 아, 바하무트 꼬치구이, 먹을래요? 맛있답니다?"

안젤린은 눈을 깜빡깜빡하며 두 사람을 번갈아 쳐다봤다. 토야도 어리둥절하는 모습이다.

"엘프……. 모린이 아닌 엘프는 처음으로 봤어……."

"……아는 사람이야? 마리."

"아는 사람이랄까, 내가 아직 꼬마였던 시절에 이 녀석이 큰숙부의 집에 온 적이 있었다나 봐. 난 기억이 안 나는데, 용케 기억하는구나."

"그야 그라함 님의 질손이라고 말씀하셨잖아요? 게다가 서쪽 숲 씨족의 공주님이라면 물론 기억을 하죠. 뭐, 그라함 님은 손님도 많은 분이라 저 같은 사람을 일일이 기억해주지는 않으시겠지만요."

엘프 두 사람은 쿡쿡 웃었다. 북쪽 끝자락의 엘프령과 멀리 떨어져 있는 남쪽 땅에서 동족이라는 공통점은 거리를 좁히는 데 충분한가 보다.

마르그리트와 모린처럼, 자신과 루실처럼 재회란 이런 분위기로 함께 기뻐할 수 있어야 되는 아닌가. 안젤린은 어쩐지 먹먹한 기분에 휩싸였다.

어쨌든 간에 이미 퍼시벌은 이곳까지 왔다. 그리고 벨그리프의 앞에 서 있다. 이제 와서 자신이 어떻게 할 수는 없었다.

게다가 아빠라면 괜찮아. 분명 괜찮을 거야. 안젤린은 자기 자신을 타이르듯이 마음속으로 중얼거린 뒤 얼굴을 들어 올렸다.

"아네랑 미리는?"

"뭔가 다른 녀석들이랑 얘기를 붙이더라. 소재가 너무 많아서 적당히 팔아 치우려나 봐."

그러는 편이 좋겠다. 딱히 자신들은 한몫 잡겠다는 기대를 갖고 이곳에 온 것이 아니었다.

모린이 꼬치구이를 가득 베어 물면서 신기하다는 듯이 고개를 갸웃거렸다.

"안젤린 씨, 맞나요? 뭔가 침울한 분위기네요. 대활약을 했는데."

"아, 아뇨, 그게……."

안젤린은 입을 우물우물했다. 마르그리트가 입술을 삐죽이며 어깨를 콕콕 질렀다.

"뭐냐, 네가 매가리 없게 굴면 분위기가 이상해지잖냐."

"응, 미안……. 루실은 어디에 갔어?"

"그 강아지 수인 말이냐? 뭔가 동료라는 녀석이 와서 끌고 가더라. 그 녀석들이랑 아는 사이지? 나한테도 소개 좀 해달라고."

"응……. 그래야지. 아마 또 만날 테니까, 그때……."

마르그리트의 평소와 같이 기운찬 모습에서 안젤린은 어쩐지 안심이 되는 느낌을 받을 수 있었다. 다만 마르그리트도 퍼시벌을 가까운 곳에서 같이 봤다. 바짝 얼어붙어서 꼼짝을 못 하며 서 있던 모습이었다. 이 아이는 퍼시벌에게 어떤 인상을 받았을까.

안젤린이 까닭을 모를 답답한 기분에 고민하던 때 칸막이 천의 너머에서 누군가가 기침하는 소리가 들려왔다.

○

잠든 벨그리프의 옆에 카심과 퍼시벌이 앉아 있었다.

"……넌 이제껏 어디에 있었던 거냐."

"여기저기 막 돌아다녔어. 제도에 있던 시간이 가장 길었지만 말이야. ……너는 여기서 오래 지냈나 봐?"

"……헤아리진 않았다. 다만 길었나 묻는다면 꽤 길었지 싶군."

"그랬구나……. 음, 많이 힘들었지?"

"내가 힘들어 봐야 얼마나 힘들었겠나."

퍼시벌은 얼굴을 찌푸린 채 입가로 손을 가져가며 기침했다.

"쿨럭……. 그런데…… 어째서, 이제 와서……."

"……이런저런 우연이 겹친 이유도 있었는데 말이야. 그래도 덕분에 이곳을 알 수 있었던 셈이지."

"……겨우 그것 때문에 온 건가."

"가장 큰 이유는 맞아. 뭐, 필요한 소재도 있긴 했지만, 겸사겸사고."

"……쿨럭, 쿨럭."

퍼시벌은 또 기침을 터뜨렸다. 커다랗게 숨을 내쉬고 입을 다문다. 카심은 안절부절못하며 말을 이어 나갔다.

"이봐, 퍼시. 넌 아직 자신을 용서하지 못한 것 같은데 말이야.

벨은 분명히 널 이미 용서했거든? 이상하게 고집부려도 아무 소용이 없다니까."

"용서, 용서라."

퍼시벌은 묘하게 자조하며 웃었다.

"그딴 것, 대체 누구에게 의미가 있나."

"퍼시?"

"……구하러 온 소재라는 게 뭐냐."

"엉……? 아, 분명히, 아 바오 아 쿠라는 마수의 마력 결정을……."

"그놈인가."

그렇게 말한 뒤 퍼시벌은 일어섰다.

"이, 이봐, 퍼시."

카심이 무엇인가 말을 꺼내려던 때 벨그리프가 신음하며 희미하게 눈을 떴다. 퍼시벌이 움찔 놀라며 표정을 굳히더니 망토 자락으로 입가를 가렸다. 카심이 중절모를 고쳐서 쓴다.

"벨, 상태는 좀 어때?"

"카심……. 아니, 묘하게 춥군……. 아무리 그래도……."

벨그리프는 몸을 일으키려고 했지만, 아무래도 몸이 잘 안 움직여지는 듯 잠깐 움찔거리기만 하고 멈췄다.

퍼시벌이 몹시 사나운 표정으로 손을 뻗어서 벨그리프의 이마에 가져다 댔다. 벨그리프는 몽롱한 얼굴이나마 살짝 놀라며 퍼시벌을 바라봤다.

"자네는……?"

"……되었다, 자라."

퍼시벌은 몸을 일으키려는 벨그리프를 제지한 뒤 난폭한 몸동작으로 구획의 천을 젖히고 빠른 걸음으로 떠나갔다.

벨그리프는 눈을 깜빡거리면서 카심을 돌아봤다.

"저 사람…… 뭔가 그리운 느낌이……."

"헤헤……. 못 알아본 거야? 뭐, 서로 늙기는 했지."

"뭐……? 아니, 설마."

"잠깐 쫓아가보고 올게. 무슨 생각이야, 저 자식."

카심은 일어서서 구획 너머로 나갔다. 안젤린과 다른 사람들이 어리둥절한 표정을 짓고 서 있었다.

"카심 아저씨……."

"안제, 벨을 부탁하마. 상태가 많이 안 좋은가 봐."

그렇게 말한 뒤 카심은 방향을 가늠하고 달려 나갔다. 안젤린은 허둥지둥 구획의 안쪽으로 발을 들였다.

"아빠!"

"끄응……. 아, 안제야."

벨그리프는 일어서기 위해서 몸을 움직이려다가 다리에 힘이 들어가지 않는지 포기하고 상체만 겨우 일으켰다. 안젤린은 주뼛주뼛 옆쪽으로 몸을 구부려서 벨그리프의 이마에 손을 가져갔다.

"열이 심하네, 아빠. 더 자야겠어……."

"……한심하구나."

벨그리프는 다시 잠자리에 누워 눈을 감았다.

"안제……. 아까 카심과 같이 있었던 남자는……."

안젤린은 흠칫 놀라면서도 굳이 숨길 이야기는 아니라는 생각이 들어 입을 열었다.

"응……. 퍼시 아저씨, 맞아……."

"역시 맞았나."

벨그리프는 거하게 숨을 내쉬었다. 어쩐지 안심하는 듯한 표정이었다.

"거참, 얼굴은 왜 이리 찌푸리고 다니나……. 고지식한 녀석이라니까."

"아빠……."

"저기요, 혹시 필요하시면 영약을 좀 나눠 드릴까요?"

뒤쪽에서 목소리가 들리는지라 안젤린이 움찔하며 고개 돌리자 모린이 서 있었다. 꼬치구이를 입에 물고 있다. 벨그리프는 의아해하며 눈을 가늘게 떴다.

"누구십니까?"

"모린이에요, 잘 부탁해요. 곧 대해일이잖아요, 몸이 안 좋으면 힘들겠죠?"

벨그리프는 잠시 생각에 잠긴 모습이었다가 곧 미소 지었다.

"면목 없군요……. 부디 감사히 도움을 받아도 되겠습니까?"

"물론이에요. 이곳에선 함께 싸워야 할 동료인걸요. 그렇죠? 토야."

"응. 그나저나 굉장하네. 부모 자식이 같이 모험가라니……."

뒤쪽에서 보고 있었는지 토야가 감탄하며 말하더니 다음은 문득 기둥에 세워 놓은 대검을 보고 숨을 죽였다.

"와아……. 저 검은 도대체 뭐야."

"으음, 영약, 영약……. 어디에 넣어 뒀더라."

모린은 등에 메고 있었던 짐을 내리고 주섬주섬 뒤적거리기 시작했다.

그때 또 건물 바깥이 소란스러워졌다. 또 『구덩이』에서 다른 마수가 기어 나왔나 보다. 뒤쪽 방향에 있던 마르그리트가 창밖을 내다본 뒤 곧바로 입을 열었다.

"또 튀어나왔나 보다. 안제, 어떡할래?"

"……아빠 옆에 있어줄 거야."

"좋아, 알았다. 잘 지켜줘라. 난 나갔다 온다."

"그럼 이번에는 본인도 다녀오리다. 이슈멜 님도 걱정이니 말이오."

던컨은 전투 도끼를 둘러메고 마르그리트와 함께 달려 나갔다. 토야가 난처해하며 이리저리 시선을 헤맨다.

"모린, 어떡할 거야. 다들 가버렸는데?"

"잠깐만 기다려주세요. 으음……. 어라라, 이상하네?"

모린이 이것저것 도구를 꺼내서 늘어놓는데 정작 영약은 나오지 않는다. 믿음직한 사람인지 아닌지 헷갈린다. 이런 상황인데도 안젤린은 무심코 웃고 말았다. 벨그리프는 다시 자리에 누워 조용히 눈을 감고 있었다만, 문득 입을 열었다.

"안제."

"불렀어? 아빠."

“……너는 퍼시를 보고 어떻게 생각했니?”

흠칫했다. 솔직히 지금 시점에서는 무섭다는 인상밖에 받지 못했다. 마르그리트에게 물어봐서 들은 대답도 대강 비슷한 내용이었다. 섣불리 건드렸다간 베여서 찢겨 나갈 것 같다는 생각부터 들었다.

말을 잇지 못한 채 입만 우물우물하는 안젤린을 보고 벨그리프는 전부 알아차렸는지 쓴웃음을 지었다.

“원래 말이다, 무척이나 밝고 기운찬 녀석이었단다…….”

“……만나고 싶어?”

“그래. 그래서 여기까지 오지 않았니. 빨리 회복해야 할 텐데……. 미안하구나. 한심한 아버지라서.”

벨그리프는 미소 짓고는 안젤린의 어깨를 토닥였다. 그리고 다시 눈을 감더니 곧 조용하게 새근새근 숨소리를 내기 시작했다.

줄곧 아버지의 손을 붙들고 있었던 안젤린은 벨그리프가 잠에 빠져드는 모습을 보고 입을 꾹 다문 채 일어섰다. 고개 돌려서 아직껏 짐을 뒤적거리고 있는 모린과 토야를 봤다.

“저기, 이런 부탁을 하는 것도 이상하지만, 아빠를 잠깐만 부탁해도 될까? 될까요?”

“응, 괜찮아요. 그나저나 영약이……. 아직 분명히 잔뜩 남아 있었는데.”

“안젤린 씨, 어디 다녀오려고?”

“……아빠 친구를 데려올 거야.”

안젤린은 두 사람의 옆을 지나쳐서 달음박질쳤다.

ㅇ

소리가 사라진 것 같았다. 목을 꽉 조여들어서 뭔가 외치고 싶은데도 소리가 안 나온다.

오른쪽 다리 끝부분이 타오르는 것 같았다. 아픔이라는 말로 표현할 수 있는 수준이 도저히 아니었다. 시뻘겋게 달군 바이스로 다리를 짓누르는 것 같았다.

이상하게 꾸물꾸물 비틀려 있던 주위의 풍경에 뚜렷해지는가 싶더니 목구멍 안쪽에서 격한 비명이 귀청을 뚫을 기세로 쏟아졌다.

"—아아아아아아아아아아아아아아아아아아아아아!!"

무릎 아래다. 두 손으로 꽉 쥐어 부여잡는다.

미적지근한 액체가 손바닥에 지저분하게 묻어나는 느낌이 났다. 몹시 찐득찐득하고 피부에 달라붙는 감촉이다.

젖은 바지의 끝이 다리에 찰싹 들러붙었다.

타오르는 듯이 뜨거운데도 찌르는 듯이 싸늘하고 호흡은 거칠어졌다.

"어, 아……. 뭐, 뭐야……."

엘프 소녀가 멍하니 정신을 못 차리고 털썩 무릎 꿇었다.

"다, 다, 다…… 다리가……."

갈색 머리카락 소년이 떨리는 목소리로 말했다.

"커흑……. 헉…… 허억……."

목이 거의 다 쉬어서야 비명이 멎었다. 적발 소년은 가슴이 막히는지 헉헉 가쁘게 호흡을 반복하고 있었다.

바닥에 똑바로 쓰러져 있는 상태다. 방금 전까지 분명 동굴에 있었는데도 구름이 드리워진 하늘이 보인다. 햇빛은 미약하다. 그림자도 엷다.

천장이 없다. 그렇다면 던전의 바깥일 테지. 탈출 스크롤의 사용은 늦지 않았다. 온몸에 비지땀이 배어나는데도 등줄기가 이상하게 서늘하다. 단지 오른쪽 다리만은 타오르는 것 같았다.

"다들, 무사…… 하지……?"

소년은 얼굴과 눈만 움직여서 주위를 확인했다.

울먹이는 갈색 머리카락의 소년, 얼굴이 창백하게 질린 엘프 소녀, 그리고 망연자실하여 엉덩방아를 찧은 채 움직이지 못하고 있는 회녹색 머리카락의 소년, 모두 다 있다. 적발 소년은 아픔에 얼굴을 일그러뜨리면서도 가슴을 쓸어내렸다.

"다행이다……."

"우, 우리는……. 그런데, 그런데……"

"나…… 내, 내…… 다리는 어떻…… 어떻게, 됐어……?"

"아, 아으……"

갈색 머리카락의 소년은 말이 막혀서 입을 다물었다.

"지혈해야지!"

퍼뜩 깨달은 엘프 소녀가 달려왔다. 가느다란 줄을 꺼내서 소년의 무릎 아래를 꽉 묶어 조인다. 아아, 저기부터 아래인가. 묘하게 침착해진 적발 소년의 눈동자에 엘프 소녀의 울먹이는 얼굴이 비쳤다.

"춥지는 않아?!"

"……추워……. 이상하네……."

"으으……. 피가 이렇게 많이……. 싫어, 이런 거……. 부탁이야, 죽지 마……."

엘프 소녀는 눈에서 눈물을 뚝뚝 흘리며 아직껏 피가 멎지 않는 상처 부위를 안간힘으로 꽉 붙잡아 지혈하고 있다.

"괜찮아……. 어깨만…… 잠깐 빌려주면……."

안심시켜주기 위해서 적발 소년은 일어서고자 했다. 그러나 다리에 힘이 안 들어간다.

이상한데. 이렇게 될 리가 없는데. 아, 맞다. 오른쪽 다리를 좀 다쳤던가. 다 나으려면 얼마나 시간이 걸리려나. 그동안 다른 동료들에게 폐를 끼치겠군.

자기 이름을 부르는 목소리가 들렸다. 비틀비틀하는 발걸음으로 회녹색 머리카락의 소년이 걸어왔다.

"어째서…… 어째서……."

"……다행이다. ……무사하구나."

"……크! 어째서……!"

회녹색 머리카락의 소년은 무엇인가 말하려고 입을 열었다. 그러나 불현듯 괴로워하며 기침을 연신 터뜨리더니 가슴께를 부여잡았다. 애처롭게 기침하며 무릎 꿇는다.

"쿨럭! 큭…… 쿨럭, 쿨럭! 제기랄, 이런 때……. 제기랄!! 멈춰……. 쿨럭, 쿨럭……. 멈추라고!! 커흑, 쿨럭!"

소년은 품에서 향주머니를 꺼내 입가로 바싹 가져갔다. 평소에는 금세 효과가 나타났는데 좀처럼 듣질 않는다. 짜증스럽게 가슴을 주먹으로 거듭거듭 후려갈긴다.

아무것도 우스울 것이 없는데 적발 소년은 무심코 웃어버렸다.

점점 눈꺼풀이 무거워지며 몸의 감각이 엷어지는데도 다리 끝 부분만이 몹시 뜨거웠다.

○

카심이 퍼시벌을 따라잡았을 때는 『구덩이』 주변에서 이미 전투가 벌어져 있었다. 그 사이를 누비며 퍼시벌은 망설임 없는 발걸음으로 나아간다.

껄끔껄끔한 갑각을 가진 큰 게가 두껍고 날카로운 다리로 지면을 밟아 울리면서 들이닥쳤다. 등딱지에는 해골 비슷한 소름 끼치는 문양이 들어가 있다. 그것을 한가운데부터 퍼시벌이 두 동강이 냈다.

"퍼시! 인마!"

뒤쪽에서 쫓아온 카심이 가까운 곳의 게를 마법으로 날려버렸다.

"뭘 어쩌려는 거야. 어디 가려는 건데."

"마력 결정을 구해 오겠다."

퍼시벌은 짧게 말한 뒤 재차 게를 베어버렸다. 카심은 어이없어하며 중절모자를 고쳐서 썼다.

“이 친구야……. 속죄라도 할 셈이야? 그런 짓 안 해도 벨은 화내지 않는다니까. 말했잖아, 여기에 올 만큼 검 실력도 좋아졌어. 네가 가슴앓이할 이유는 아무것도 없다고.”

“용서를 청하려는 게 아니다……. 난 벨과 만날 자격도 없는 놈이지. 필요한 물건은 구해줄 테니 돌아가라.”

“이, 이 녀석아.”

퍼시벌은 이상하게 달관한 표정을 짓고 슬며시 웃었다.

“……딸까지 낳아서, 잘 지내나 보군. 그러면 충분하지. 이제 와서 나 따위가 무얼 어쩌든 상관없잖나.”

“그런 게 아니라니까! 나는 벨이 괴로워하는 모습도 네가 괴로워하는 모습도 보고 싶지 않아! 난 허물없이 재회할 수 있었어. 너도 무거운 부담감은 슬슬 내려놓으라고!”

“……벨이 다리를 잃은 게 너 때문은 아니었으니까.”

카심은 얼어붙어서 제자리에 멈춰 섰다. 퍼시벌은 향주머니를 입가에 바짝 가져다 대며 카심을 돌아봤다.

“방금 녀석의 사라진 다리를 봤을 때……. 역시 안 되겠다는 생각이 들더군. 그때 본 광경, 코를 찌르는 피 냄새, 가쁜 숨소리……. 전부 떠올랐다. 난 결국 무엇 하나도 청산하지 못했던 거야.”

퍼시벌은 중얼거리면서 검을 휘둘러 칼날에 묻은 마수의 파편을 떨쳐 냈다.

“일찌감치 죽는 게 나았을 텐데. 그런데, 무서웠다. 주둥이만 몇 번이고 차라리 죽잔 소리를 지껄이다가 끝내……. 광대가 따로 없지. 친구의 미래를 빼앗은 놈이 자기는 목숨을 아까워하다니……. 나는 비겁한 놈이다."

"아니라니까……. 애당초 벨은 미래를 잃지 않았어. 그래, 너 안제랑 이야기는 나눠봤나? 아까도 같이 싸웠잖아? 벨의 딸 말이야. 진짜 착한 아이거든? 벨은 혼자서도 열심히 살았어. 넌 대체 언제까지 도망칠 작정이냐."

"……그게 전부가 아니다. 나는, 아까 벨과 만났을 때도……."

말하던 중에 퍼시벌에게 마수가 발톱을 치켜들며 덤벼들었다. 퍼시벌은 아무렇지도 않게 적을 양단한 뒤 『구덩이』를 향해 도약했다. 망토를 펄럭거리며 곧장 어둠 속으로 떨어져 간다.

카심이 경악해서 눈을 크게 뜨고는 『구덩이』의 가장자리 가까이 달려갔다.

"퍼시!"

대답은 없다.

카심은 일순간 망설이다가 곧 뒤를 따르기 위해 다리에 힘을 넣었다.

다만 카심이 뛰어들기보다 빨리 뒤쪽에서 온 인영이 먼저 추월하여 『구덩이』로 몸을 던졌다. 놀란 카심이 다리를 멈춘 동시에 후덥지근한 밤바람에 세 가닥으로 땋은 긴 흑발이 나부끼며 어두운 구덩이 안쪽으로 떨어져 갔다.

96 숲속을 지나 불어오는 바람의

숲속을 지나 불어오는 바람의 냄새가 느껴지는가 싶더니 몸이 불현듯 가벼워졌다. 청량한 바람이 심장부터 손가락 끝까지 쭉 훑어 지나가는 상쾌함이었다.

살짝 눈 뜨자 세월의 흔적이 꽤 묻어나는 석조 천장이 보였다. 검댕에 거뭇하게 물든 부분도 있다. 몸을 움직거리자 얇은 여행용 침구 너머로 울퉁불퉁 딱딱한 돌의 감촉이 느껴졌다.

“어머, 일어나셨어요?”

목소리가 들린 방향으로 고개 돌리자 엘프 여인이 앉아 있었다.

모닥불에 걸어 둔 냄비에서 무엇인가가 끓고 있는 듯 식욕을 자극한 좋은 냄새가 났다.

벨그리프는 머리를 긁적이고 손바닥으로 가볍게 관자놀이를 때려 의식을 각성시켰다.

“성함이 분명…… 모린 씨?”

“네, 모린이랍니다. 다행이에요, 영약이 잘 들었나 봐요.”

모린은 익살 부리며 웃고는 냄비 안에서 무엇인가 큰 건더기를 집어 접시에 올려놓았다. 그리고 벨그리프에게 내민다.

김을 피워 올리는 것은 팔뚝 정도의 두께에 섬유가 뒤얽힌 듯한 외양에다가 군데군데 선명한 붉은색이 감도는 이상한 물체였다. 바다의 냄새가 난다.

"괴물 게 소금물 데침이에요. 맛있어요."

"아, 이렇게 고마울 데가……. 영약이라면, 설마 엘프의?"

"뭐, 제가 직접 만들었으니까 엘프의 영약이 맞긴 맞겠네요."

모린은 쿡쿡 웃고는 본인도 게의 살점을 가득 베어 물었다.

"우물우물……. 본토산만큼 효과가 뛰어나지는 않아도요, 외국산보다는 아마 잘 들을 거예요."

"면목 없군요, 귀중한 약을……. 덕분에 많이 나아졌습니다. 감사합니다."

"아녜요, 어려울 땐 서로 도와야죠. 게다가 영약은 잔뜩 있거든요. 다만 평소엔 전혀 안 써서 나눠 가지고 다니던 걸 까먹고……. 정말 맛있네요, 이거."

그렇게 말하고는 모린은 또 냄비에서 게 살점을 꺼내다가 냠냠 소리를 내며 입안 한가득 집어넣었다.

뭔가 종잡을 수가 없는 성격이군, 벨그리프는 쓴웃음을 지었다. 기억 속 엘프 소녀도 저런 분위기였던 것 같다. 타인에게 좌우되지 않는 탈속한 기풍이 엘프에게는 드물지 않은 특징이려나. 문득 저러한 생각이 든다.

어쨌든 간에 온전한 몸 상태는 아니더라도 나른함이나 열은 대부분 가셨다. 살짝 남아 있는 권태감은 딱딱한 바닥에서 잠들었던 까닭일 테지.

"마수는 아직 나타나고 있습니까?"

"아까 올라왔던 건 격퇴했을 거예요. 이게 수확물이거든요."

모린은 게의 살점을 가리켰다.

"그런데 벌써 대해일이 시작된 걸까요? 벌써 다음 마수의 기척이 느껴진다며 다들 『구덩이』 주변에서 준비하고 있거든요. 아직 만월은 아닌데 말이에요."

"흠."

벨그리프는 턱수염을 쓸어 만졌다. 그러면 함께 온 다른 동료들도 모린의 일행이라 짐작되는 소년도 바깥에 있겠군. 모린 혼자서 굳이 이곳에 남아줬다는 것이 고마운 한편 면구스럽다는 기분이었다.

"미안합니다, 폐를……."

"에이, 아녜요. 때마침 좋은 휴식 시간이었고요, 딱히 저는 싸우는 걸 좋아하는 사람이 아니거든요. 그나저나 대단하시네요. 이런저런 사람을 만나봤는데 부모 자식끼리 모험가로 활동하는 사람은 처음 만났는지도 모르겠어요. 냠냠."

"아뇨, 저는 모험가가 아닙니다만……."

"어머? 그러셨어요? 마르그리트 님의 이야기로는 분명히 『팔라딘』 그라함 님에게 가르침을 받았다던데요. 저 검도 그라함 님의 성검이잖아요? ……우물."

모린은 게 살점을 가득 베어 물면서 기둥에 세워 둔 성검을 쳐다봤다.

"그 말씀이 맞긴 합니다만……. 음, 뭐라 설명을 드려야 할지."

벨그리프는 머리를 긁적이며 주위를 둘러봤다. 모린 이외에는 아무도 없다. 안젤린은 어디에 갔을까 생각이 든다. 그리고 퍼시벌은…….

그렇게 생각하던 때 구획용 천을 펄러덕 젖히며 검은 머리카락이 훽 나타났다.

"실례하지."

"오, 야쿠모 씨."

흑발을 묶고 무릉의 복장으로 갖추어 입은 야쿠모는 히죽 웃고는 안쪽으로 발을 들여놓았다. 그 뒤쪽에서 루실도 얼굴을 쏙 내밀었다.

"오랜만, 베이베. 벨 씨."

"몸 상태가 안 좋다는 말을 들었는데, 지금은 별 걱정이 없어 보이는군……. 후후, 꽤 오랜만에 뵙는구려, 벨 씨."

"두 분도 다행히 건강하게 지내셨나 보군……. 로벨 경의 추궁은 잘들 넘기셨는가?"

"음. 본인이 정쟁에 바빠 눈 돌릴 겨를이 없으니 의심도 안 하더군. 덕분에 듬뿍 보수를 옭아내었다네. 보아하니 앞날이 썩 길지는 않을 듯하고, 이대로 알아서 파멸해주면 더할 나위가 없겠더군. 후후훗."

야쿠모는 웃으면서 자리에 앉았다. 그러다가 모린에게 시선이 멈춰서 의아하다는 표정을 짓고 고개를 갸웃했다.

"엘프……? 혹시 옛날에 같이 다녔다는 동료인가?"

"아니, 이분은 아니라네. 이곳에 와서 처음으로 만난 사이지."

"흐음, 해후가 썩 쉽지는 않지."

모린은 여전히 게를 뜯어 먹다가 어리둥절했다.

"우물우물……. 안젤린 씨도 한 말이었는데요, 엘프를 찾고 계시나요?"

"아, 제가 옛날에 같이 파티를 짠 사람이 있어서 말입니다……. 사티라는 엘프 여성입니다만."

"사티, 사티……. 으음?"

모린은 무슨 생각에 잠긴 듯 시선이 이리저리 움직였다. 루실이 쏙 끼어들었다.

"『패왕검』 아저씨, 왔어?"

"퍼시 말인가……. 녀석."

제대로 얼굴을 보여주기도 전에 도망치듯 떠나간 옛 친구를 떠올리고 벨그리프는 쓴웃음 지었다. 이상하게 타이밍이 안 좋았다. 하필 신음하며 앓는 모습을 봤다면 야유를 하러 온 것인가 착각해도 어쩔 수 없겠다. 하다못해 대화는 나눌 수 있어야 했는데.

루실은 고개를 갸웃거리며 귀를 팔락팔락 움직였다.

"안 왔어?"

"아니, 왔단다. 다만 대화를 하기도 전에 어딘가로 가버리더구나."

"옛날 사람들은 말했습니다. 친구가 있고 먼 곳에서 찾아와준다. 아아, 즐거웠다."

“글쎄다……. 그 녀석은 많이 괴로워했나?”

야쿠모가 어렵다는 표정을 짓고 팔짱을 꼈다.

“그다지 다른 사람을 가까이 하지 않는 사내였다네……. 나는 다가가는 게 두려웠다만, 저런 인간은 왕왕 번민과 괴로움을 끌어안은 채 살아가더군.”

“아니야. 아저씨는 쓸쓸했던 거야. 필 론리.”

“쓸쓸했단 말인가.”

벨그리프는 눈을 내리떴다.

저 말은 분명히 틀림이 없을 것이다. 야쿠모와 루실의 이야기로 짐작하자면 퍼시벌은 줄곧 고독했을 테니까. 비록 꿈이야 깨어졌다지만, 고향에 돌아가서 딸까지 거둔 자신은 훨씬 더 복을 받았다. 퍼시벌은 아직껏 옛 시절에 가만히 묶여 있지 않은가.

“……어서 나가서 찾아야겠군.”

일어서려는 벨그리프를 모린이 허둥지둥 말렸다.

“아직 안 돼요, 영약이 온몸을 전부 돌 때까지는 기다리세요. 괜히 더 악화되거든요?”

“으음…….”

야쿠모가 껄껄 웃었다.

“너무 서두르지 말게나. 자네답지 않잖나, 벨 씨. 게다가 그 녀석도 갑작스러운 재회에 미처 마음의 정리를 못 하는 까닭일지도 모르니……. 그나저나, 정녕 만나고 싶나?”

“……무슨 뜻인가?”

"나는 솔직히 불안하군. 그 남자는 슬픔도 분명 컸다만, 가끔은 증오를 끌어안고 있는 듯 여겨지기도 했다네. 시간이란 몹시 잔혹하지, 때때로 사람의 마음을 일그러뜨리는 경우가 있지 않은가……. 호의가 확 뒤바뀌어 증오로 바뀌는 사례도 제법 드물지 않아. 게다가 사람 마음이 좀 오묘하던가. 이치를 따져 알 수 있어도 심정이 용납하지 못하는 경우도 있지."

"맞는 말이지……. 나도 같은 생각이야. 다만, 그럼에도 꼭 만나고 싶군. 걱정해주는 마음은 기쁘네만……."

"그런가……. 아니, 쓸데없는 소리를 늘어놓아 미안하네. 다만 『패왕검』의 소식을 가르쳐준 게 나와 이 녀석이었으니……. 으음, 왠지 몰라도 가만 내버려 둘 수가 없더군."

"괜찮아. 고맙네, 야쿠모 씨."

벨그리프는 미소 지었다. 야쿠모는 아래를 보며 뺨을 긁적거렸다.

"거참……. 저번에도 한 생각이네만, 매사가 참 복잡하게 꼬이는군, 자네들은."

"하하, 민망하군……."

과거와 마주하는 것은 때때로 고통스럽다. 자신 역시 예전에는 마찬가지였다. 다리를 잃은 사고는 슬펐을뿐더러 모험가를 포기할 수밖에 없었던 처지도 또한 괴로웠다.

그러나 톨네라에서 안젤린을 주워 키웠고, 딸아이가 많은 만남과 재회를 연결해줬다. 줄곧 직시하기를 외면했던 과거와 마주할 수 있었던 것도 딸아이의 덕분이리라. 그래서 더더욱 자신은 도망치지 말고 앞으로 나아가야 했다. 그런 생각이 든다.

문득, 아무튼 안젤린은 어디에 갔나 신경이 쓰여 벨그리프는 얼굴을 들어 올렸다.

"그나저나, 안제는……."

"안젤린 씨요? 음, 퍼시 씨? 맞나요? 아빠 친구를 데려오겠다고 말하면서 나갔는데요."

"……못난 아버지로군, 나는."

또 딸아이가 혼자 열심히 힘을 내주고 있지 않은가. 벨그리프는 스스로가 한심하여 머리를 긁적였다.

루실이 손에 든 악기를 짜란 울렸다.

"에블띵, 가나 비 올라잇."

○

피부에 진득하게 들러붙는 어둠이었다. 한 걸음 내디딜 때마다 피부를 미적지근한 감촉이 쓸어 만지는 것 같았다. 램프의 불빛이 못 미더운지라 아주 약간만 앞을 간신히 내다볼 수 있는 것이 고작이다.

옆쪽을 걷는 퍼시벌은 가끔 의아하다는 표정으로 안젤린을 봤다.

"……어째서 따라왔나."

안젤린은 살짝 발끈한 얼굴로 퍼시벌을 마주 쳐다봤다. 줄곧 두려움이 느껴졌었던 이 남자에게 지금은 묘한 짜증을 느꼈다. 아빠가 얼마나 만나고 싶어 했는데 대체 왜 도망쳐서 굳이 여기까지 들어온 거야, 하는 불만이 앞선다. 그러자 더 이상 퍼시벌을 눈앞에 둬도 위축되지 않았다. 오히려 마주 째려볼 만큼 여유가 생겼다.

"아빠가 만나고 싶어 하니까……. 잡아가려고 온 거야."

"……그런가."

퍼시벌은 여전히 미간에 주름이 깊게 파인 채 앞을 향했다.

또 한동안 서로 말없이 시간만 흘러간다. 주위에 마수의 기척이 느껴지기는 해도 덤벼들려는 분위기는 아니었다. 안젤린과 퍼시벌의 삐걱삐걱하는 기세가 묘한 투기로 바뀌어서 마수를 다가들지 못하게 만들었는지도 모르겠다.

"퍼시 아저씨는 아빠랑 만나고 싶지 않아……?"

퍼시벌은 굳이 대답하지 않고 말없이 걷는 속도를 살짝 빨리했다. 안젤린도 거기에 맞춰 종종걸음을 친다.

울퉁불퉁한 바위가 신발 너머 발바닥에 느껴졌다. 힐끔 올려다보면 머리 위쪽에도 어둠이 들어차 있다. 별도 달도 보이지 않았다. 그러고 보니 이곳에 뛰어들었을 때 안개인지 구름인지 묘한 아지랑이를 지나쳤었던가. 안젤린은 생각했다.

불현듯 퍼시벌이 검을 뽑아 들었다. 안젤린도 즉각 칼자루에 손을 가져간다. 꺼슬꺼슬, 지면을 스치는 소리가 들리는가 싶더니 커다랗고 긴 몸체에 무수히 많은 다리가 자라난 지네 비슷한 마수가 어둠 저편에서 날아와 들이닥쳤다.

그러나 퍼시벌은 쓱 몸을 피한 뒤 서로가 엇갈리는 순간 머리를 베어 떨어뜨렸다. 안젤린은 몸체를 두 동강이 낸다. 싸움이라고도 말하지 못할 만큼 일순간에 결판이 났다. 다시 기세만 더욱 거세졌다.

퍼시벌은 안젤린을 돌아봤다.

"……제법이군."

"……아빠한테 배운 실력이니까 당연하지."

움찔, 퍼시벌이 눈썹을 움직거렸다.

"벨한테……? 카심도 말하던데, 아직껏 검을 휘두른다는 게 정말이었나."

"맞아. 아빠는 엄청 강하거든……. 분명 퍼시 아저씨보다 더 강해."

"그런가……."

퍼시벌은 잠깐 별말을 들었다는 듯이 웃다가 불현듯 얼굴을 일그러뜨리며 향주머니를 꺼내 들었다. 그리고 또 앞을 향하며 걸음을 뗀다.

안젤린은 머릿속이 멍해졌다. 잠깐이나마 보여준 웃는 얼굴은 분명 쾌활했을 옛 면모를 느끼게 하는 바가 있었다.

잠시 멈춰 서 있던 안젤린은 퍼뜩 놀라며 빠른 걸음으로 퍼시벌을 쫓아가서 망토 자락을 붙잡았다.

"퍼시 아저씨는 줄곧 여기에서 싸웠던 거야?"

"……얼마나 오래되었나 잊어버렸지만 말이다."

퍼시벌의 눈빛에 아련함이 어렸다. 지나간 과거를 애써 떠올리는 듯한 얼굴이었다.

"그러나 결국 이곳에도 없을 테지……. 마음 어딘가로는 알고 있었지만 말이다. 자기 자신에게 변명을 둘러대고 싶었는지도 모르겠군."

"……응? 뭐가 없었다는 말이야?"

"벨의 다리를 빼앗아 간 마수다."

안젤린은 덜컥 놀랐다.

"……그 마수를 계속 쫓아다녔던 거야?"

"그래……. 처음에는 다리를 고칠 방법을 찾았지만, 벨이 사라진 것을 안 다음부터는 틀림없이 죽었을 것이라 체념했으니까 말이다. 그러니까 하다못해 복수라도 해주고 싶은 마음이었지만……. 광대 짓이 따로 없었지."

퍼시벌은 자조하며 웃었다. 분명 웃는 얼굴인데도 방금 전과는 전혀 달라서 가만 바라보자니 애처롭게 느껴졌다.

"일순간 봤을 뿐이다만, 그 녀석의 모습은 지금도 떠올릴 수 있다. 검은 그림자, 네 다리가 달린 늑대 비슷한 외형……. 가장 비슷했던 것은 마왕이다만……. 그것이 마왕의 일종이었던가 전혀 종류가 다른 마수였던가, 이제 와서는 알 방법조차 없군."

"마왕……. 해치운 거야?"

"그래. 다만 별 대단한 이야기는 아니다. 그 마수가 아니라면 마왕이든 용이든 무의미하니까."

"그래서…… 여기에서, 줄곧?"

"말했잖나. 결국 자기 자신에게 하는 변명이다. 아무것도 하지 않았다는 말을 듣기가 싫었을 뿐이다."

안젤린은 입술을 꽉 다물었다. 에스트갈 대공가에서 카심과 일촉즉발의 기세로 대치했던 때도 비슷한 말이 나왔던 것 같다.

퍼시벌은 멈춰 서서 거하게 숨을 내쉬었다. 다시 향주머니를 꺼내 들더니 입가에 가져다 댄다.

"……다만 벨이 나타난 지금, 나는……."

"나는……?"

"쿨럭……."

퍼시벌은 대답하지 않고 다시 걸음을 뗐다. 안젤린도 말없이 따라간다.

두 사람은 한동안 아무 말 없이 걸었다. 가끔 마수가 나타났지만 별다른 말없이 베어 넘겼다. 안젤린은 검에 묻은 피를 떨쳐 낸 뒤 검집에 넣었다.

"『구덩이』 안쪽이면 더 굉장할 줄 알았는데……. 바깥은 진짜 굉장했잖아."

"장소에 따라 다르다. 이곳 주변은 더 이상……. 슬슬 보이는군."

퍼시벌은 저 멀리 앞쪽을 가리켰다. 저편에 하얀 무엇인가, 똑바로 우뚝 서 있는 물체가 눈에 들어왔다.

눈에 힘주어 내다봤더니 탑 같았다. 탑 자체가 빛을 발하는지 저곳 주변만 묘하게 밝고 울퉁불퉁한 바위 표면이 비추어져 보인다. 탑 자체는 하얀 벽돌로 지어졌기에 주위 풍경과 동떨어져서 기묘하게 부각되어 보였다.

먼 곳에서는 가늘고 작게 보였지만, 가까워지자 제법 큰 탑임을 알 수 있었다.

"여기는……."

"아 바오 아 쿠의 서식지다. 이곳 주변에는 다른 마수도 접근하지 않지."

퍼시벌은 말을 꺼내더니 문 없는 입구를 지나갔다. 안젤린도 허둥지둥 뒤를 따랐다.

내부는 텅 비어 있었다. 아득하게 위쪽에 천장이 있는 것 같기는 한데 높아서 잘 모르겠다. 벽을 따라서 뻗어 올라가는 나선형 계단이 쭉 이어지고 있었다. 전부 하얀색 벽돌로 지어졌고, 또한 모두가 옅은 빛을 발했다.

퍼시벌이 안젤린을 돌아봤다.

"여기에서 기다릴 테냐?"

"싫어."

"……그런가."

퍼시벌은 안젤린의 어깨를 잡아 계단의 벽 쪽에 세웠다. 향주머니에서 흘러나왔을 테지, 갖가지 약초가 한데 섞인 청량하고 신비로운 냄새가 났다.

"명심해라. 뒤를 돌아보면 안 된다. 어떤 기척이 느껴지든 쳐다보지 마라."

"어, 응……. 무슨 이유야?"

"가보면 안다. 옥상으로 도착할 때까지 앞쪽 계단만 봐라."

그렇게 말한 뒤 퍼시벌은 걸음을 뗐다. 안젤린도 옆에서 따라 올라간다.

하얀 벽돌이 빛을 발하기 때문인지 이상하게 밋밋하고 음영이 없는 터라 방심하면 엉뚱한 곳을 밟아서 넘어져버릴 것 같았다.

문득 카심이 떠올랐다. 자신이 추월해서 먼저 구덩이로 뛰어들었는데 카심은 어떻게 했을까 궁금해진다. 아마 뒤따라 뛰어들었을 텐데 착지했던 곳에서는 만날 수 없었다. 퍼시벌이 말하기를 『구덩이』 안쪽은 공간이 종종 비틀리는지라 같은 장소를 통해 들어와도 다른 장소로 날려 가는 경우가 있다고 한다.

"카심 아저씨, 어쩌고 있을까……."

"글쎄다. 뭐, 그 녀석이라면 어떻게든 버텨 내겠지."

퍼시벌은 매정하게 답했다. 다만 저 말의 안쪽에서는 정말 어떻게든 버텨 내리라는 신뢰감이 들여다보이는 것 같다고 느꼈다.

"……카심 아저씨를 진짜 신뢰하는구나."

"특별히 더 믿는 건 아니다만. 단지 버틸 수 있다는 것을 알 뿐이다."

그런 게 신뢰가 아니려나. 안젤린은 쿡쿡 웃었다. 어쩐지 맨 처음에 느꼈던 위압감이 이제 와서는 전혀 무섭지 않게 된 기분이었다.

퍼시벌은 의아하다는 듯 곁눈질로 안젤린을 쳐다봤다.

"뭐냐."

"후후……. 있잖아, 퍼시 아저씨. 아빠는 어떤 모험가였어?"

"벨 말이냐……. 신중하고 겁이 많은데 침착한 녀석이었다. 그 녀석에게 많은 걸 배웠지. 검을 겨뤄서 진 적은 한 번도 없었지만 말이다."

안젤린은 살짝 달갑지 않다는 듯이 뺨을 볼록거렸다.

"지금 대결하면 아마도 지지 않을걸……."

"벨을 아주 떠받드는군. 너, 어머니는 누구냐? 그다지 벨과 닮지는 않았는데."

"나는 입양아야……. 그러니까 아빠밖에 몰라."

"……그런가."

불현듯 비스듬하게 뒤쪽에서 묘한 기척이 느껴졌다. 반사적으로 고개 돌릴 뻔했던 안젤린의 어깨를 퍼시벌을 붙잡아 제지했다.

"보지 마라."

"그, 그래도……."

"옥상까지 참아라. 지금 뒤돌아보면 공격당할 거다. 그러면 승산은 없지."

"……아 바오 아 쿠는 어떤 마수야?"

"투명하다. 이 탑을 오르는 사람에게 딱 달라붙어서 함께 올라온다. 위로 갈수록 실체가 나타나며 옥상에서 완전히 몸을 드러내지. 도중에 뒤돌아보면 곧장 공격하는데 완전히 실체화하지 않은 경우는 이쪽의 공격이 전부 통하지 않는다."

"……마법도?"

"마법도 전부 다."

오싹했다. 그런 상대는 이길 방법이 없다.

딱딱하게 표정이 굳은 안젤린은 보고 퍼시벌은 큭큭 웃었다.

"너무 무서워하지 마라. 옥상까지 올라가면 공격도 통하니까. 그럼 단순한 S랭크 마수와 다를 게 없지."

"그렇구나……. 다행이야……."

안젤린은 가슴을 쓸어내렸다. 그나저나 어째서 퍼시벌이 이렇게 잘 알고 있는 것일까.

"퍼시 아저씨는 싸워본 적이 있나 봐?"

"있다. 다만 처음에는 죽을 뻔했지. 공격이 통하지 않는 상대와 이렇게 움직이기 불편한 지형에서 기약도 없이 맞붙었으니까."

"어, 어떻게 살았던 거야……?"

"못 이기겠다고 포기한 뒤 냅다 도망쳤다. 아직 쓱 높이 올라간 게 아니어서 계단을 아슬아슬하게나마 뛰어내릴 수 있었지. 탑을 나가면 쫓아오지도 않는다. 만신창이가 됐지만……."

퍼시벌은 추억을 떠올리는 것처럼 눈을 살짝 감았다.

"고집부리지 말고 이기지 못할 상대와 마주치면 도망친다, 그걸 가르쳐준 게 벨이었는지도 모르겠군. 나도 카심도 무작정 달려 나가는 족속이었지. 전력을 다해 싸우면 이길 수 있다고 진심으로 생각했었다."

"사티 씨도?"

"사티도 알고 있었나……. 그렇군. 자기 실력에는 자신이 있었다. 우리들 셋은 대강 비슷했군. 벨은 우리가 가졌던 재능을 아마 가지지 못했었지만……. 우리에게 없는 자질은 전부 갖고 있었다.

전투의 실력만이 모험가의 가치가 아니라는 말을 딱 체현한 남자였으니까."

아주 사소한 계기로 퍼시벌의 입에서 추억 이야기가 흘러나왔다. 점점 더 뒤쪽의 기척이 짙어지는지라 안젤린은 자꾸 안절부절못하게 되었지만, 퍼시벌의 추억 이야기에 더 관심이 가서 뒤돌아봐야겠다는 생각은 아예 하지 않았다.

저런 따뜻한 추억이 있는데도 어째서 퍼시벌은 이토록 슬퍼 보일까. 겨우 인연이 닿아서 추억 속 친구와 재회했는데 어째서 발을 움직이지 못하는 것일까. 안젤린은 이유를 알 수 없었기에 답답한 마음으로 퍼시벌의 망토를 꽉 붙잡았다.

"아빠랑 만나줘, 퍼시 아저씨……."

"……이곳에서 무사히 돌아간다면."

"약속한 거야? 아빠가 무척 만나고 싶어 해."

"하핫……. 원망의 말이라도 준비해 왔나? 이렇게 먼 길을 올 이유가……."

"……으! 아빠는 그런 사람이 아니야!"

스스로도 생각한 이상으로 큰 목소리가 나왔기에 안젤린은 움찔 놀랐다.

퍼시벌은 곁눈질로 안젤린을 돌아봤다. 아주 살짝 유쾌하게 입꼬리가 올라가 있었다.

"……입양아여도 확실히 너는 벨의 딸이군."

"닮았어……?"

"글쎄다? 닮았다는 말은 좀 아닌데……. 벨의 딸이라는 느낌이 든다."

안젤린은 입을 우물우물하며 시선을 이리저리 움직였다. 뒤쪽 방향에서 쏟아지는 기척이 거추장스럽다.

"……이야기하고 싶은 게 무척 많아. 추억도, 각자 무엇을 하며 살아왔는지도. 여기까지 온 여행길에서도 많은 일이 있었어, 퍼시 아저씨."

"그랬을 테지. 솔직히 벨이 이곳까지 찾아왔다는 게 놀랍더군……. 대단한 녀석이야."

퍼시벌은 허리춤에 찬 검의 위치를 고쳤다.

"그 녀석은 앞을 향하여 걸어왔다는 뜻이다. 나는…… 그렇게 하지 못했다."

"그렇지 않아……. 왜냐면 퍼시 아저씨, 엄청 강한걸. 그만큼 열심히 싸웠다는 뜻 아니야?"

"중요한 것은 누구를 위한 노력이었냐는 부분이지. 결과만 갖고 이러쿵저러쿵 떠드는 짓은 얼마든지 할 수 있다. 벨을 위해서라고 생각하고 싶었지만……. 나는 결국."

"……자기가 자기를 책망해도 달라지는 건 없어……. 그거야말로 누구를 위한 행동이야?"

"글쎄다……. 이야기는 끝이군. 도착했다."

어느 틈인가 꽤 높은 곳까지 올라왔다. 고개를 들어 올려다보면 천장이 있고, 계단은 저 위쪽까지 이어져 있다. 등 뒤의 기척은 한층 더 짙어져서 소름 끼치는 섬뜩한 호흡 소리와 축축하고 더운 입김이 귀 뒤쪽에서 느껴졌다.

마지막 한 계단에 다리를 올린 순간 퍼시벌이 안젤린의 손을 붙잡아 잡아당겼다.

"뛰어라!"

쿵, 세게 밟아서 도약한다. 최상층, 옥상 바닥을 밟는 동시에 검을 뽑아서 뒤돌아섰다.

기묘한 생물이 있었다. 털을 뽑은 쥐 비슷한 용모, 그러나 안젤린보다 훨씬 더 컸다. 얼굴에 좌우 비대칭으로 붙어 있는 크고 작은 눈이 뒤룩뒤룩 움직인다.

어금니는 예리하고 길고, 손발의 끝에도 갈고리 발톱이 있었다. 다만 뒷다리는 큼지막해서 두 다리가 지면을 단단하게 디디고 있다. 앞다리는 마치 팔처럼 움직일 수 있는 듯했고, 예리한 갈고리 발톱이 무기처럼 사용할 것은 일목요연하다. 분홍색 피부에는 희미하게 솜털이 나 있었는데 마치 복숭아의 표면을 연상케 하는 생김새였다.

아 바오 아 쿠는 얼굴을 들어 올리더니 뭔가 외치는 듯한 모습을 취했다. 다만 상상했던 금속음은 들리지 않고 마치 옷 스치는 소리를 연상케 하는 희미하고 옅은 울음소리를 낼 뿐이었다.

"따로 떨어진다. 발톱은 두 번 날아온다. 조심해라."

"두 번? 무슨 말."

안젤린의 물음을 기다려주지 않고 퍼시벌은 왼쪽으로 뛰었다.

안젤린은 즉각 오른편으로 가서 마수를 사이에 두는 위치에 섰다.

아 바오 아 쿠는 일순간 데룩데룩 두 사람을 각각 주시한 뒤 안젤린을 향해 뛰어올랐다. 빠르다. 낫처럼 구부러진 발톱이 휘둘러졌다. 안젤린은 침착하게 살짝 뒤쪽으로 몸을 빼냈다. 그러나 묘한 한기에 사로잡혀서 즉각 검을 몸 앞쪽으로 내밀었는데 발톱이 지나간 이후였는데도 검에 충격이 치달았다.

마수의 뒤쪽으로 뛰어들어갔던 퍼시벌이 아 바오 아 쿠의 오른팔을 어깨부터 잘라 떨어뜨렸다. 마수는 희미하게 소리를 내며 뒤로 물러나서 피했다.

안젤린은 불만스럽게 입을 비죽거리며 퍼시벌을 쳐다봤다. 안 보이는 참격이라는 말은 듣지 못했다.

"두 번이 뭐야……. 더 자세히 말해줘야지."

"어리광 부리지 마라. 나는 네 아버지가 아니다."

퍼시벌은 검을 재차 겨누더니 뛰어 물러난 아 바오 아 쿠를 쫓아서 바닥을 박찼다. 안젤린도 뒤를 따른다.

특별히 말을 나누지도 않았는데 퍼시벌이 가는 방향과 반대쪽으로 다리를 뻗어 마수를 사이에 두고 마주 섰다. 일순간 눈을 마주친 뒤 같은 타이밍으로 파고들었다.

불현듯 아 바오 아 쿠의 모습이 아지랑이처럼 일렁거렸다. 안젤린을 눈을 가늘게 뜨며 끝까지 검을 가로로 휘둘렀다. 검은 마수의 몸체를 양단했고, 맞은편에서 퍼시벌이 휘두른 검은 목을 날려버렸다.

이상하다. 조금 과하게 싱거웠다.

"끝이야……?"

"……음! 아니군. 나타났다."

즉각 두 사람은 등을 맞대며 검을 들어 올렸다.

주위에서 찍, 찍, 무엇인가가 지면을 스치는 듯한 소리가 들린다. 게다가 두 사람의 주위를 빙빙 돌면서 조금씩 가까워지는 것 같았다.

"무슨 소리야……?"

"발톱이 지면을 긁는 소리다. 감각을 곤두세워라. 시각에 의존하지 마라."

"……투명한 거야? 아까 건 환상?"

"그렇다. 다만 계단에서 싸우는 경우와 달리 공격은 통한다. 괜히 당황하지 마라."

"여유롭거든……? 그냥 확인만 했어."

안젤린은 방심하지 않고 자루를 쥔 손에 힘을 넣으며 조금씩 가까워지는 소리에 집중했다. 소리가 흔들리며 이상하게 겹치는 듯이 들려왔다. 옷 스치는 듯한 소리가 났다. 퍼시벌이 혀를 찼다.

"두 마리가 있군……. 저번과 다르잖나."

"……한 사람씩 한 마리. 마침 잘됐어."

"하핫! 벨의 딸이라기에는 꽤 당차구나! 그쪽은 네가 처리해라."

퍼시벌이 지면을 박차는 때와 동시에 안젤린도 앞으로 파고들었다. 안 보이지만 기척이 들이닥친다. 안젤린을 검을 휘둘러 올려 방어했다.

"한 번 더……!"

손에 힘을 불어넣었다. 한 번 막아서 밀린 검에 재차 충격이 치달린다. 그래도 꾹 견디며 세차게 밀어냈다.

잘 살펴보면 완전히 투명하지는 않다. 빛을 발하는 하얀 벽돌의 위에 아지랑이처럼 일렁일렁하는 무엇인가가 움직이고 있었다.

움직임은 상당히 빠르지만 포착하지 못할 수준은 아니다. 수많은 마수를 토벌해왔던 안젤린의 눈동자가 아 바오 아 쿠의 미세한 실체를 정확하게 좇았다.

"……거기!"

몸을 비틀어 발부리의 디딤과 어깨 회전으로 날카롭게 찔러 넣는다. 검의 칼날 끝은 아 바오 아 쿠의 움직임에 맞춰 적확하게 가슴을 꿰찔렀다. 마수는 희미하게 비명을 지른 뒤 후방으로 쓰러졌다.

안젤린이 숨을 내쉬던 때 아 바오 아 쿠의 심장 부근에서 불현듯 눈부신 광채가 흘러넘쳤다. 놀라서 검을 다시 들어 올렸다만, 빛은 이윽고 작아지더니 손바닥쯤 되는 크기의 작게 빛나는 덩어리가 되어 바닥으로 굴러떨어졌다.

커다랗게 숨을 내쉰다. 신경을 내내 긴장시켰던 터라 움직였던 것 이상의 피로가 느껴졌다. 혼자였다면 위험했을지도 모르겠다. 어깨를 나란히 하여 싸워보니까 퍼시벌의 든든함은 보통 수준이 아니었음을 느끼게 된다.

안젤린은 뒤를 돌아봤다. 퍼시벌도 뛰어난 실력으로 적을 처리한 듯싶었지만, 이쪽과 달리 빛나는 덩어리는 떨어지지 않았다.

퍼시벌이 검을 거둔 뒤 뒤돌아섰다.

"……두 마리가 아니라 분신이었나 보군. 그쪽이 진짜인가."

"그런가 봐……. 이게 마력 결정이야?"

"그래. 네가 가져가라."

"안 돼. 퍼시 아저씨가 아빠한테 건네줘."

"……고집쟁이군. 어쨌든 좋은 실력이다. 누군가와 어깨를 나란히 해서 싸우는 건 오랜만이었다만……. 대단하구나."

"당연하지, 나는『적귀』벨그리프의 딸인걸……."

"흠……. 닮진 않았는데 확실히 딸이라는 느낌이 들긴 하니까. 별일이군……. 적귀?"

마력 결정을 품에 넣으면서 퍼시벌이 의아하다는 표정을 짓고 고개를 갸웃거렸다.

그때 아래쪽에서 누군가가 계단을 달려 올라오는 소리가 들렸다. 두 사람은 즉각 칼자루에 손을 가져갔다만, 나타난 얼굴을 보고는 손을 떼어 냈다. 카심이 숨을 헐떡거리며 서 있었다.

"마법사를 혼자 놔두고 쏙 가버렸겠다……. 웃기지 마라, 이것들아!"

"시끄럽다. 막상 이렇게 멀쩡하니 된 거 아닌가."

"어우, 도대체 왜 너는 옛날부터 이렇게 막 나가는 거냐! 게다가 안제! 괜히 놀라서 다리를 멈춰버렸잖아. 덕분에 타이밍이 어긋나서 공간축이 흔들려버렸다고!"

"후후, 미안해……. 그런데 카심 아저씨, 용케 여기까지 따라왔네."

"마력 감지로 쫓아온 거야. 그런데 여긴 다른 곳들도 마력의 기세가 너무 큰 바람에 엄청나게 많이 힘들었거든! 아주 녹초가 됐어!"

카심이 연신 투덜거리며 바닥을 걷어차 화를 냈다. 샌들이 착착 울렸다. 퍼시벌은 귀찮아하며 팔을 돌려서 뚝뚝 소리를 냈다.

"거 고생 많았군. 아무튼 볼일은 끝났다. 돌아가지."

"어우, 열 뻗치네! 퍼시! 벨이랑 제대로 얘기 다 할 때까지 절대로 안 놔줄 테다!"

"……애당초 도망은 못 칠 테니까."

퍼시벌이 나지막하게 말한 뒤 힐끔 안젤린을 쳐다봤다.

안젤린은 헤죽 웃고는 퍼시벌의 망토를 꽉 잡아 쥐었다.

97 전투 소리가 단속적으로 울려 퍼졌다. 밤이

전투 소리가 단속적으로 울려 퍼졌다.

밤이 깊어지고 거의 만월에 가까운 달이 지면을 비추는 와중 다수의 빛 마법이 날아 올라가고, 백색과 흑색의 음영 속에서 크고 작은 다양한 그림자가 이리저리 움직이고 있었다. 바하무트를 시작으로 마수는 약간의 간격을 두었을 뿐 거의 끊임없이『구덩이』에서 솟아 나왔다.

소재를 손질하기 위해 전투의 현장에서 빼내 온 마수의 시체가 건물 뒤편에 잔뜩 굴러다니고 있었다. 바깥 세계에서는 단 하나도 천금의 값어치가 나가는 고가의 소재일지언정 이토록 많은 숫자가 모인 곳에서는 어쩔 수 없이 홀대를 면하지 못한다.

어느 틈인가 하늘이 하얘지고 있었다. 군데군데 구름이 끼어 검은색 그림자가 드리워져 있기는 한데 대체로 맑게 개었다고 말할 수 있겠다. 산들바람이 피부를 어루만져준다만, 이윽고 태양이 주위를 비추기 시작하자 땀이 배어나는 듯한 기분이었다.

이미 대해일이 시작되었는지도 모르겠군요. 이슈멜이 말했다.

“딱히 만월과 동시에 시작된다고 누가 결정해 둔 것은 아닙니다. 대략 이만한 주기로 마력과 마수가 범람하는 때가 있다는 어림짐작에 불과하니까요."

"흠……. 아무튼 큰일이로군, 이래서야."

벨그리프는 소리를 내며 고개를 돌려 창밖을 내다봤다. 푸른 하늘에 구름 덩어리가 여럿 떠 있었다.

이슈멜이 거하게 하품을 했다. 안경을 벗고 눈을 문지른다.

"자, 저도 잠시 수면을 취해야겠습니다. 어쩔 수 없이 지치는군요."

"아, 편히 쉬게나. 이런 혼전을 치르자면 많이 힘들었을 테지."

"그러게 말입니다. 여러분과 떨어졌을 때는 정말로 난감했죠……."

이슈멜은 덥수룩한 머리를 긁고 쓴웃음 지었다. 시야 확보가 수월하지 않은 저녁나절의 혼전에서 동료들과 떨어져 다른 장소에가 싸웠다고 한다.

벨그리프는 한껏 숨을 들이마셨다가 내뱉었다. 잠들어 있는 동안에 영약이 온전하게 온몸으로 돌아들은 것 같았다. 권태감도 피로감도 몸속 뼈에 미세하게 남아 있을 뿐 일상적인 활동은 물론이고 검을 휘둘러 싸워도 문제없겠다.

"벨 아저씨, 수프 드실래요?"

칸막이에서 얼굴만 내민 아넷사가 말했다. 벨그리프는 고개 돌렸다.

"고맙다, 어디 먹어볼까……. 아네, 잠깐이라도 자 두는 편이 좋지 않겠니?"

"아뇨, 아까 선잠을 좀 잤거든요……. 별로 숙면할 곳은 못 되더라고요, 여기."

확실히 바닥이 돌이라서 딱딱하다. 쭉 도보로 이동했던 여행인지라 침구도 썩 좋은 물건을 들고 오지는 못했다. 짐을 둥글게 모아 베개로 쓰거나 얇은 천을 깔아서 눕는 정도였다. 잠들면 오히려 몸이 돌처럼 딱딱해지는 기분이다.

자신이 푹 잠들었던 것은 영약의 덕분이려나. 벨그리프는 새삼 모린과 토야에게 감사하는 마음을 가졌다.

모린이 데쳐서 먹은 게의 남은 국물이 좋은 수프가 되어주었기에 거기에 재료를 더 넣고 간단하게 양념을 했다. 가슴이 편안해지는 맛이다. 몸에 쭉 스며드는 것 같았다.

칸막이 안쪽에서는 밀리엄과 마르그리트가 나란히 잠들어 있었다. 던컨도 벽에 몸을 기대어 팔짱을 끼고 꾸벅꾸벅 졸고 있다. 그 옆에서 이슈멜도 무릎을 끌어안고 새근새근 소리를 낸다.

해가 떠오른 다음부터는 마수의 습격도 조금 수그러든 것 같았다. 건물 바깥은 마수의 해체 및 그 고기를 요리하는 사람들로 떠들썩했다.

결국 안젤린과 카심은 아직껏 돌아오지 않았다. 기어 나오는 마수와 싸우러 갔다면 이미 돌아오고도 남을 시간인 터라 염려가 된다.

수프의 김을 바라보면서 잠시나마 목격한 옛 동료의 얼굴을 떠올렸다.

"……늙었군. 뭐, 서로 마찬가지인가."

아넷사가 냄비를 휘젓다가 벨그리프를 돌아봤다.

"퍼시벌 아저씨, 말씀인가요?"

“그래……. 그렇게 험악한 표정만 짓는 녀석이 아니었는데 말이다……. 만나봤던가?”

“만났달까, 잠깐 마주쳤달까……. 저는 솔직히 무섭다는 생각이 앞섰거든요. 무척 커다랗게 보이고, 숨이 막히는 기분이라……. 아, 죄송해요. 친구분인데, 표현이 좀.”

“아니, 괜찮단다……. 다만, 음, 사실은 그런 녀석이 아니었어. 자우 웃었고, 카심과 둘이 짓궂게 장난이나 치고……. 아, 사티도 같이 뭉쳐서 셋이 나를 곤란하게 만드는 때가 많았던가.”

벨그리프는 슬쩍 웃고는 아넷사를 쳐다봤다.

“안제와 미리가 너를 놀리는 모습과 조금 비슷한 것 같구나? 아네.”

“아하, 그렇게 생각하면…….”

아넷사는 쿡쿡 웃고는 수프를 그릇에 퍼 담았다. 꾸물꾸물 옷 스치는 소리가 나고 밀리엄이 일어나서 다가왔다.

“흐냥~ 잠이 안 와아…….”

“뭐야, 지금 안 자면 피로가 안 풀리잖아.”

아넷사가 핀잔을 줬다. 밀리엄은 뺨을 볼록거리며 컵을 손에 들었다.

“그치만 오히려 몸이 딱딱하게 굳을 것 같단 말이야. 이스타프 숙소의 침대는 참 부드러웠다냥~.”

“아쉬운 소리 늘어놓지 마라, 괜히 더 잠이 안 오잖냐.”

마르그리트까지 깨어나서 다가왔다. 졸린 듯 눈을 비비고 하품하면서도 목이며 어깨를 돌려 풀어주고 있다. 야영은 야영인지라 어쩔 수 없다는 의식을 갖고 있더라도, 이렇듯 건물 안에서 야영하듯이 잠들어야 하는 처지는 자꾸 느낌이 뒤죽박죽이 되어 더 불편해지는 것이 아닐까.

그럼에도 야영보다는 훨씬 편안한 잠자리일 텐데, 『대지의 배꼽』이 가지고 있는 일종의 독특한 긴장감이 신경을 자극하여 푹 잠들지 못하게 계속 방해하는 것일지도 모른다.

줄곧 쉬어야 했던 반동인지 퍼시벌이 근처에 있음을 알게 된 까닭인지 아무래도 마음이 차분해지지 않는다. 벨그리프는 수프를 다 먹고 일어서서 그라함의 대검을 손에 들었다.

"잠시 바깥에 나가봐야겠구나. 몸 상태도 나쁘지 않고."

"아, 나도 나갈래. 잠깐 기다려."

"상관없다만……. 마리, 안 쉬어도 괜찮겠니?"

"이런 곳에서 잠이나 잘 바에야 움직이는 게 좋지. 주점에 가자, 주점. 술 마시면 기운도 확 솟는다고, 분명히."

"음, 뭐, 그렇구나……. 일단 나가자꾸나."

"나도 갈래, 갈래~. 술 마시고 싶어~."

밀리엄도 일어나서 모자를 썼다. 벨그리프는 쓴웃음 짓고 대검을 멨다.

"적당히 마시렴……. 아네는 어떻게 할 테냐?"

"어, 아, 음, 어떡하지……."

"같이 가. 어차피 할 일도 없잖아. 던컨 씨랑 이슈멜 씨는 자는 중이고. 가자, 가자~."

"으, 응……. 그러면 같이 가볼까."

냄비를 내려놓고 모닥불에 재를 덮은 뒤 건물 바깥으로 나왔다. 무척이나 맑은 날씨다. 새벽녘에 드리웠던 구름은 얇아졌고 하늘에 떠올라 있는 투명한 달이 보였다.

이곳저곳에서 마수 해체가 바쁜 까닭인지 살짝 피비린내가 난다.

바하무트는 고기가 제법 맛있는지 벌서 노점이며 주점에서 이런저런 요리를 만들어 내놓고 있다. 동틀 무렵까지는 목숨을 걸고 싸웠는데 지금은 축제처럼 떠들썩하다. 이런 곳에 모여드는 사람들은 씩씩하다.

조금 더 나아갔더니 길가에 놓인 탁자를 사이에 두고 야쿠모와 루실이 술을 마시고 있었다. 가까이 다가가자 야쿠모가 히죽 웃었다.

"오, 잘들 주무셨나. 자네들도 아침술로 멋을 부려볼 텐가?"

"난 한바탕 마실 작정이야! 여기 술맛은 좀 괜찮냐?"

"아침의 한 잔은 뭐든 다 맛있다네. 넥타아~."

루실이 말을 꺼내더니 꿀꺽꿀꺽 맛있게 컵을 비웠다.

어쨌든 간에 정처 없이 걸어 다니던 중이었겠다, 두말하지 않고 동석하게 되었다. 마르그리트도 야쿠모와 루실을 대강 알아서 주눅 들지 않는 성격답게 이국의 이야기를 듣고 싶어 했다.

밀리엄이 히죽히죽하며 말했다.

"아무튼 참 굉장하지~. 어제 바하무트의 소재만 처분해도 상당한 수입이 들어올 거야. 안제랑 퍼시 아저씨한테 감사감사다냥~."

"그러게. 굳이 이렇게 먼 곳을 찾아오는 녀석이 왜 있는지 잘 알겠더라…….”

아넷사가 말을 거들고 컵에 입을 가져갔다. 야쿠모가 입으로 연기를 뱉어 냈다.

“과연 안제도 녀석도 대단한 실력이더군. 그것에게 뛰어들어 검을 찔러 댄다는 게, 생각만 해도 등줄기가 얼어붙지 않겠나? 소재의 배분도 제법 넉넉하게 받았을 테지? 돈으로 처분하지만 말고 무기나 방어구의 재료로 써도 유용하다네.”

“그러게요. 바하무트의 수염, 활줄로 쓰면 탄력도 있고 멀리 날아가고 게다가 마력 순환도 잘돼서 엄청 좋다더라고요.”

“오, 잘됐네. 나도 뭔가 괜찮은 게 손에 들어오면 좋을 텐데.”

“대해일이잖나, 아직 기회는 더 있을 테지.”

“그런데 마리, 마음이 급해져서 앞으로 막 나가면 안 된다? 이렇게 실력자가 많이 모인 곳이라서 잘 모르겠지만, 본래 고위 랭크의 마수는 무척 위험하니까 말이다.”

“에이. 알아, 안다고! 거참, 벨은 잔소리가 너무 많다니까!”

마르그리트가 뺨을 볼록거리다가 휙 고개 돌렸다. 루실이 흐흥, 콧소리를 냈다.

“옛날 사람들은 말했습니다. 부모 마음을 자식은 모르더라, 그야 안 보이니까.”

“네 녀석은 조용히 좀 해라. 그래, 벨 씨. 녀석과 이야기는 했나?”

벨그리프는 묵묵히 고개를 옆으로 흔들었다. 야쿠모가 한숨과 함께 연기를 내뱉고 담뱃대를 탁자 테두리에 쳐서 재를 떨궜다.

"두려우면서 자꾸 신경이 쓰이니……. 이리된 이상 후닥닥 이야기를 나눠 매듭을 지어주시게나."

"나도 만나서 이야기를 하고 싶다네. 다만 어디에 갔는지, 원……."

불현듯 등에 멘 대검이 작게 윙윙거렸다. 벨그리프가 퍼뜩 놀라며 하늘을 올려다본다. 반짝이는 태양을 등지고 검은 콩알 비슷한 무엇인가가 있나 싶었는데 금세 커다래졌다. 무엇인가가 급강하해서 내려왔다.

벨그리프는 벌떡 일어나며 대검을 뽑아 소리쳤다.

"마수다! 위에서 온다!"

일제히 일어나서 쭉 흩어진 뒤에 박쥐처럼 날개가 달린 묘한 마수가 네 손발을 짚어 바닥에 내려섰다. 상반신은 인간이지만 얼굴과 하반신은 염소다. 아울러 목에다가 피리 비슷한 물건을 걸어놓았다.

주위의 모험가들이 즉각 흥분하며 거칠게 무기를 들어 올렸다.

"『추락한 농신』이잖아! 또 S랭크가 왔다, 재수도 좋군!"

"뭐든 간에 쳐 죽인다!"

"이봐들, 피리를 조심해라!"

누군가가 소리 지르는 동시에 추락한 농신은 피리를 불어 울렸다. 날카롭게 고막을 찌르는 듯한 소리가 울려 퍼지자 모험가들은 저도 모르게 두 손으로 귀를 막았다.

동시에 주위의 지면이 우둘우둘 작게 솟아나는가 싶더니 잇따라 식물이 싹을 틔우며 무시무시한 기세로 자라나기 시작했다. 다만 전부 다 예외가 없이 줄기가 구부러졌거나 꽃잎이 비틀린 채 이상한 냄새를 풍기고 있다.

"제길! 무슨 장난질이냐!"

"피리를 부숴라, 피리를!"

그러나 농신은 눈 깜짝할 사이에 하늘로 날아올라서 여유로운 표정을 눈 아래를 흘겨봤다.

막 나타난 풀들이 잎과 줄기, 덩굴을 움직여서 모험가들에게 덮쳐든다. 식물도 고위 랭크에 해당하는 전투력을 보유한 것 같았다. 주변 곳곳이 순식간에 혼전 상태에 들어갔다.

아넷사가 막 들이닥치던 덩굴을 단검으로 베어 갈랐다.

"벨 아저씨, 어떻게 할까요!"

"아네와 미리는 저 염소 마수를 공격하거라. 마리, 우리는 둘을 지킨다."

"좋았어! 맡겨달라고!"

마르그리트는 검을 휘둘러 가볍게 식물들을 조각조각 베었다. 아넷사와 밀리엄은 곧 하늘을 조준하며 마법과 화살을 발사했다.

주위의 모험가들도 역시나 다들 일류인지라 잇따라 화살과 마법이 추락한 농신을 노리고 날아갔지만, 마수는 천연덕스러운 얼굴로 손을 휘둘러 제 몸에 도달하기 전에 모조리 쳐서 떨궈버렸다. 밀리엄이 분해서 발을 동동 굴렀다.

"아~! 짜증나! 『뇌제』를 날려줄까 봐!"

"여력을 남길 아낄 상황이냐! 빨리 쏴버려!"

"좋아~ 간다앗~!"

아넷사의 고함에 밀리엄이 영창을 시작한다. 벨그리프는 식물을 한꺼번에 베어버리며 상공을 올려다봤다.

"역시 대마법밖에 없나……. 다만 호락호락 발사를 허락해줄지……."

이곳저곳에서 대마법의 영창이 시작된 상황이다. 다만 우려했던 대로 농신은 피리를 불어 울렸다. 마법사들이 견디지 못한 채 귀를 막았기에 영창은 중단됐다. 바하무트도 그렇고 추락한 농신도 그렇고 최상위의 마수쯤 되면 다양한 대항책을 보유하고 있는가 보다.

악기를 들고 있었던 루실이 화나서 버럭버럭 고함지른다.

"그냥 잡음은 록이 아니야!"

"멍청한 소리 관두고 싸우기나 해라!"

야쿠모가 소리치더니 가까운 곳의 식물을 창으로 후려갈겼다.

그때 주위에서 불길이 일어났다. 불 마법을 특기로 하는 마법사가 식물들에게 불을 날린 듯하다. 본래 건조한 상태였던지라 금세 불이 피어올랐고, 식물들은 불꽃에 휩싸여서 몸부림쳤다. 하지만 모험가들의 노호도 날아든다.

"무식한 놈아! 우리까지 태울 작정이냐!"

"누가 물 마법 써줘!"

벨그리프는 검을 휘둘러 불꽃째 식물을 날려버린 뒤 위를 쳐다봤다. 추락한 농신은 지상의 야단법석을 유쾌하게 내려다보고 있다. 저 위치에서 버티면 손을 쓸 방법이 없다. 벨그리프가 이를 갈았을 때 수중의 대검이 불쾌하다는 듯이 윙윙 소리를 냈다. 어쩐지 화를 내는 것 같았다.

"……어떻게 할 방법이 있다는 거니?"

벨그리프는 무심코 검에게 말을 건넸다. 대검은 윙윙 울리며 칼날에서 엷은 빛을 발했다. 그러고 보니 안젤린도 그라함도 이 검으로 충격파를 발사했던가. 지난 기억을 떠올린다. 검이 어떠한 말을 전하려 하는지는 잘 모르겠다만, 이대로 풀만 상대할 바에야 일단 시험해보는 것이 훨씬 더 가치가 있겠다.

그나저나, 어떻게 해야 하나? 아무렇게나 휘두른들 뭐가 달라지겠는가. 하물며 거리가 멀다. 설령 충격파를 날릴 수 있더라도 닿기는 할까.

"해볼 수밖에 없나."

한껏 숨을 들이마시며 집중한다. 몸속의 마력이 소용돌이치며 대검으로 흘러들었다. 검의 마력과 벨그리프의 마력이 한데 섞이자 대검이 윙윙 소리를 내며 빛났다. 참격이 아닌 가늘고 길게 꿰뚫는 이미지로 곧장 몸을 비틀어서 검을 뒤쪽으로 당긴다. 검 끝은 여전히 마수에게 향하고 있다. 그리고 세차게 왼 다리를 내디디며 뒤로 당겼던 대검을 하늘을 향해 내찔렀다.

순간, 검 끝에서 마력이 가느다란 나선의 형상으로 뻗어 나가더니 흡사 창과 비슷한 예리함으로 추락한 농신의 가슴을 목에 걸린 피리와 한꺼번에 꿰뚫었다. 농신은 경악하여 눈을 부릅뜬다. 그러

다가 비명 지르는 동시에 토혈하고 곧장 기우뚱 균형을 잃은 채 낙하하여 쿠궁, 소리를 내며 지면에 추락해서는 움직임이 멎었다.

"……어떻게든 되긴 하는군."

벨그리프는 커다랗게 숨을 내쉬고 검을 칼집에 회수했다. 실패 한들 본전인지라 시험 삼아서 날린 공격이 설마 딱 들어맞다니. 달성감보다도 당혹감이 더욱 앞선다.

통솔자가 사라짐으로써 주위의 식물들은 기세를 잃은 채 시들어서 말라붙었다. 그럼에도 아직껏 울창할뿐더러 꺼지지 않은 불길도 이곳저곳에서 연기를 피워 올리고 있다.

모험가들은 마수가 아마 처단되었다는 것은 알았지만, 소화 작업이라든가 이래저래 경황이 없는 까닭에 누가 처치했는지까지는 알지 못하는 눈치였다. 누구냐, 누구냐, 떠들어 대며 불을 끄거나 식물을 베어 처리하거나 막 추락한 마수의 주검을 살펴보는 등 바삐 움직인다.

마르그리트가 벨그리프의 등을 두드렸다.

"아주 제법이잖아! 이제는 꽤나 잘 써먹는 것 같은데!"

"뭐, 이 녀석을 쥐면 몸이 가벼워지니까……. 검의 덕분이구나."

"그것이 『팔라딘』의 검의 위력인가……. 과연 대단하군."

야쿠모가 다가와서 감탄하며 검을 들여다봤다.

"그나저나, 용케 힘을 끌어내는군……. 벨 씨, 자네의 실력도 상당한 경지일세."

"……예전보다는 조금."

빰을 긁적이는 벨그리프의 옷소매를 루실이 잡아당겼다.

"왔어."

"음?"

고개 돌리자 맞은편에서 안젤린이 달려와 벨그리프에게 안겨 들었다. 벨그리프는 몇 차례 헛발을 디디며 안젤린을 받아 안았다.

"아빠!"

"오, 오오, 안제야. 어디를 다녀왔니, 대체……."

"이야, 이쪽까지 마수가 왔었나. 역시 날아다니는 녀석은 귀찮구나."

카심도 껄껄 웃으며 다가온다. 벨그리프는 그 뒤쪽에 서 있는 남자와 시선을 마주쳤다. 사자의 갈기털 같은 머리카락은 회녹색이고, 코는 강한 성질을 대변하듯 오뚝하다. 미간에는 깊은 노여움의 주름이 새겨져 있었다. 오래도록 얼굴을 찌푸린 채 다녔던 터라 아예 굳어져버렸을 테지.

안젤린이 팔에 꾹 힘을 넣었다.

"퍼시 아저씨, 데려왔어."

퍼시벌은 잔뜩 찌푸린 얼굴 그대로 벨그리프를 바라봤다.

"……여어, 벨."

벨그리프는 훗 미소 지었다.

"오랜만이구나, 퍼시."

○

묘하게 긴장된 분위기가 감돌았다.

벨그리프와 퍼시벌은 주점의 탁자를 사이에 두고 마주 앉아 있었다. 카심이 옆쪽에 의자를 가져다 놓고 앉았고, 다른 사람들은 조금 떨어진 자리에서 숨을 죽인 채 지켜볼 따름이다. 그러나 주위의 관계없는 모험가들은 제각각 술을 마시며 큰 목소리로 대화 나누고 있다. 다만 여타의 떠들썩한 소리가 하나의 막에 차단된 듯 느껴졌다.

"……길었군."

벨그리프가 말했다. 퍼시벌이 살짝 고개를 끄덕거렸다.

"20년은 훨씬 지났나……."

"그렇게, 됐군."

퍼시벌은 힐끔 벨그리프의 의족을 쳐다보더니 눈을 감았다.

"……열일곱 때였던가."

"그래. 나와 자네가 열일곱이고, 카심은 겨우 열다섯이었지?"

"그랬지. 벨이랑 퍼시가 같은 나이였고, 사티가 한 살 아래, 나는 두 살 아래였잖아."

퍼시벌은 한숨 쉬고는 가만히 벨그리프를 쳐다봤다.

"……왜 이제 와서 나타났나. 이런 곳으로."

"과거의 청산이 필요하다고 생각했기 때문이지. 내게도, 자네에게도."

"청산, 청산이라."

퍼시벌은 자조하며 웃었다.

"그런 게 정말 가능하다면 말이지……."

"……자네들은 놓아둔 채 올펜을 떠났던 것, 미안하다는 생각뿐이야."

"아니야!!"

갑자기 퍼시벌이 큰 목소리로 외치며 탁자를 두드렸다. 올려 둔 컵이 흔들리며 술이 살짝 쏟아졌다. 카심이 놀라서 눈을 동그랗게 떴다.

"뭐, 뭐야……. 왜 화내는 거야?"

"……네가 사과할 이유가 대체 뭐냐. 그때, 내가 더 안쪽으로 들어가자는 말을 안 했더라면."

"그런 건 단순한 결과론이잖나, 퍼시. E랭크의 던전이었지. 아무도 감당하지 못할 마수가 있을 것이라 생각조차 안 했어."

"나는 네 말처럼 자기 유리하게 생각은 못 하겠더군."

퍼시벌은 번뜩 벨그리프를 노려봤다.

"네가 나 대신 다리를 잃었다는 건 달라지지 않잖나?"

"……그래도 가만 놔뒀다면 네가 죽었을 테니."

"죽는 게 차라리 나았다."

"그런 소리는 집어치워, 퍼시!"

카심이 버럭 화내며 탁자에 두 손을 짚었다.

"아까 벨이 싸우던 모습을 다 봤잖아! 벨한테 잃어버린 다리는 전혀 족쇄가 되지 않았어! 네가 가슴앓이할 이유가 아무것도 없단 말이야!"

"그래서다."

퍼시벌은 숫제 병적인 미소마저 지은 채 벨그리프를 주시했다.

"나는 너희의 친구로 남을 자격조차 없는 놈이야. 이봐, 벨. 내가 이곳에서 맨 처음 너를 봤을 때, 너에게 증오마저 품었다는 게 이해가 되나?"

"무슨……."

카심의 표정에 경악의 빛이 떠올랐다. 벨그리프는 조용히 퍼시벌을 바라보고 있다.

"너를 위해서라는 웃기지도 않는 변명으로 자기 자신을 몰아붙이고……. 그러다가 마침내 너를 봤을 때 증오부터 솟아오르다니……. 스스로도 내가 싫어지더군!"

퍼시벌은 격분하여 두 손으로 머리를 쥐어뜯었다.

"카심과 사티와……. 다리를 치료하기 위한 방법을 찾아다녔다. 더 강해져서, 위로 올라가서, 우리가 알지 못하는 마법이나 기술을 손에 넣을 수 있다는 생각을 했지. 돌이켜보면 그때부터 나는 아마도 미쳤던 거야. 온갖 무모한 짓을 저지르고, 수없이 카심과 사티를 윽박질렀다. 사티가 자주 울었더랬지. 벨을 도우려는 마음이 없는 거냐고 몰아붙이는 소리나 잔뜩 늘어놓았다. 그 녀석이 한계를 맞이한 것도 충분히 이해가 된다."

"그래도, 그래도, 그건……."

“입 다물어라, 카심. 벨, 네가 사라진 다음에는 아예 죽은 사람이라 생각하기로 했다. 분명 안타까웠지만 내 마음속에는 이상하게 안도하는 기분도 있었지. 더 이상 자기 자신을 몰아붙이지 않아도 되는 것이 아닌가, 라고. 다만 저따위 자신을 용서할 수가 없더군. 그래서 억지로 이유를 만들어 냈다. 네 다리를 빼앗아 갔던 마수를 쫓아 이곳저곳에서 마수를 해치우고 다녔지.”

“……찾아냈나? 그 마수는.”

벨그리프가 물었다. 퍼시벌은 주먹을 부르쥐었다.

“찾아냈다면 얼마나 편했을까. 다만 못 찾아서 안도하기도 했다. 이유를 잃어버리지 않아도 괜찮았으니까. 나는 비겁한 놈이다. 너를 위해서라는 구실로 스스로를 위해 검을 휘둘러왔다. 그렇게 해서 억지로 살아갈 의미를 만들었던 거다.”

카심이 어깨를 축 늘어뜨렸다.

“……퍼시, 나도 비슷하게 떠돌아다녔어. 난 벨이 분명히 살아 있을 거라고 애써 믿었거든. 다리를 고칠 방법을 줄곧 찾아다녔다니까. 그런데 벨이 진짜로 살아 있었고, 딸까지 거뒀다잖아. 대체 왜 여기서 더 책임을 느낄 필요가 있다는 거야? 영원히 과거에 얽매여서 앓아 봤자 아무것도 달라지지 않아.”

“말했을 텐데? 나는 비겁한 놈이라고. 이봐, 카심. 넌 착한 녀석이라 벨이 무사했는데도 솔직하게 기뻐할 수 있겠지. 그런데 난 아니었단 말이다. 지난 내 행적이 전부 무의미했다는 현실과 맞닥뜨린 기분이었어. 벨이 앞을 향하여 걸어 나아갔다는 게 샘났다고. 이봐, 알겠나? 나는 마음속 어딘가로 벨이 이미 죽었기를 바랐었다는 뜻이다."

"그거야…… 그런 생각은, 그냥 생각만 한 거잖아!"

"생각뿐이었는지도 모른다. 한데 저따위 생각을 하는 놈이 감히 친구 행세를 할 수 있겠나? 애당초 자격이 있기는 하나? 아니잖냐!"

퍼시벌은 갑자기 얼굴을 일그러뜨리더니 품에서 향주머니를 꺼내 입가로 가져갔다.

"쿨럭……. 제기랄……."

"……그 향주머니, 여태 써줬던 건가."

벨그리프가 온화하게 말했다. 퍼시벌은 꽉 입술을 깨물었다. 쭉 잡아당겨서 끈을 뜯고는 곧장 벨그리프에게 들이밀었다.

"돌려주마. 더는 필요하지 않다."

"고집부리지 마라. 억지로 원망을 사려 들어도 소용없어."

퍼시벌은 미간의 주름이 깊어지도록 찡그리며 벨그리프를 노려봤다.

"원망도 하지 않는다? 그럴 가치도 없단 소린가?"

"말을 비틀어서 받아들이지 말게. 아니면 원망해주길 바라나? 이곳에 온 이유가 자넬 원망해서 울분을 쏟아 내려는 목적이길 바라는 건가?"

"그게 훨씬 더 편했겠지."

퍼시벌은 탁자에 팔꿈치를 짚고 고개를 수그렸다.

"네가 죽으라고 말해준다면, 나도……."

카심은 말을 잃어버리고 멍하니 있다. 퍼시벌은 잠시 입을 꽉 다물다가 이윽고 얼굴을 들어 올리더니 벨그리프를 바라봤다.

"……과거의 청산이라고 말했던가?"

"그래."

"그럼 청산은 이제 끝났다. 결별이다. 이만 돌아가라. 딸도 있잖나? 굳이 이따위 곳에 오겠다고 고생은 많았겠지만, 나는 앞으로도 쭉 이렇게 산다. 이제 와서…… 용서받아선 안 된단 말이다. 무엇보다, 나는 나 자신을 용서할 수가 없어……."

퍼시벌은 참담하게 말한 뒤 고개 숙였다. 벨그리프는 후유, 한숨을 내쉬었다.

"그래……. 알겠다."

"베, 벨……."

카심이 절망 가득한 표정으로 벨그리프를 바라봤다.

벨그리프는 빙긋 웃고는 입을 열었다.

"한판 붙을까. 퍼시."

"……뭐?"

퍼시벌이 의아해하며 얼굴을 들어 올렸을 때 벨그리프는 난데없이 탁자 위쪽에 둔 잔을 붙잡더니 안쪽의 술을 퍼시벌에게 쏟아부었다.

"풉……?!"

벨그리프는 탁자 너머로 몸을 내밀어서 멈칫거리는 퍼시벌의 멱살을 거머쥐어 일으켜 세운 뒤 뺨을 있는 힘껏 후려갈겼다. 퍼시벌은 균형을 잃고 비틀거리다가 곧바로 다리를 뻗어 버텼다. 탁자가 거꾸로 뒤집히고 의자가 뒤로 나동그라지자 카심이 놀라 일어섰다.

"잠깐, 벨?!"

벨그리프는 아무런 말 없이 다리로 탁자를 밀어 굴리더니 이번에는 퍼시벌의 배에 주먹을 꽂아 넣었다. 퍼시벌은 견디지 못한 채 무릎을 꿇었고 바닥에다가 피를 컥 뱉더니 벨그리프를 노려봤다.

"이 자식……!"

"뭔 핑계가 이리 구질구질한가. 내가 납득할 줄 알았나? 정말?"

"……헛소리 집어치워!"

퍼시벌이 벨그리프에게 달려들었다.

공방을 운운하여 떠들 만한 세련된 대결은 아니었다. 두 사람은 머리카락을 부여잡는 둥 서로가 목을 조르는 둥 마치 어린아이끼리 싸울 때처럼 들러붙어서 바닥을 굴러다녔다. 주위의 모험가들은 놀라 시선을 보내다가 「뭐냐, 싸움질이냐」 떠들며 다시 원래대로 술을 마시기 시작했다. 이곳에서는 별달리 드문 소동이 아닌 듯싶다.

급히 달려온 안젤린도 손을 대지 못한 채 머뭇머뭇할 뿐이다.

"아, 아빠! 퍼시 아저씨! 그, 그만, 그만해! 그만하래도!"

그러나 멈추지 않는다. 두 사람은 꼴사납게 치고받고 뒤얽혀서 모래 먼지투성이가 되었다.

잠시 후 벨그리프를 바닥에 벌러덩 쓰러뜨린 뒤 퍼시벌이 그 위쪽에 몸을 걸쳐서 올라타고 멱살을 거머쥐는 자세가 됐다. 양쪽 다 몹시 숨을 몰아쉬느라 힘들어 보였다.

그러나 벨그리프는 힘들어하면서도 묘하게 즐겁다는 듯이 웃었다.

"헉, 허억……. 역시 못 이기는군."

"흡…… 흐읍……. 당연하잖냐……! 뭐하자는 거야……! 도대체 뭐냐, 넌……!"

퍼시벌의 눈에 눈물이 배어나다가 뺨을 타고 흘러서 턱 아래로 떨어졌다.

"넌 항상 똑같았다! 자기만 혼자 불운을 다 떠안아선……! 다리가 없는 네가 신경을 쓰지 말라며 웃을 때마다 나는 괴로웠다! 네가 가짜 미소를 우리에게 짓는다는 게 슬펐단 말이다! 어째서 화를 내주지 않았던 거냐! 어째서 도움을 청해주지 않았던 거냐! 내가…… 우리가…… 얼마나 서운했는데……."

퍼시벌은 울다 쓰러지다시피 어깨를 축 늘어뜨리며 경련했다. 줄곧 억눌러왔던 감정이 결국 흘러넘쳤다.

"드디어 본심을 말해주는군……. 아야야."

벨그리프는 얻어맞은 부위에 손을 가져다 대면서도 미소 지었다.

"……미안하다. 너는 이제껏 쭉 나를 친구로 생각해줬구나."

"친구가 아니었으면 이딴 고통을 왜 받았겠나! 빌어먹을……."

"……나는 성인군자가 아니야."

벨그리프는 조용히 말한 뒤 찢어진 입술에서 배어난 피를 손가락으로 닦았다.

"이봐, 퍼시. 나도 말이야, 모험가를 그만두기로 결정했을 때는 너희를 원망도 했어. 어째서 나만 이렇게 됐나, 당연히 화도 치밀었지. 올펜에서도 일부러 너희를 피해 다녔었고."

"……당연하다. 역시."

"그렇지만 줄곧 후회했거든. 아무런 말없이 떠났던 것도, 너희를 원망해버렸던 것도……. 결국 난, 나 자신이 좋은 모습을 보이고 싶다는 생각밖에 안 했던 거야. 자기 실력이 부족하다는 걸 핑계 삼아서, 더 이상은 자신이 상처받을까 봐 무서웠던 거야. 너희가 상처받은 것도 당연한 일이지. 조금만 생각했다면 당연히 알 수 있었을 텐데 결국은 외면해버렸어."

"전혀 후회할 필요가 없다……. 당연한 행동이잖냐."

"아니야. 지금 와서는 난 오히려 감사하는 마음이거든. 만약 올펜에서 계속 모험가로 활동했더라면……. 아마도 나는 더 이상 성장하지 못했을 테지. 너희와 비교하면 검에 재능이 없었어. 그래서 자꾸 마음이 급해졌지. 다른 분야에서 어떻게든 힘이 되어주려고 발버둥은 쳤다만……."

"……꽤 많이 도움이 되었다만."

"하하, 그랬나? 어쨌든, 마음은 편치 않았군. 검술에서 줄곧 열등감을 떠안아야 했으니까 말이다……. 그러니까 머지않아서 공을 세우려고 마음만 급해져서 앞에 나서다가 마수에게 죽어 나가지 않았을까 싶더군."

"그럴 리가…… 이제 와서 어떻게 안다고."

"그렇긴 하지. 다만 한 가지만큼은 확실하군. 내가 다리를 잃고 고향으로 돌아가지 않았다면 안제와 만나지 못했어, 분명."

"안제……. 그렇군."

퍼시벌은 안젤린을 돌아봤다. 근처에 서 있던 안젤린은 덜컥 놀라며 벨그리프와 퍼시벌을 번갈아 쳐다봤다.

"……강하더라. 나와 비슷한 수준으로 싸울 수 있는 모험가는 흔하지 않아."

"그렇지? 나는 행복한 놈이야. 그래서 더욱, 너희를 두고 도망치다시피 떠났다는 게 줄곧 마음속 어딘가에 걸림돌로 남아 있었어. 너희들이라면 괜찮을 거라 자신에게 변명을 하며 말이지. 그게 결국은 눈을 돌리는 외면에 불과했다는 것을 뒤늦게나마 깨달을 수 있었지."

"오래…… 걸렸군."

"세상모르는 애송이였잖나……. 지금에 와서 간신히 과거와 마주할 용기가 나더군. 그것도 안제 덕분이라네. 딸아이가 수많은 인연을 내게 가져다줬지."

벨그리프는 눈을 살며시 내리감았다. 안젤린이 아니었다면 퍼시벌은커녕 카심마저도 다시 만날 수 없었을 테지.

"그래도, 나는 널 원망까지 했던 놈인데……?"

"그게 다 무슨 상관인가. 네가 완벽한 인간이 아니라는 걸 설마하니 내가 몰랐을까 봐?"

"제기랄……. 역시 너한테는 못 당하는구나, 벨."

퍼시벌은 다 포기했다는 듯이 벨그리프를 내리누르던 몸을 빼내더니 바닥에 책상다리를 하고 앉았다. 그러다가 문득 표정을 누그러뜨렸다.

"거참……. 마흔을 훌쩍 넘긴 아저씨가 고집부리면서 쌈박질이라니……. 이렇게 꼴사나울 수가."

"하하, 나잇값을 못한 건 서로가 마찬가지잖나……. 이제는 그만 자신을 용서해주게. 자네는 충분히 애썼으니까."

"……나는, 아직도 네 친구인 건가?"

"설령 자네가 달리 생각하더라도 내게는 줄곧 친구였어. 그동안 쭉, 앞으로도 계속."

벨그리프는 상체를 일으켜서 빙긋 웃고는 퍼시벌의 어깨에 손을 올려놓았다.

"오래도록 미안했다, 퍼시. 살아 있어줘서 고맙고. 다시 만나서 기쁘군."

"……나도 마찬가지다. ……고맙다, 벨. 만나러 와줘서."

퍼시벌은 꽉 눈을 감더니 눈자위를 손가락으로 눌렀다.

안젤린이 벨그리프에게 안겨 들었다.

"화해한 거야……?"

"하하, 그렇구나. 안제 덕분이란다."

덥석덥석 머리를 쓰다듬어주자 안젤린은 기뻐하며 눈을 감았다.

"못된 자식아!"

갑자기 카심이 퍼시벌의 어깨를 걷어찼다. 퍼시벌은 비틀거리며 카심을 노려봤다.

"뭐하는 짓이냐."

"시끄러워! 아주 사람 속을 들었다 놨다! 못된 고집쟁이야! 도대체 옛날부터 바뀐 게 없어! 쓸데없이 맨날 생떼나 부려 대면서 내 속도 모르고……. 어우!"

"어, 알겠다, 알겠어. 화내지 마라……. 그런데 옛날부터 너도 비슷비슷하지 않았냐."

지긋지긋하다는 듯이 고개를 가로젓는 퍼시벌의 어깨를 루실이 콕콕 찔렀다.

"잘됐네, 아저씨."

퍼시벌은 움찔 놀라선 표정을 굳혔다가 곧 겸연쩍어하며 뺨을 긁적였다.

"거 뭐냐……. 미안했다. 여러모로."

"돈 워리. 비 해피."

"후후후, 갑자기 둥글어지는군. 못된 귀신이 떨어져 나간 것 같으이."

야쿠모가 히죽히죽하며 담뱃대를 입에 물었다. 퍼시벌은 벅벅 머리를 긁고 일어섰다.

"시끄럽다. 뭐 잘못됐나?"

"설마, 이런 경사가 없군. 안 그런가?"

뒤쪽에서 아넷사와 밀리엄, 마르그리트도 안심하며 고개를 끄덕거리고 있다.

벨그리프는 웃음 지으며 퍼시벌을 쿡쿡 찔렀다.

"자네를 꽤나 무서워하던데? 맞지? 안제."

"응……. 무서웠어, 퍼시 아저씨."

"아버지와 딸이 편먹고 날 괴롭히지 마라!"

막상 소리를 지르면서도 퍼시벌의 얼굴은 기뻐 보였다. 마치 소년과 같은 쾌활한 웃음이 얼굴 한가득 들어차 있다.

아무래도 『구덩이』 쪽이 소란스럽다. 또 마수가 기어 나온 것 같았다.

한껏 숨을 내쉬고 퍼시벌이 일어서더니 허리에 찬 검의 위치를 고쳤다. 떨어져 있던 향주머니를 주워서 품에 넣는다. 그리고 안젤린과 다른 일행들이 앉아 있었던 탁자의 술병을 낚아채고는 곧장 단숨에 쭉 들이켰다.

"……하핫, 이렇게 맛있는 술은 오랜만이다!"

퍼시벌은 감개무량하다는 듯이 말하더니 입가를 닦고 텅 비운 술병을 집어 던졌다.

"벨, 카심. 한바탕 휘젓고 오지. 힘이 넘쳐나는군."

"그래, 좋았어! 헤헷, 기쁘네! 다음에는 사티를 찾아오자고."

카심이 중절모자를 고쳐서 쓴다. 벨그리프는 쓴웃음 짓고 일어나서 대검을 다시 둘러멨다. 안젤린이 기뻐하며 옆쪽에 다가와 섰다.

"잘됐네, 아빠!"

"그래……. 정말이지."

갈라졌었던 길이 또 하나 합쳐졌다는 기분이 든다. 작고 가느다

란 인연이 조금씩 얽혀 자신을 인도해주는 것 같았다. 나머지 하나, 엘프의 은발이 기억 속에서 흔들거리고 있다.

일행이 막 걸음을 떼었을 때 문득 떠올랐다는 듯이 퍼시벌이 뒤를 돌아봤다.

"그러고 보니, 벨."

"음?"

"안제가 그러던데……. 적귀라는 게 뭐냐?"

"……안제?"

안젤린을 휘파람 부는 시늉을 하며 엉뚱한 방향으로 눈을 돌렸다.

바람이 구름을 어딘가로 밀어 냈기에 하늘은 더없이 맑고 화창하다.

특별 수록

번외편

MY DAUGHTER
GREW UP TO
"RANK S"
ADVENTURER.

EX 변경의 여름

메에메에 시끄럽게 울며 양들이 달려간다. 그 주위를 둘러싸는 위치에 목양견들이 또 달리며 양을 일정한 방향으로 몰아간다.

여름철 톨네라의 평원은 떠들썩하다. 늦봄부터 들판에 풀어놓는 양들은 아침부터 밤까지 내내 풀을 뜯어서 먹고, 초여름의 털 깎기 작업을 위해 마을에 일단 데리고 온 다음에 다시 평원에 풀어놓는다. 털을 깎아서 산뜻한 모습으로 바뀐 양들은 부드러운 푸른 풀을 듬뿍 먹으며 겨울을 대비하여 다시 털을 기른다.

털 깎기 전 몰이 단계는 마을의 목동 및 거들어주는 사람들이 총출동해서 치르는 큰일이다. 털 깎기가 끝난 다음 이 양들이 지나치게 멀리 가지 않도록 꾸준하게 살펴봐주다가 무리가 너무 떨어지는 경우에는 목양견을 부려서 마을 근처로 유도한다.

언덕 위에서 바라보면 양들은 마치 전부가 하나의 생물 같았다. 개 짖는 소리와 양들이 떠드는 소리, 목동이 개를 부리는 날카로운 소리가 장애물 없는 평원에서 울려 퍼지고 있다.

그 광경을 바라보던 샤를로테가 살짝 흥분해서 말했다.

“굉장해! 저번에도 생각했는데 저 개들은 정말로 길이 잘 들었구나!”

"그렇지. 저 녀석들이 없으면 일을 못 한다니까."

번스가 대답하고는 지팡이를 어깨에 댔다.

"아버지가 양을 늘려 놔서 말이야……. 우리 집 개도 나이를 꽤 먹었겠다, 슬슬 강아지를 길러야 할 텐데."

"강아지? 나도 길러보고 싶어라."

"그것도 아마 괜찮을 거다. 다만 목양견으로 길들이는 게 많이 힘들거든."

저 멀리서 번스를 부르는 목소리가 들려왔다.

"아, 젠장. 미안하다, 샤르. 이 얘기는 나중에 또 하자."

번스는 지팡이를 한 손에 들고 풀을 밟으며 달려갔다.

양몰이는 가만히 구경해도 즐거웠지만, 이렇게 하루 온종일 시간을 죽일 순 없다. 조만간에 같이 일하고 싶은 마음은 있다. 안젤린도 열 살 무렵에는 벨그리프를 도와 양몰이를 다녔다고 들었다. 다만 톨네라에서 쭉 살고 자랐던 다리 튼튼한 여자아이와 루크레시아의 귀족 가정에서 자랐던 도시의 약한 아이는 비록 나이야 같을지언정 도저히 비슷하게 일을 버틸 순 없을 것이다.

서두르지 말고 조금씩, 샤를로테는 밀짚모자를 고쳐서 쓰고 마을 방향으로 걸음을 돌렸다.

밭갈이소리가 들려온다. 수확이 끝난 보리밭이며 숲의 나무들 때문에 황폐해졌던 토지를 다시 일구고 있다. 봄 파종 밀밭에서는 파릇파릇한 새잎이 바람에 흔들거리고, 농부가 울타리를 점검하며 걸어 다닌다.

오래된 숲의 습격 때 상흔도 치유되어서 톨네라는 일상을 되찾아 가고 있었다. 올펜에서 고아원의 밭일을 거든 경험은 있었지만, 샤를로테도 생활의 양식을 위해 본격적인 농업에 임하는 것은 처음이다. 익숙하지 않은 일거리가 잔뜩이지만, 즐거운 일이 더 많았다.

벨그리프와 안젤린은 지금쯤 어디를 가고 있으려나. 아버지처럼 언니처럼 따르는 두 사람이 부재중이라 쓸쓸했지만, 그럼에도 복수에 매진하며 방랑하던 시절과 비교하면 톨네라의 하루하루는 너무나 눈부시게 반짝거렸다.

집집마다 처마 아래에서 마을 사람들이 허리를 굽혀 감자의 선별이나 보리를 말리거나 일하는 중이다. 한동안 이곳저곳에서 가득 떠다니던 양털 냄새는 여름 바람에 날려 가서 미약해졌다.

깎은 양털은 씻은 다음에 한 번 온수로 데쳐서 기름이나 때를 벗겨야 하는데, 그때 나는 냄새가 꽤 강렬했다. 처음 겪었던 샤를로테는 독한 냄새에 입을 못 열었었다. 그러나 그런 과정을 거친 양털은 새하얗고 폭신폭신하고 무척 훌륭한 감촉이 느껴졌다. 양털을 한 뭉치 받아서 샤를로테는 미토와 둘이 질리지도 않고 주물럭대며 놀았다.

또한 양털은 스핀들로 자아서 실을 만들 수 있다. 이 실을 엮어서 옷이나 천을 짓는다. 벨그리프의 집에서는 뜨개바늘을 쓰는 간단한 물품만 가끔 만들었지만, 양을 기르는 집에는 베틀을 들여놓았기에 근처를 지나가면 딸각딸각 베틀 돌리는 소리가 들려온다.

톨네라에서는 양털 가공품이 중요한 생산품이다. 본인들이 사용함은 물론이고 행상인에게 판매하거나 물물교환의 도구로도 사용하고는 한다. 톨네라의 양털은 품질 좋기로 행상인들에게도 평판이 좋은지라 해마다 한 번 정도의 빈도이나마 일부러 에스트갈에서 매입을 하러 오는 상인이 있을 정도다.

샤를로테는 케리의 집 앞에 왔다. 베틀의 소리가 들려온다. 케리의 집은 몇몇 공방을 지어서 치즈를 만들고 천을 짜는 등 톨네라의 첫째가는 부농이라는 이름에 부끄럽지 않게 일거리가 많다. 이곳을 일터로 삼은 마을 사람도 많았다.

아직 점심 식사를 먹기에는 이른지라 잠깐 들여다보고 가자 싶어서 샤를로테는 베 짜는 곳에 가봤다. 돌과 나무로 만든 벽에 남향으로 창이 있었고 활짝 열어 두었다. 발돋움질해서 들여다보니 네 대가 나란히 있는 베틀 앞에서 마을 아가씨 및 아주머니가 부지런히 일하고 있었다.

날실과 씨실이 서로 짜 맞춰지는 모습이 신기하고 재미있어서 구경하던 중 뒤쪽에서 누군가가 등을 톡 두드렸다. 「꺄아」 비명 지르며 고개 돌렸더니 리타가 서 있었다. 털 구슬이 든 바구니를 손에 들었다.

"여기서, 뭐해?"

"있잖아, 있잖아. 되게 신기해서, 구경……."

나쁜 짓을 저지른 것이 아닌데 어쩐지 장난을 치다 들킨 기분이 들어 샤를로테는 우물쭈물 손을 맞잡고 꼼지락댔다. 리타는 킥 웃고는 샤를로테의 손을 잡았다.

"그러면, 더 가까이 가서 볼까?"

"어? 괜찮아?"

그렇게 공방 안으로 들어간다. 작업 중이던 여자들은 손을 멈추고 샤를로테에게 웃음 지었다. 샤를로테는 우물쭈물하면서 새삼 공방의 안을 둘러봤다. 베틀이 있고 커다란 물레도 있다. 평범한 집은 자그마한 스핀들을 쓰는데 과연 케리의 집은 규모도 크다.

"자, 이쪽."

리타에게 손을 이끌려서 샤를로테는 베틀 중 하나의 앞에 앉았다. 어쩐지 두근두근하다.

"다리가 닿으려나."

방금 전까지 이곳에 앉아 있었던 언니가 가만히 중얼거리더니 샤를로테의 발끝을 들여다봤다. 발이 닿는 부분에 페달이 있고, 이것을 밟아 날실을 위아래로 움직이는 것 같다. 샤를로테는 살짝 의자의 앞쪽으로 엉덩이를 빼내서 다리를 힘껏 뻗어봤다. 그러자 충분히 닿는다. 밟아봤더니 잉앗대가 움직여서 날실이 서로 엇갈렸다. 그 사이에 씨실을 집어넣는다. 다 들어가면 바디를 써서 씨실을 조였다. 그렇게 페달을 바꿔 밟아 가면서 다시 씨실을 집어넣는다. 이렇게 쭉 반복하는 작업이다.

단순한 일 같아 보이지만, 막상 해보니까 의외로 어려웠기에 샤를로테는 악전고투했다.

"거기, 너무 잡아당기면 안 돼."

"어이쿠, 그쪽은 같은 곳으로 들어가 버렸네. 페달이 반대잖니."

몇 번인가 해보다가 애써 짜고 있었던 천을 망쳐버리면 미안하겠다는 생각이 들어 샤를로테는 손을 멈췄다.

베틀 앞 벽에 문양의 견본일까, 예쁘게 짠 천이 한 장 걸려 있다. 여섯 색깔의 실을 짜깁기해서 몹시 아름답다.

태어난 고향 루크레시아에도 아름다운 천은 무척 많았다. 추기경의 딸이었던 샤를로테는 그러한 천을 접할 기회도 많았다. 다만 따뜻한 남쪽 지방에서 봐왔던 것은 얇고 매끈한 아마나 면, 비단이 거의 대부분이었다. 문양의 형태도 익숙하지 않다. 그러나 저것은 양털이라는 듬직하고 무거운 질감의 천에 잘 어울린다는 생각도 들었다.

자신도 연습하면 이렇게 천을 예쁘게 짤 수 있을까, 샤를로테는 생각해봤다.

다시 작업을 시작하는 배틀 뒤쪽에서 샤를로테는 실잣기를 거들었다. 이 일은 벨그리프가 올펜까지 양털을 가져와서 빈 시간에 자을 때 도왔던 적이 있어서 요령을 안다. 회전하는 스핀들 위쪽에서 양털을 조금씩 잡아당겨주자 두 손의 손가락 사이로 실이 뻗어 나가는 모습이 마법 같았고 또한 아름다웠다.

벨그리프의 실잣기 솜씨도 능숙했는데 리타는 더욱 능숙하다. 척척 손을 움직이면서 뭉친 곳 하나도 없이 깔끔하게 실을 잣더니 눈 깜짝할 사이에 스핀들을 실로 가득 채워버린다.

"리타는 역시 잘하는구나……."

샤를로테가 선망과 함께 말하자 리타는 빙긋 웃었다.

"샤르도 금방 솜씨가 늘 거야, 응."

"그럴까……."

다시 벽에 걸어 둔 천을 바라봤다. 저렇게 훌륭한 천은 실잣기부터 능숙해지지 않으면 짤 수 없을 것이다. 연습을 더 많이 해야겠구나. 샤를로테는 스핀들을 다시 들여다보다가 문득 궁금한 게 떠올라서 입을 열었다.

"안제 언니는, 길쌈은 안 했던 거야?"

"으음……. 안제는, 딱히 안 했었네. 그 애는 남자애들이랑 같이 칼싸움하는 걸 더 좋아했거든. 맞지?"

리타가 묻자 주위의 여자들도 동의하며 웃었다.

"그러게 말야. 실잣기만큼은 벨 아저씨도 하니까 흉내 내면서 따라 했었지만."

"안제는 벨 씨가 하는 일거리 돕는 걸 좋아했잖니. 굳이 길쌈하는 방법을 배울 생각은 없는 것 같았어."

"그런 아이가 설마 S랭크 모험가까지 될 줄은 몰랐는데, 난 깜짝 놀랐어."

"그래도 봄맞이 축제 때 드레스, 진짜 아리따웠지."

"맞아, 맞아. 남자애들처럼 막 달려 다니던 안제를 떠올리면 상상도 못할 만큼 예뻤어."

"대공님의 따님께 받은 옷이라잖니. 정말 대단하다니까."

깍깍 수다를 떨며 들뜨면서도 여자들은 손을 멈추지 않는다. 이미 익숙한 일이기 때문일 테지. 샤를로테는 감탄하는 한편 자신의 손이 멈춰 있다는 것을 깨닫고 허둥지둥 스핀들을 돌렸다.

그런 식으로 한동안 실잣기에 열중하던 중 활짝 열어 둔 입구에서 잔뜩 찌푸린 표정을 짓고 벡이 들어와서 말했다.

"밥 먹어라."

○

한나의 집은 마치 공방 같았다. 소소하게나마 목공 도구를 다수 갖춰 놓았다. 한나의 죽은 남편이 나무를 베어 번 돈으로 사들여서 조금씩 구색을 갖춘 도구인데, 지금도 한나가 정성스럽게 손질하여 연마하는지라 모두 칼날이 날카롭게 잘 들었다.

집의 뒤편에는 작은 지붕을 밖에 달아 놓았고, 그 아래에 목재로 쓰지 못하는 자투리나 크고 작은 나뭇가지 따위가 놓여 있었다. 이것들을 목공 세공의 재료가 되어주기에 한나가 지금도 밭일이며 식사를 마련하는 중 짬짬이 그릇이나 수저 및 여러 도구로 가공하여 톨네라의 집집에 나눠 주거나 행상인에게 팔았다.

미토가 호기심으로 눈을 반짝이며 공구 앞을 왔다가 갔다가 한다. 벽에 만들어 둔 찬장 위쪽에 목공 도구가 가지런하게 놓여 있었다. 위쪽 부근에는 나무를 깎은 인형 및 식기 따위도 있다. 작업대인 듯한 나무 탁자의 위에는 만들다 만 접시가 놓여 있었다. 그 밖에도 나무껍질을 써서 제작한 바구니나 덩굴을 엮은 소쿠리

따위가 놓여 있다. 미토가 보기에는 보물산이다.

"칼날은 만지면 안 된다? 다치면 큰일이야."

찻주전자에 온수를 따르면서 한나가 말했다. 손도끼에 막 손을 뻗으려다가 미토는 깜짝 놀라며 허둥지둥 손을 빼냈다. 그 광경을 보고 한나는 쿡쿡 웃었다.

"너한테는 도끼가 아직 무거울 거야."

"무거워?"

미토는 손도끼를 보고 고개를 갸웃거렸다.

"그래, 그 녀석은 한쪽 손으로 드는 물건이거든. 자, 이리로 오렴. 차가 다 끓었구나."

한나의 말에 미토는 아장아장 탁자 쪽으로 다가갔다.

아침 식사를 마친 뒤 뒤뜰의 밭을 돌보고 미토는 혼자 마을 안쪽을 걸어 다니고 있었다. 한동안은 오래된 숲을 불러들였던 사고 때문에 죄책감을 느껴서 조금 흠칫흠칫했던 미토는 마을 사람들이 애써 다정하게 대해주었던 덕분에 벨그리프와 다른 사람들이 여행에 나설 즈음에는 완전히 예전과 같은 모습으로 돌아와서 지낼 수 있었다.

벨그리프와 여러 사람들이 자리를 비운지라 물론 쓸쓸하다. 하지만 그라함이 있고, 지금은 샤를로테와 벡도 있다. 쓸쓸하기는 해도 고독을 느낄 정도는 아니었다.

그렇지만 오늘은 혼자다. 다들 특별히 바쁜 까닭은 아니었다. 집에는 작은 아이들도 모여든다. 바쁨 부모들을 대신해서 그라함이 아이들을 돌봐주기 때문이었다. 평소에는 같이 아이들과 놀 때가 많았는데 오늘은 혼자가 좋았다. 미토도 가끔은 그런 기분이 드는 때가 있는 것 같았다.

어쨌든 간에 그렇게 봄 파종 밀밭을 구경하거나 제재소의 작업을 구경하던 중 한나의 집까지 왔다. 아직 던컨이 여행을 떠나기 전에는 컵을 만들기 위해 들락거리는 던컨을 따라온 적도 있었다. 다만 요즘 들어서는 거의 찾아오지 않았다. 나무꾼들의 점심 식사를 준비하던 한나는 변함없이 쾌활하게 웃음 짓고는 미토를 맞이하여 지금 이렇듯 차를 내주고 있다.

집은 창문도 문도 활짝 열어 두었기에 여름 바람이 불어와서 빠져나간다. 바닥에 살짝 흩어져 있는 나무 부스러기가 바삭바삭 소리를 내며 움직였다.

한나는 머리에 두른 수건을 다시 감았다.

"뭐야, 컵이 신기하니?"

"응."

찻잔을 두 손으로 들고 미토는 고개를 끄덕였다. 이 컵도 한나의 수제품이다. 나무를 파내서 구멍을 뚫은 물건이었다. 차를 마시는 것이 아니라 컵을 구석구석 뜯어본다. 그런 미토를 보고 한나는 유쾌하게 웃었다.

"단순한 목각 컵이잖니."

"한나가, 만들었어?"

"응? 그래, 내가 만들었지."

"……나도 만들 수 있어?"

한나가 어라, 놀라는 표정을 지었다.

"그럼 말이지, 내 말을 꼭꼭 들어주면 가르쳐줄 수도 있단다."

"만들래. 가르쳐줘."

한나는 난로에 걸어 둔 냄비를 힐끔 곁눈질로 보고는 곧 미토를 다시 돌아봤다.

"점심때는 아직 여유가 있고……. 잠깐 만들어볼까."

"만세. 고마워!"

"후후, 꼬박꼬박 인사 잘하는 아이는 좋아한단다. 자, 이리 오렴."

잘 연마되어 번뜩번뜩한 끌을 건네받고 미토는 살짝 긴장하며 주먹 쥐었다. 한나는 미토의 팔보다 얼마간 더 두꺼운 나뭇가지를 들고 왔다.

"잠깐 구경하려무나. 손도끼가 아직 너한테는 무거울 테니."

한나는 그렇게 말한 뒤 나뭇가지를 깎아 내기 시작했다. 껍질을 벗기고 그다음은 평편한 면을 만든다. 익숙한 손놀림에 멋들어지는 솜씨다. 평면이 만들어지자 한나는 거기에 얇은 숯으로 그림을 그렸다. 컵을 위에서 본 도면일 테지. 이제 나무를 목공용 말 의자에 놓는다. 여기에 앉아 발치의 페달을 밟으면 상부의 나무가 목재를 꽉 잡아준다. 한나는 일단 미토를 앉혔다가 곧 웃음 지었다.

"아하하핫, 미안, 미안해. 넌 다리가 안 닿는구나."

미토는 몸이 작아서 도저히 페달을 밟을 수 없다. 결국 한나는 자신이 말 의자에 걸터앉고 미토를 무릎 위쪽에 올려놓았다. 단단하게 고정된 나무를 앞에 두고 미토는 끌과 나무망치를 붙잡았다.

"자, 여기를 파내면 돼."

한나의 지시를 따라 숯으로 그린 원의 안쪽에 끌의 칼날을 가져다 댄다.

"그래, 망치로 뒤쪽을 때려. 콩, 콩."

시키는 대로 끌의 뒤쪽을 나무망치로 때렸다. 칼날이 나무에 파고들었다.

"더 세게! 칼날을 살짝 기울여서."

미토는 긴장하며 끌을 든 손에 힘을 주어서 나무망치를 휘둘렀다. 겨냥이 잘 맞질 않는다.

"어려워……."

"아하하, 처음 시작하자마자 잘하는 사람이 어디 있겠어. 자, 침착하게. 손이 미끄러지면 위험하니까."

거듭거듭 나무망치가 끌 뒤쪽을 때렸다. 콩콩, 기분 좋은 소리가 방 안에 울려 퍼졌다. 처음에는 자꾸 헤맸던 미토도 점점 요령을 깨달을 수 있었던 덕에 소리에서 탁한 울림이 사라져 갔다. 그러자 자꾸자꾸 재밌어져서 처음의 긴장감은 이미 싹 사라졌다. 이제는 어떻게 끌을 가져다 댈까, 각도나 아귀힘의 조절이 더 신경 쓰인다.

"좋아, 많이 늘었어……. 던컨도 말이야. 처음에는 갈팡질팡하다가 금방 익숙해지더라."

"던컨도?"

미토는 손을 멈추고 어깨 너머로 한나를 돌아봤다. 한나는 미소 지었다.

"그럼. 언제가 돼야 돌아오려나. 다음에는 깊은 접시를 만들자고 약속했었는데."

좋겠다, 멋져. 미토의 머리에 떠오른 생각이었다. 자신도 질 수 없었기에 다시 컵을 들여다보며 끌과 나무망치를 꽉 붙잡았다. 그렇게 한동안 작업에 열중했고, 한나도 재미있어하는 표정을 짓고 가만히 지켜봐주는 동안에 난로 쪽에서 픽픽 소리가 났다.

"응? 어, 아이코!"

한나가 괴상한 소리를 냈다. 미토는 놀라서 손을 멈췄다. 한나는 난로 가까이 휙 날아갔다. 냄비에서 세차게 김이 뿜어져 나오고, 테두리 쪽은 거품이 가득 흘러넘친다. 또한 거품이 냄비의 겉면을 따라 흐르다 불 위에 떨어지면서 지글지글 소리를 내고 있었다.

한나가 페달을 밟아주지 않으면 작업을 계속할 수 없다. 미토는 목공용 말 의자에 걸터앉은 채 몹시 허둥지둥하며 냄비를 휘젓고 있는 한나를 바라보다가 잠시 후 조각하다가 중단된 컵을 다시 바라봤다. 이것을 완성시키면 분명 벨그리프와 안젤린은 놀랄 것이다. 자신의 컵이 만들어지면 다음에는 벨그리프를 비롯한 가족 모두의 컵을 만들어주고 싶다. 그런 생각을 했다.

그때 활짝 열려 있는 입구로 샤를로테를 데리고 벡이 들어왔다.

"밥 먹어라."

그렇게 무뚝뚝한 얼굴로 말을 꺼냈다.

○

여름 햇빛이 쨍쨍 내리쬐고 있었다. 그러나 아주 못 견디게 따갑지는 않다. 불어오는 바람이 열기를 식혀주고, 또한 바람이 들판의 풀을 어루만지고 갈 때마다 땀이 배어났던 피부가 시원해졌다.

아침 식사를 마치고 뒤뜰의 밭에 물을 다 뿌려준 즈음 샤를로테도 미토도 제각각 어딘가로 나가버렸다. 벡은 난로 주위를 청소하고 빨래를 마친 다음에 또 뒤뜰의 밭에서 무엇인가 일을 하는 중이다. 마왕을 지니고 있는 소년은 얼마 전까지 이 집에 가득했던 소녀들과 비슷하거나 더한 수준으로 집안일을 잘한다. 본래 저러한 기질이 있었을 테지. 그라함은 비록 이단자이더라도 엘프이기에 별로 자연에 대하여 적극적으로 손을 대려고 하는 의식이 희박하다. 나이를 먹어 가면서 저런 측면이 더욱 강해졌다. 밭일이 서툰 까닭에는 이러한 사정이 있다.

그라함은 앞마당에서 장작을 패며 모여든 작은 아이들을 보고 있었다. 바쁜 시기에는 밭이나 집안일을 돕는 아이들도 일거리가 일단락되면 놀이에 정신이 없다. 어른들은 상대해줄 겨를이 없기 때문에 아이들은 자주 그라함을 찾아왔다. 아이들만 다닐 때에는 가면 안 된다고 엄하게 당부를 듣는 숲에도 그라함과 함께라면 드나들 수 있다.

일곱 살 정도 된 여자아이가 그라함의 옷자락을 잡아당겼다.

"할아버지, 오늘은 숲에 안 가?"

"조금만 더 기다리거라."

그라함은 패기를 마친 장작을 장작용 선반에 정리하며 이제는 내부 장식도 마무리 단계에 들어가 있는 새집의 방향을 쳐다봤다. 안젤린과 다른 사람들이 있던 즈음은 아이들끼리 밤마다 저쪽 집 안에 들어가서 말판 게임이나 카드를 하며 놀았었다. 지금은 내부 공사가 시작된 까닭도 있어 새집에서는 놀 수가 없다. 그러므로 샤를로테와 미토는 침상에 누워 그라함의 모험담을 들으면서 잠들곤 한다.

그라함에게 그런 시간은 신기한 행복감이 느껴졌다. 아내도 아이도 두지 않았고 마르그리트를 맡았을 때 이외에는 아이와 접할 시간도 썩 많지는 않았었다. 지난 인생의 많은 부분은 전투였고, 엘프령에서 은거에 가까운 생활을 하게 된 이후에도 인간들의 땅에서 줄곧 싸워왔던 과거가 영향을 줘서 동포들과의 교류는 적었다.

그렇게 쭉 조용하게 스러져 가는 것인가. 분명 달관했었는데 이렇듯 톨네라에서 아이들에게 둘러싸인 채 생활하고 있다. 인과란 참 신비롭다고 그라함은 생각했다. 안젤린이 벨그리프에게 다양한 인연을 연결해준 것처럼 자신에게도 마르그리트가 여러 인연을 연결해준 것이 아닐까 생각이 든다. 이 나이를 먹은 뒤 얻기 어려운 벗을 얻게 될 줄은 상상도 하지 못했다.

벨그리프에게 맡겨 둔 검은 어떻게 지내고 있을까 궁금해졌다. 자신이 나이를 먹어도 검은 늙지 않는다. 이번 모험도 바라던 바일 테지. 검이 등에 없다는 것을 떠올리면 어쩐지 반쪽을 잃어버린 듯한 기분이 든다. 그러나 자신이 은거 비슷한 생활을 보내고 있던 시절에는 오히려 검이 저러한 느낌을 받았을지도 모르겠다.

세탁한 옷가지가 바람에 흔들리고 있다.

장작을 정리한 뒤 태양의 위치를 봤다. 아직 점심때는 멀었다. 너무 깊숙이 들어갈 수는 없겠지만, 숲에 가서 편물을 만들 나무 덩굴이나 모아 오면 괜찮겠다 싶었다. 그래서 도구를 정리하던 때 벡이 바구니를 품에 안고 돌아왔다.

"뭐하려고."

"숲에 갈 생각이다만……. 그대는 어찌할 텐가."

"나까지 가면 누가 점심을 차려."

벡은 변함없이 찌푸린 얼굴로 말했다. 바구니에는 솎아 낸 잎사귀며 작은 여름철 야채 따위가 들어 있었다.

"그런가. 그럼 집을 잘 지켜주게나."

"……점심때까지는 돌아와라."

벡은 나지막하게 말한 뒤 물가로 다가갔다. 야채를 씻으려나 보다.

그렇게 그라함은 아이들을 데리고 마을 바깥까지 걸어갔다. 아이들은 기운 넘쳐서 나무 막대를 검처럼 휘둘러 댄다.

평원에 걸음을 디뎌 숲 부근까지 왔다. 숲의 나무들은 바람에 흔들거리고 있었다. 파릇파릇한 잎이 부딪쳐서 소리를 낸다. 그러나 나무들 틈에 한 발짝 걸음을 들여놓자 바람도 미약해지는 듯 느껴졌다.

아이들은 벌써 주위를 둘러보며 이것저것 보물을 찾아다니고 있다. 이상한 모양의 나뭇가지나 가면으로 쓸 만한 커다란 잎사귀, 아름다운 꽃과 나무 열매 등 아이들의 마음을 사로잡는 것은 무척 많았다.

"내게서 떨어지면 안 된다."

"네에."

아이들의 대답은 기운차다. 다만 방심해서는 안 됐다. 아이들이란 나름 주의를 기울이다가도 무엇인가에 열중하면 금세 주위를 돌아보지 못하게 된다. 벨그리프를 대신하여 아이들 돌보기를 맡은 입장에서 무슨 일이 생기면 면목이 서지 않는다.

그렇게 마음을 다잡을 때면 그라함은 자꾸 우습다는 생각이 든다. 모험가로서 싸우던 시절에는 귀족이나 중요 인물의 호위를 몇 번이고 맡아봤었다. 그때도 지금처럼 긴장한 적은 없다. 이리저리 졸졸 돌아다니는 아이들은 거들먹거리는 귀족 따위보다 훨씬 더 까다로운 호위 대상이다.

어쨌든 간에 오래된 숲의 습격 이후로 그라함의 감각이 비록 전성기에 미치지는 못할지언정 무척 예민하게 연마되었음은 분명하다. 다른 일거리를 하는 중에도 마수의 기척이 느껴지면 아이들에게 접근하기 전에 즉각 반응할 수 있을 것이다. 그뿐 아니라 그라함이 기세를 끌어올리면 일종의 마수 방지 결계와 같은 상태가 되는지라 위험한 것은 애당초 접근하지 못했다.

숲의 나무들은 모두가 커다랗게 자라났다만, 장소에 따라서는 키 작은 나무나 관목이 무성하게 있는 구역이 있다. 그런 곳은 햇빛이 잘 들어오기 때문에 바닥의 풀도 잘 자라서 무척 울창하다. 그런 곳에 으름덩굴이나 노즈의 덩굴이 얽혀 있으면 정성스럽게 풀어 채집한다. 그러나 너무 과하게 채집하지 않게 주의한다. 이것들은 앞으로 가을이 되면 열매를 맺어야 한다. 벌써 다 채집하면 나중의 즐거움이 사라져버린다.

엘프들은 인위적으로 밭을 일구는 일은 거의 안 하는 만큼 숲에서 여러 산물을 획득한다. 식사도 마찬가지이고 일상적으로 쓰는 도구류도 손으로 만든다. 덩굴로 바구니를 짜는 것은 엘프라면 누구든 할 수 있는 재주다.

느긋하게 이곳저곳을 들러 가면서 나아가다가 문득 뒤돌아보면 평원이 안 보이는 곳까지 와 있었다. 살짝 경사가 진 언덕이 자리했기에 평범하기 걷고 있다는 생각을 해도 다리가 지치게 된다.

"할아버지, 지쳤어."

"더 갈 거야?"

"……이 주변에서 쉬도록 하자."

그라함은 주위를 둘러보다가 나직하게 말했다.

나무들의 잎은 여름의 햇살을 부드럽게 흩어주면서 이곳저곳에 얼룩무늬를 만들었다. 열심히 놀다가 지친 아이들은 각자 바닥에 주저앉거나 쓰러져 있는 나무며 바위에 걸터앉았다. 다만 입만큼은 바쁘게 움직이며 떠들고 있다. 소년, 소녀들에게는 이런 외출도 대모험이다.

그라함도 비슷하게 자리를 잡고 앉아서 채집한 덩굴을 다시 감았다. 자질구레한 가지도 나이프로 미리 쳐낸다.

시간이 몹시 천천히 흘러간다는 느낌을 받았다. 머리 위에서 흔들리는 나무들의 소리 및 아이들 떠드는 소리가 한데 뒤섞인다. 이대로 언제까지나 앉아 있어도 괜찮겠다는 심정이다.

그러나 이제는 돌아가야 할 때다. 아이들도 배가 고픈지 은근슬쩍 아쉬워하는 표정을 짓고 있었다. 배가 고프다고 솔직하게 떠드는 아이들도 있다.

그라함은 주위를 둘러보다가 쿠토와바의 줄기를 잡아 꺾었다.

"배가 차지는 않아도 허기를 달랠 순 있겠지."

쿠토와바는 줄기 자체는 섬유가 많아서 먹을 수 없지만, 줄기를 씹으면 은근하게 단맛과 새콤한 맛이 난다. 아이들은 줄기를 꼭꼭 씹으며 그라함을 따라 귀로에 올랐다.

돌아가는 길은 갈 때보다 짧게 느껴진다. 그러나 숲을 나왔을 때는 예상했던 이상으로 태양의 위치가 많이 바뀌었다. 이상하다는 생각에 그라함은 고개를 갸웃거렸다.

그렇게 마을로 돌아오자 광장 부근에서 미토와 샤를로테를 데리고 걷던 벡과 마주쳤다.

"아, 할부지다."

"할아버님, 숲에 다녀온 거야?"

"음……."

그라함은 살짝 난처해하며 벡을 바라봤다. 벡은 언짢아하며 그라함을 빤히 노려봤다.

"점심때까지는 돌아오라고 말했잖냐."

"……미안하구나."

○

벡은 묘하게 꼬장꼬장한 구석이 있어서 여러 규칙을 까다롭게 따졌다. 식사 시간이나 일의 순서 따위가 어긋나면 안절부절못한다. 물건이 바깥에 아무렇게나 나와 있는 상황도 마음에 들어 하지 않는다. 다 먹은 뒤 식기가 지저분한 채 쌓여 있는 모습도 꽤나 싫어했다. 그런 성격이었다.

그라함이 아이들과 외출한 뒤 벡은 야채를 씻고 있었다. 여름 야채의 모종은 무럭무럭 자라서 열매도 듬뿍 달리기 시작한지라 점점 더 식탁에 색채를 더해주고 있다.

올펜에서 지내던 무렵부터 벡은 조금씩 집안일을 하게 되었었다.

처음에는 귀찮았다. 쭉 방랑을 하던 생활이었기에 안주하는 삶을 몰랐던지라 청소니 빨래니 여러 일거리는 하는 방법도 잘 알지 못했다.

그러나 피에 물든 생활과 거리를 두고 하루하루 같은 집에서 기거하며 식사도 스스로 준비해야 하는 처지가 되자 어쩐지 대충대충 때우는 것이 싫어졌다. 벨그리프에게 배워야 한다는 것이 짜증스러웠지만, 안젤린에게 배우려니까 훨씬 싫었기에 어쩔 수 없이 타협했다. 벨그리프의 가르치는 재주가 좋았던 것이 이상하게 벡의 성미를 건드렸다.

그러니까 배우지 않고도 할 수 있도록 기본적인 부분을 파악한 다음부터는 직접 시행착오를 겪어 익혔다. 그런데 의외로 성격에 잘 맞았던지라 지금은 집안일 전반을 혼자서 처리할 수 있다. 아무것도 안 하고 가만있을 바에야 무엇이든 일을 해야 마음도 편해진다는 것이 커다랗게 작용하지 않았을까 싶다. 더욱이 소년에게는 신경질적인 부분이 있었기 때문에 청소 방법을 익히고 깔끔한 환경이 일상으로 자리 잡게 되자 방의 먼지나 흩어져 있는 물건이 눈에 들어올 때마다 마음에 거슬렸던 것도 큰 이유였다.

아주 옛날에 삶의 기대를 내버렸던 자신이 이런 하루하루의 집안일에 일일이 세세하게 손을 쓰고 있었다. 문득 생각이 들 때마다 바보 같다는 느낌을 받기도 한다. 그러나 썩 나쁜 기분은 아니었다. 나쁜 기분은 아니었는데도 끝내 인정하기는 싫어하는 묘하게 비뚤어진 자신도 있었기에 벡은 자주 혼자서 얼굴을 찌푸리고는 했다.

야채를 다 씻고 이마에 묻은 땀을 닦았다. 태양이 점점 드높이 올라간다. 덥다.

"쳇……."

이유도 없이 혀를 찼다.

다 씻은 야채를 들고 집에 들어온다. 새집은 내부 공사 중이라 못 쓰기에 안채 쪽이다. 난로의 불을 지피고 물을 담아 둔 냄비를 올렸다. 야채와 염장 고기를 한 입 크기로 잘라 냄비에 넣었다. 향초를 조금 넣어서 간을 맞춘다. 소금기는 염장 고기만으로도 충분하다.

이렇게 푹 끓이는 동안에 데쳐 둔 감자를 으깨서 밀가루와 한데 섞고 조그맣게 뜯어 놓았다. 먹기 전 끓는 물로 익히면 된다.

벨그리프와 다른 사람들이 여행에 나선 이후 기본적으로 요리는 벡이 맡게 되었다. 샤를로테와 미토도 같이 거들어주지만, 겨우 둘이서 한 끼니의 식단을 다 만들기는 어렵다. 그라함도 요리는 할 줄 안다지만, 그다지 맛에 구애되는 성격이 아닌지라 맛없지는 않아도 딱히 맛이 있지도 않다. 애당초 그라함은 은근히 세상살이에 개의치 않는 구석이 있다. 전투에서는 비할 데 없는 강력함을 자랑하지만, 일상생활의 측면에서는 묘하게 얼빠진 구석이 있어서 벡이 보았을 때 덮어놓고 일을 맡길 수 있는 상대가 아니었다.

아무튼 간에 이러한 사정으로 현재는 벡이 집안일을 끌어 나가고 있다. 소거법 비슷하게 맡은 역할이다만, 벡 본인이 요리를 싫어하지 않았다. 익숙하지 않기 때문에 가짓수는 좀 적어도 시행착오는 싫지가 않다. 지금은 할 줄 아는 음식도 꽤 많아졌다.

일단락한 뒤 의자에 걸터앉았다. 활짝 열어 둔 창문에서 햇빛이 비쳐 들자 흩날리는 먼지가 눈에 들어왔다. 바깥은 덥다만 창문에서 문으로 바람이 불어와 빠져나가기 때문에 오히려 직사광선이 없는 만큼 실내는 오히려 선선하다는 느낌도 받는다.

벡은 손을 앞으로 뒤로 들여다봤다. 기름때가 엷게 남아 있다. 손가락은 물 때문에 살짝 불어서 주름이 졌다. 일찍이 피에 물들었던 이 손이 지금은 이런 꼴이다. 농담거리도 되지 못한다. 벡은 살짝 자조하며 코웃음 치고 한껏 숨을 들이마셨다가 내뱉었다. 눈을 꾹 감고 마력을 몸속에서 순환시킨다.

그라함 과 카심에게 가르침을 받아 명상의 기법도 제법 궤도에 올랐다. 영혼 깊숙한 곳에 도사리고 있는 마왕은 당장에라도 바깥으로 나오고 싶어 한다. 그러나 전투의 빈도가 현저하게 줄어듦으로써 벡 자신의 마음이 안정되고 마왕의 의식과 접촉하는 경우가 확 줄어든 탓에 요즘 들어서는 조용했다.

눈을 뜨고 입체 마법진을 띄웠다. 모래색으로 명멸하는 저것들은 흔들흔들 벡의 주위를 떠다녔다. 샤를로테와 함께 방랑하던 때보다 기량은 올라갔다. 숫자를 더 늘리거나 강도를 더욱 높이는 기술도 마왕의 마력에 연결하지 않고 구사할 수 있게 되었다.

"……흥."

일어선다. 자신도 함께 갔다면 벨그리프와 카심의 여정은 더욱 편해졌을 텐데. 괜한 생각이 머리를 스쳐 간다는 것이 마음에 거슬렸다.

벡은 바깥에 나와 하늘을 올려다봤다. 태양은 하늘 꼭대기에 가까워졌다. 이제는 점심 식사를 먹어도 괜찮은 시간이다. 그러나 그라함은 물론이고 샤를로테도 미토도 돌아올 낌새가 없다.

"……뭐하는 거냐, 이 자식들."

점심 식사가 끝나지 않으면 식기를 정리할 수 없다. 부엌을 정리하지 못하면 오후 일거리를 처리하는 동안에도 정신이 산만해져서 못 버틴다. 벡은 벌써부터 살짝 짜증이 솟아서 마을의 마력을 더듬었다. 샤를로테의 강대한 마력과 미토의 마왕에서 유래된 마력은 추적이 쉽다.

그렇게 케리의 집에 가보니까 베틀이 덜컹덜컹 움직이고 있었다. 입구의 문에서 보면 샤를로테는 리타와 수다를 떨며 실을 잣고 있다. 벡은 찌푸린 얼굴 변함없이 집에 들어갔다.

"밥 먹어라."

"어머, 벌써 시간이 이렇게 됐어?"

여자들은 손을 멈추고 창밖을 봤다.

"어이구, 진짜네. 벌써 해님이 저 높이 올라갔어."

"점심, 먹어야지. 샤르는 돌아갈, 거야?"

"응. 나중에 또 올게."

그렇게 샤를로테를 데리고 이번에는 한나의 집에 갔다. 멀리서 보일 정도의 거리인지라 콩콩 나무를 때리는 소리가 들려왔다만, 불현듯 소리가 멈췄다. 문가에 서서 들여다봤더니 난로 앞에서 한나는 어깨가 축 쳐졌고, 안쪽의 목공용 말 의자에 미토가 앉아 있었다.

벡은 무뚝뚝한 얼굴로 한 발짝 걸음을 들여놓았다.

"밥 먹어라."

"밥?"

한나가 얼굴을 들어 올렸다.

“아, 벡이구나……. 그래, 벌써 시간이 이렇게 됐네.”

“……끓어서 넘친 건가.”

“그렇지, 뭐……. 어휴, 아무튼 많이 넘치지는 않아서 다행이야.”

나무꾼들의 배를 채워줄 정도로는 남은 것 같다. 미토는 폴짝 말 의자에서 내려온 뒤 벡에게 달려갔다.

“컵 만들었어.”

“그러냐.”

그렇게 미토도 데리고 여름 하늘의 아래로 나왔다. 태양은 여전히 찬란하게 내리쬐고 있다. 또 조금 서쪽으로 기울어진 듯하다. 벡은 불쾌하게 하늘을 올려보다가 곧이어 미토와 샤를로테에게 차례차례 시선을 옮겼다.

“할아범은 아직 숲에 있나?”

“몰라…….”

“응, 할아버님이랑 따로따로 다녔거든…….”

벡은 귀찮다는 듯이 머리를 긁적였다. 숲에 들어갔다면 찾기도 번거롭다. 엘프의 마력은 추적이 쉽지만 너무 깊숙한 곳에 들어갔다면 결국 큰일이 되는 데다 점심 식사 시간이 더 지체되어버린다. 그러면 계속 정리를 할 수가 없고, 오후의 일거리에 착수할 수도 없다. 물론 이러한 상황에서는 달리 방법이 얼마든지 있기 마련이지만, 그런 부분의 임기응변을 아직 벡은 갖추지 못했다.

어쨌든 간에 아이들 둘이라도 먼저 먹이자는 생각으로 벡은 두

아이를 데리고 집으로 걸음을 옮겼다. 그렇게 마을을 가로지르던 중에 때마침 광장 부근에서 그라함과 마주쳤다.

"아, 할부지다."

"할아버님, 숲에 다녀온 거야?"

"음……."

그라함이 미묘하게 면목 없다는 듯이 이쪽을 바라보는지라 벡은 오히려 미간을 찌푸렸다.

"점심때까지는 돌아오라고 말했잖냐."

"……미안하구나."

그라함은 겸연쩍어하며 머리를 긁적거렸다. 벡은 흥, 코웃음 치고 걸음을 뗐다. 그 뒤를 빠른 걸음으로 따라오면서 샤를로테가 옷자락을 잡아당겼다.

"그나저나 벡, 해님은 아직 저 위치인데? 너무 화내지 말고 넘어가도 될 텐데."

"맞아. 할부지를 괴롭히면 안 돼, 벡 군."

"게다가 놀러 다녔던 게 아니라 열심히 일을 거들었거든?"

"응. 컵을 만들었어."

미토가 말하자 샤를로테가 눈을 깜빡깜빡했다.

"나무 컵? 한나한테 배웠어?"

"응. 샤르는 뭐했어?"

"베틀을 잠깐 만져봤어! 그다음은 실뽑기. 리타가 무척 솜씨가 좋아."

"나도 가볼까……. 한나는 바쁜 것 같아."

"좋아. 분명히 다들 기뻐할 거야. 좋아, 결정. 빨리 밥부터 먹자."

"응. 가자."

두 아이는 벡을 앞질러 달려갔다. 그러다가 도중에 문득 떠올랐다는 듯이 멈춰 서더니 뒤돌아본다.

"벡, 할아버님, 빨리 와!"

"늦게 오면 안 돼."

"이 자식들이……."

벡의 미간에 주름이 깊게 파였다. 두 아이는 전혀 개의치 않고 총총히 달려가버린다. 벡은 뚱하게 팔짱을 꼈다.

"……뭐가 웃기나."

"후후, 아니. 미안하구나."

평소에 잘 웃지 않는 그라함이 쿡쿡 재미있어하며 웃음 짓는다.

이 녀석이고 저 녀석이고 도대체, 벡은 탄식했다. 내일부터는 도시락을 만들어 들려줘야겠다. 분명 귀찮음을 덜어 낼 수 있을 것이다. 벨그리프도 똑같이 할 테지. 이런저런 생각을 하다가 퍼뜩 놀라며 머리를 흔들었다.

여름 햇살에 나무들의 잎사귀가 반짝반짝 빛나고 있다.

■ 작가 후기

나의 친구 카메라맨은 매년 겨울 중 추운 시기에 가족을 데리고 태국에서 지내곤 한다. 추운 계절을 피해 따뜻하고 쾌적한 기후의 나라에서 한 달 남짓 느긋하게 생활한다. 태국은 일본과 비교해서 물가도 싸고 식사도 맛있기에 잘 알기만 하면 무척 재미있게 지낼 수 있다고 한다.

그런 친구를 본받아서 나도 톨네라에 가봤다. 여름철 톨네라는 생활이 무척 쾌적한 장소이다. 공기가 맑고, 시원하고, 녹음이 아름답다.

이 문장을 쓰고 있는 시기는 겨울이지만, 마침 벨그리프 씨와 여러 일행이 여행을 떠난 다음이라서 톨네라는 초여름의 좋은 시기이고 무척 생활이 쾌적하다. 이런 곳에서 쓰기 때문에 원고 작업도 많이 순조로워야 할 텐데 지내기가 많이 편해서 낮잠만 자꾸 자는 터라 도무지 써지지가 않아 곤란한 심정이다.

아무튼, 7권이다.

7은 운수가 좋은 숫자라고 한다. 그렇다고 이 책의 운수까지 좋아질지는 알 수 없다만, 어쨌든 간에 7권의 발행이 이루어졌다. 설마 여기까지 쓰게 될 줄은 예상하지 못했던 터라 세상사는 참 신기하다는 생각이 든다.

7권을 읽는 분이라면 물론 앞선 권차를 다 읽은 독자라 가정해도 무방하리라 생각한다. 7권을 맨 처음으로 읽기 시작했다면 어지간히도 길흉을 따지는 사람뿐이겠지만, 그런 사람의 거의 없다는 것이 작가의 생각이다. 따라서 일단 지난 이야기를 따라온 독자라고 가정한 뒤 후기를 쓰고자 한다.

그렇다 한들 6권까지 이미 읽었더라도 개중에 후기부터 읽는 독자가 꼭 없을 것이라 단정할 수는 없다. 따라서 7권의 본문 중 사건을 언급하는 문장은 삼가자는 생각이다.

그러나 본래 이곳에 써야 할 내용이 거의 없었던 터라 난처하다.

나는 본래 후기 따위는 필요하지 않다고 생각하는 인간이다만, 난처하게도 자신이 후기를 쓰게 되자 다른 사람은 후기에서 어떤 내용을 쓰나 신경이 쓰이게 됐다. 그래서 나도 언제부턴가 후기부터 읽는 독자가 되었기에 본말 전도가 아닌가 싶기도 하다. 뭘 어쩌자는 건지, 원.

아무튼 간에 다른 소설가 여러분은 참 능숙하게 후기를 쓰고 계시더라. 매끄럽게 여러 관계자분들께 감사와 이야기 속 소재를 한데 섞어서 잘 정리해 낸다. 정말 두 손 들었다.

모지 카키야도 예를 들어서 일러스트를 그려주고 계시는 toi8씨라든가 만화판의 작가를 맡아주신 우루시바라 큐 씨라든가 담당 편집자 M씨라든가 애당초 여기까지 책장을 넘겨 읽어주셨던 독자 여러분이라든가 저러한 분들에게 매번 감사와 감격의 마음을 담아 머리 숙여서 인사를 올리는 것이 예의라는 생각도 물론 든다만, 7권까지 이어지는 와중에 새로운 책이 나올 때마다 일일이 후기에서 인사를 거듭 집어넣는 것도 어쩐지 「나는 무척 감사하고 있습니다」 어필을 지나치게 하는 것 같아서 묘하게 떨떠름한 기분이 든다.

그런 건 신경 쓰지 말고 순수한 마음으로 인사를 쓰면 되지 않겠는가 싶기도 한데 애당초 속이 비뚤어진 사람인지라 저런 생각이 자꾸 머리를 치켜들어서 매사에 머릿속 한쪽 구석을 어른거리니까 어쩔 수가 없겠다. 애당초 나 따위가 굳이 인사를 늘어놓을 것 없이 toi8씨의 일러스트는 훌륭할뿐더러 우루시바라 씨의 만화는 재미있다.

다만 변명을 조금 하자면 결코 감사의 뜻을 표시하기 싫은 것은 아니다. 그래서 더더욱 지나치게 주절주절 인사치레를 늘어놓는다는 것이 오히려 대강 구색을 맞추는 듯한 기분이 들기 때문이다.

물론 저러한 생각은 역시 나의 쓸데없는 걱정이지 싶다. 따라서 지금 이렇듯 순수하게 감사의 뜻을 전하고 싶다. 여러 관계자분들, 또한 독자 여러분, 진심으로 감사드립니다.

음, 이렇게 글을 쓰자니 무척 뻔뻔한 기분이다. 쓸데없는 서두를 주절주절 잇따라 쓴 까닭일 테지. 자기 마음을 솔직하게 쓰면 쓸수록 수상쩍어지니까 문장이란 참 어렵다는 생각이 든다.

아무튼, 이상의 잡설은 넘어가기로 하고, 앞선 권에서 톨네라를 떠나 여행길에 올랐던 벨그리프 씨와 일행은 어디까지 나아갔을까. 그리고 앞으로 어디까지 더 나아가게 될까. 이 부분은 본문을 읽고 확인해주시길 바란다.

이야기는 이 즈음부터 다시 새로운 전개를 맞이한다. 과연 마지막까지 책이라는 형태로 독자 여러분의 손에 보내드릴 수 있을까 알 수는 없다만, 잘 팔리면 가능하다. 바라건대 8권의 후기에서 다시 만나 뵐 수 있다면 행복하겠다.

2020년 1월 길일, 모지 카키야

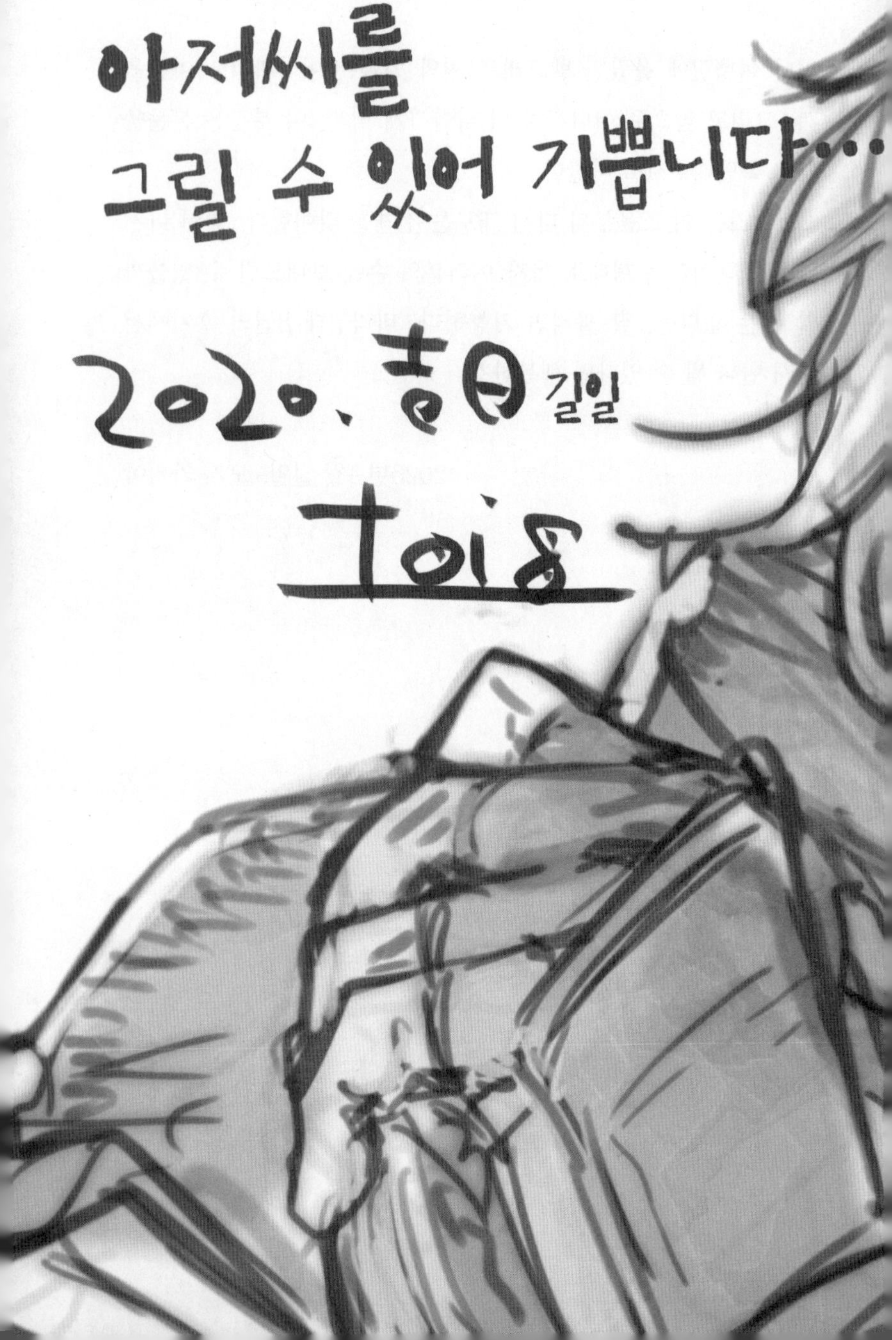
아저씨를
그릴 수 있어 기쁩니다…
2020、吉日 길일

모험가가 되고 싶다며 도시로 떠났던 딸이 S랭크가 되었다 7

초판 1쇄 발행 2020년 11월 20일

지은이_ MOJIKAKIYA
일러스트_ toi8
옮긴이_ 김성래

발행인_ 신현호
편집부장_ 윤영천
편집진행_ 김기준 · 김승신 · 원현선 · 권세라 · 유재슬
편집디자인_ 양우연
국제업무_ 정아라 · 전은지
관리 · 영업_ 김민원 · 조은걸 · 조인희

펴낸곳_ (주)디앤씨미디어
등록_ 2002년 4월 25일 제20-260호
주소_ 서울시 구로구 디지털로 26길 111 JnK디지털타워 503호
전화_ 02-333-2513(대표)
팩시밀리_ 02-333-2514
이메일_ lnovelpiya@naver.com
L노벨 공식 카페_ http://cafe.naver.com/lnovel11

ISBN 979-11-278-5743-1 04830
ISBN 979-11-278-4829-3 (세트)

값 9,800원